# 你是我的宝贝

马汉跃 ◎ 著

人民日报出版社

图书在版编目(CIP)数据

你是我的宝贝 / 马汉跃著 . —北京：人民日报出版社,2012.10
ISBN 978－7－5115－1372－4

Ⅰ.①你… Ⅱ.①马… Ⅲ.①长篇小说－中国－当代 Ⅳ.①I247.5

中国版本图书馆 CIP 数据核字(2012)第 233445 号

书　　名：你是我的宝贝
作　　者：马汉跃
出 版 人：董　伟
责任编辑：周海燕
版式设计：书立方文化
出版发行：人民日报出版社
社　　址：北京金台西路 2 号
邮政编码：100733
发行热线：(010)65369527 65369512 65369509 65369510
邮购热线：(010)65369530 65363527
编辑热线：(010)65369518
网　　址：www.peopledailypress.com
经　　销：新华书店
印　　刷：北京鑫海达印刷有限公司
开　　本：710mm×1000mm　1/16
字　　数：260 千字
印　　张：15
版　　次：2012 年 10 月第 1 版　2012 年 10 月第 1 次印刷
书　　号：ISBN 978－7－5115－1372－4
定　　价：38.00 元

———— 本小说根据同名电影改编，
此片已在中央电视台电影频道黄金时段播出。

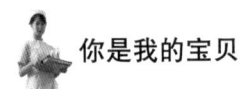
你是我的宝贝

# 目录

引　子　百年一院，仁爱无限 ················· 001

鲁宁市第一人民医院是一家拥有百余年历史的老牌医院，而雷厉风行、富有军人气质的金赣就是这家医院新一代掌舵人。为了振兴百年老院，他倾注了全部心血。一个反映医风问题的论坛帖子就让他大动肝火，爱之深责之切。

第一章　楼梯间的弃婴 ····················· 008

鲁宁电视台记者鲁梦扬到医院采访，邂逅漂亮的护士祝英，他所不知道的是，祝英还有一个一模一样的双胞胎姐姐，也在医院做护士。护士长盛美丽无意中在楼梯间发现了一个弃婴，打开弃婴的包裹，她不由惊叫起来。

第二章　救孩子要紧 ······················ 021

这是一个患有先天性腹裂的孩子，大部分肠子都暴露在外面，生命垂危。院长金赣获悉后，果断地决定不惜一切代价，抢救孩子。鲁梦扬在追踪采访的过程中，错把姐姐祝丹认作妹妹祝英，一场乌龙爱情拉开了序幕。

第三章　就是要创造奇迹 ··················· 033

金赣在会上力排众议，代表家属签字同意手术。新生儿监护室主任周巧红立下军令状，要创造生命的奇迹。金赣语重心长的话语打消了主刀医生、儿外科主任安东的顾虑。安东的妻子就是新生儿监护室副主任顾圣婴。

**第四章　家家有本难念的经** ·················· 045

护士长盛美丽因为婚后未生育，成了丈夫钱永富的出气筒；副主任顾圣婴则因为与丈夫有隔阂，儿子安小宁又是个问题少年，家庭濒临破裂。金赣到新生儿监护室巡视，发现值班护士祝丹在睡大觉，大发雷霆，妹妹祝英本打算替姐姐解围，却被祝丹误解为在院长面前出风头，落井下石。

**第五章　宝贝闯过第一关** ·················· 056

弃婴的第一次手术让每个人的心都提到了嗓子眼，事关婴儿的生命和医院的声誉，不能有半点闪失。手术过程一波三折，弃婴不仅仅是腹裂，而且胃壁单薄如纸，没有肌肉。在安东等人的努力下，手术终于取得成功，新生儿监护室挑起了护理婴儿的重担。

**第六章　假作真时真亦假** ·················· 070

金赣再次到新生儿监护室巡查，又发现值班护士脱岗，对祝丹和护士长盛美丽等人进行了严厉处罚。心情郁闷的祝丹接到了鲁梦扬的电话，两个人在风景如画的运河畔约会。鲁梦扬鬼使神差地讲起了鲁宁当地的梁山伯与祝英台爱情传说，预示了两个人将来的悲剧结局。

**第七章　阴差阳错** ·················· 086

一位老医生因为过度检查被媒体曝光，在如何处理的问题上，引起了不小的争议。金赣不讲情面，作出了辞退的决定。鲁梦扬将一部崭新的iphone4手机交到了祝英手上，本来是打算送给祝丹的，真是一笔糊涂账。

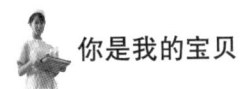

第八章 宝贝，你叫"新奇" ………………………………… 099

　　弃婴"小七"感染肺炎，还好有惊无险。在他满月的日子，大家为他起了一个好听的名字——新奇，新生儿的奇迹。顾圣婴与丈夫安东的关系有了缓和的迹象，新奇的到来在悄然地改变着一切。

第九章 生活就是沟沟坎坎 ………………………………… 110

　　盛美丽与钱永富的试管婴儿再次失败，钱永富在医院里大闹一场；安小宁离家出走，被安东在火车站截住，顾圣婴虚惊一场。

第十章 将错就错 …………………………………………… 120

　　盛美丽捅破了点醒了梦中人鲁梦扬，他跟祝丹、祝英姐妹间的窗户纸被捅破了。祝丹软硬兼施，强迫鲁梦扬留在自己身边。鲁梦扬和祝英彼此钟情，中间却隔着姐姐祝丹这座大山。

第十一章 问题少年在成长 ………………………………… 136

　　安小宁到医院来找顾圣婴，无意中看见了新奇，满怀怜惜之情，问题少年在悄然成长。顾圣婴与周巧红因为护士夜班费的问题大吵一架，两个人的丈夫——安东与老穆幕后调解，化干戈为玉帛。

第十二章 宝贝闯过第二关 ………………………………… 147

　　新奇的第二轮手术成功，转危为安。身在外地的金赣欣喜若狂，拉着自己的同事在小饭馆里畅饮。祝丹逼迫态度冷漠的鲁梦扬结婚，爱情的列车脱轨，冲向悬崖。

## 第十三章　抢手的宝贝 …………………………… 159

包括盛美丽在内，很多人都希望抱养新奇。而周巧红和祝英却在憧憬新奇长大后留在她们身边的幸福画面，太美的东西往往是不真实的。

## 第十四章　爱情急刹车 …………………………… 171

祝丹与鲁梦扬筹备婚礼，买婚纱、订婚戒指，但两个人之间的反感和敌意不断升级。就在结婚登记的前一刻，祝丹开车撞倒了一位老人。妹妹祝英却成了替罪羊，为了保护祝英，鲁梦扬被人打晕。看到这一幕，祝丹黯然退场，把那部iphone4手机还给了它本来的主人祝英。所有的事情都在回归正轨。

## 第十五章　何去何从 ……………………………… 184

新奇由于缺乏专人照顾，智力发育迟缓。大家忧心如焚，周巧红决定寻找孩子的亲生父母。鲁梦扬提供了一条重要的线索——"新生儿出生缺陷登记系统"。

## 第十六章　爱是快乐之源 ………………………… 197

祝丹值班时邂逅金赣，望着他忙碌的身影，过去的不愉快烟消云散。周巧红拉着顾圣婴听琴书、谈心，多年的情谊更显真挚。祝丹将自己定做的婚纱送给了祝英，真诚地祝福她跟鲁梦扬。

## 第十七章　宝贝回家了 …………………………… 207

新奇的父母终于有了消息。周巧红、顾圣婴、祝丹、祝英和鲁梦扬风尘仆仆地赶往南阳岛。新奇的家人听到这个从天而降的喜讯，跪倒在地，叩头谢恩。

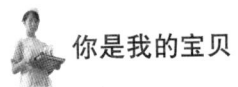

**第十八章　你是我们的宝贝** …………………………… 222

　　新奇终于回到了父母的身边,安小宁也变成了一个懂事的孩子。一切才刚刚结束,一切才刚刚开始,未来的新世界里还会有同样的奇迹发生。

**附　录　电影《你是我的宝贝》演职表** …………………… 229

# 引子 百年一院，仁爱无限

鲁宁市第一人民医院是一家拥有百余年历史的老牌医院，而雷厉风行、富有军人气质的金赣就是这家医院新一代掌舵人。为了振兴百年老院，他倾注了全部心血。一个反映医风问题的论坛帖子就让他大动肝火，爱之深责之切。

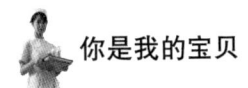 你是我的宝贝

鲁宁市第一人民医院办公楼,院长办公室。窗外长空如洗,万里无云,这座鲁西南的古城——运河之都、孔孟之乡笼罩在明媚的阳光下,熠熠生辉。位于古运河畔的医院建筑群规模宏伟,尤其是巍然耸立的门诊大楼,俯瞰着饱经沧桑的古运河,就像一个庄严的卫士,守护着流淌了千年的生命之源。

背对着耀眼的阳光,一个四十多岁的中年男子纹丝不动地坐在办公桌前,冷峻的表情看上去就像一尊大理石雕像,尤其是那种坚定有力的眼神,令人过目难忘,一眼就可以看出这是个性格坚毅,处事果断,有领导魄力的人,生活的沧桑给了他智慧,也给了他钢铁般的意志和强硬的手腕。电脑的液晶屏幕上显示的是第一人民医院的网页,网页上方依次闪过几行醒目的大字——"热烈祝贺我院儿科被国家中医药管理局评定为国家'十二五'重点专科建设项目",几秒钟后,又闪现出两行大字——"病人利益至上,良心诚信为本"。

他凝视着这十二个大字,心情越发沉重。他就是这所医院的院长——金赣,一个在全省、全国的同行中响当当的人物。自幼丧母,饱尝生活的艰辛,他靠自己的努力一步步走到了现在这个位置。在别人的眼里,金赣算得上功成名就,可以快意人生了,可他自己没有丝毫轻松的感觉,反而觉得肩头挑负着千钧重担,不能有片刻的疏忽、懈怠。人生就像是爬山,他现在才爬到半山腰,一口气绷不住,就可能丧失登顶的机会,甚至是走下坡路。

担任人民医院院长两年多的时间,金赣对这所医院的历史和现状了

然于胸，就像了解自己手掌上的脉络一样清晰。这是一所有着一百多年历史的老医院，前身是美国的一所教会医院，创建于1896年（清光绪二十二年）。后来，医院几度更名、易主，直到上个世纪的八十年代，才正式定名为"鲁宁市第一人民医院"。

经过一百多年的发展，当年小小的、设备简陋的教会医院已经变成了一个庞然大物——门类齐全、设备先进、人才济济，病人遍布省内外，与全国和世界各地的同行都有交流与合作。现在的鲁宁市第一人民医院拥有包括院本部在内的7个院区，近3000张床位，光是院本部就有3000多名职工，100多个临床和技术科室。

上任以来，金赣以一种近乎疯狂的态度投入到医院的整顿和改革中，没日没夜地泡在医院里，一年干了十年的活，抓管理、抓人才、抓服务质量、抓医疗环境，事无巨细、亲力亲为。都说"新官上任三把火"，但他的这把火一直烧到了现在，一直那么旺，让全院上上下下都感受到他身上散发出的无穷热量。

大刀阔斧的整顿难免会遇到阻力，不光是普通的职工，甚至是院里的个别高层领导最初也有抵触情绪，觉得维持现状、按部就班没什么不好，没必要这样兴师动众地瞎折腾，搞得大家鸡犬不宁。一个有着百年历史的老医院，有的不仅仅是深厚的文化积淀，还有强大的惯性思维，盘根错节的利益关系……但金赣没有望而却步，他以顽强的意志和过人的执着推动着这个庞然大物前进。

两年多的时间过去了，金赣的心血没有白费，医院上上下下，不管是软件还是硬件，从员工的精神面貌到工作作风，都发生了根本性的转变。在他的手里，这所百年老院焕发出新的生机，就像一株饱经风雨、了无生趣的古树，经过回春妙手的点化，再度枝繁叶茂、青翠欲滴。

医院的每个角落里都留下了金赣的足迹和烙印。就在这座办公楼里，二楼已经全部打通，变成了一个开阔的大办公室，所有行政科室都

引子 百年一院，仁爱无限

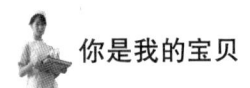
你是我的宝贝

集中在里面办公,增加透明度,转变作风,提高效率。而他们原来占据的后勤楼改造成了新的病房楼,增加了近200个床位。现在,他可以骄傲地说,是他给了这所医院新生。

不过,身为一院之长,金赣很清楚,与风风火火的改革相比,扎实、细致的日常管理更加考验人,考验人的耐心和毅力。这不,刚才他在鲁宁门户网站的论坛里看到一个患者家属发的帖子,批评本院的个别医生只想着赚钱,医德沦丧,言辞非常激烈,看得金赣揪心般难受,立即指示院办的袁主任调查。耀眼的阳光透过玻璃窗,把办公室照得通亮,可是却无法驱逐他脸上的阴云。金赣像呵护新生的婴儿一样呵护着这家百年老院,不希望它出一点差错,受半点伤害,但世事并不以人的意志为转移,要发生的总会发生,亡羊补牢,为时未晚,未来的路还长着呢!

敲门声响起,章书记走了进来。看到这位比自己年龄稍长,老成持重、平易近人的搭档,金赣的心才踏实了一些,两个人配合得很默契,在很多问题上都心有灵犀。金赣点头示意,他们之间早已不需要起身相迎、客套几句这些走过场的东西。章书记也不客气,一边翻箱倒柜一边说:"茶叶喝完了,到你这蹭点。"

金赣盯着电脑说:"柜子下面,今年的竹叶青,只许拿一罐啊!"

章书记一边到柜子下面翻着,一边开玩笑说:"你不知道我的习惯啊,遇到好茶叶从来都是一扫光,绝不手下留情。"

没听到金赣的声音,章书记转过身来,发现金赣专注地看着电脑,好像有什么心事儿。他拿了一罐茶叶走到金赣身边,往电脑屏幕上瞄了一眼,"病人利益至上,良心诚信为本"的大字每隔几秒钟就会闪现出来,时时提醒着从医者的使命和责任。

章书记提醒道:"得给网络中心说一声,下次把'百年一院,仁爱无限'这个口号也弄上去,医院的历史、医院的文化,从医者仁者爱人、救死扶伤的高尚情怀,都浓缩在这八个字里,很好啊!"

金赣站起身,在办公室里来回踱步,"这些口号我们大会小会上强调,又是培训又是考试,医院到处都挂的有,每个医护人员都能倒背如流。关键是要把它放在心里,落实到行动上,全心全意地为患者服务,自觉地维护医院的形象和声誉"。

章书记点点头,说:"在这样一所历史悠久的医院里工作,就是要有集体荣誉感,时刻感到肩头挑着一副千钧重担。"他看了一眼金赣,问道:"你今天是不是有什么心事儿啊?感触很深的样子!"

金赣自己动手冲了两杯茶,示意章书记和自己一起坐下来细聊。"我刚在网上看到一个帖子,反映我们医院个别医生的医风问题,这心里沉甸甸的。我已经让袁主任去调查这件事儿了,本来想调查清楚了再跟你汇报,不过,现在跟你唠唠,心里可能能痛快点!"

章书记抿了一口茶,说:"这么大的一所医院,就像航行在海上的一艘巨轮,要想一点问题不出,那是不可能的。不是这个齿轮磨损了,就是那个螺丝松动了,如果没及时发现,或者发现了未给予充分的重视,小问题就可能变成大问题,甚至会变成灭顶之灾。这艘巨轮就可能搁浅、沉没。现在'泰坦尼克号'3D版不是又火了吗!我记得有种说法,'泰坦尼克号'之所以沉没,一个重要的原因就是因为造船厂选用了铁铆钉,而不是钢铆钉,导致船体在与冰山碰撞后受损严重。这种说法给我留下了深刻的印象,'魔鬼在细节'啊!"

金赣频频点头,"说的好,'魔鬼在细节'。我们这些当领导的,更不能粗心大意,任何问题都不能掉以轻心"。

章书记安慰道:"你也别着急上火,院里几千号人,林子大了什么鸟都有,出问题是难免的。再说了,患者反映的情况也未必客观,很多时候都是带着有色眼镜看医院、看医生,究竟是怎么一回事儿,要调查

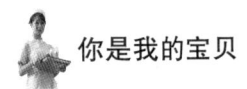
你是我的宝贝

之后才能下结论。论坛上的帖子很多都比较主观，情绪化，你别受它的影响。"

金赣端着茶杯，嗅着沁人心脾的清香，"现在医患关系紧张，医院和医生处在社会舆论的风口浪尖上，甚至在某种程度上被妖魔化了。正是因为这样，我们才要事事小心，把工作中的每一个环节做到位，严格按照规章制度办事，设身处地替患者着想，才不会埋下隐患，授人以柄。这次的事情不能小看，现在网络的影响力实在是太大了，丢一枚石子下去，就可能掀起惊涛骇浪，稍有疏忽就有翻船的危险。这种现象叫什么来着？喔，'蝴蝶效应'。论坛上的帖子就像蝴蝶在扇动翅膀，在网络的环境下影响被不断放大，最后掀起一场风暴。所以，一定要认真调查，把情况搞清楚，给患者一个交代。"

章书记语重心长地说："老金，说心里话，你来这两年，医院的变化是有目共睹的，大家都很钦佩你的魄力、干劲儿。不过，你别一直把自己放在高压状态下，我们都是从医的，你应该很清楚，这样对身体不好。"

金赣感激地看了老搭档一眼，"放心吧，我是吃过苦头的人，这身体千锤百炼，扛得住。跟你说啊，我更愿意把这所医院想象成一支军队，你是政委，我是司令。我向往军人雷厉风行、说一不二的作风。你看，我们院本部就是主力，各个科室就是不同的作战单位，本部之外的其他院区就像是各有专长的独立团，先进的医疗器械就是他们的现代化武器。多像一支军队啊！"

章书记高兴地拍着巴掌，"这个比方好！非常好！经过你这个司令大刀阔斧的改革，这支军队的战斗力和精神面貌焕然一新啊！"

金赣说："那不是我一个人的功劳，是我们大家共同努力的结果！医疗服务的水平要提高，医院人员的思想工作很重要，得常抓不懈。"

章书记慷慨地说："这个就交给我吧，我是政委嘛，就是做思想政治工作的!"办公室里回荡着两个人爽朗的笑声。笑过,章书记认真地说:"现在市里在搞'先看病,后收费,惠民利民'的试点。这是诊疗服务模式的重大变革,是实践'人民医院为人民',真正把患者利益放在至高无上位置的有效举措。一些医护人员的观念可能一时扭转不过来,'一切向钱看'的思维惯性还在,所以,我们要把思想工作做到位,让大家思想上转过弯儿来,'先看病,后收费'的试点工作才能顺利铺开。"

这时,院办袁主任走了进来,提醒道:"金院长,该去机场了!"

金赣这才想起来,今天要去北京的部队医院参观交流。他冲袁主任抱歉地笑了笑,说:"你看我,都气糊涂了,把这么重要的事情都忘了!"

章书记站起身,调侃道:"你就放心地远征吧,家里有我呢,一切放心。"

"走吧!"金赣拉上整理好的行李箱,一边说一边大步走出办公室。

# 第一章　楼梯间的弃婴

　　鲁宁电视台记者鲁梦扬到医院采访，邂逅漂亮的护士祝英，他所不知道的是，祝英还有一个一模一样的双胞胎姐姐，也在医院做护士。护士长盛美丽无意中在楼梯间发现了一个弃婴，打开弃婴的包裹，她不由惊叫起来。

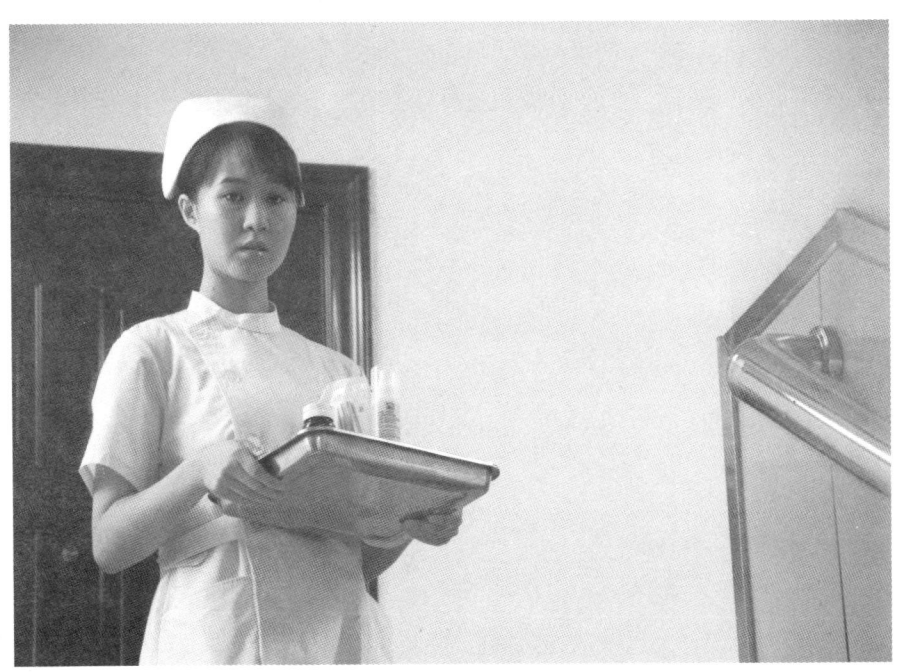

医院大门口。鲁宁电视台的记者鲁梦扬带着摄像师张明到这里做专题采访。大门口本来就人来人往,现在又挤满了一群看热闹的人,把医院大门堵得水泄不通。

鲁梦扬摆好姿势,对着摄像机的镜头说:"目前医患关系是我们关注的焦点,去医院看病医生让病人做检查,相信大家都遇到过。那么,如果检查项目太多,是否涉嫌过度检查呢?让我们来随机采访几个群众。"

周围的人交头接耳地议论着,其中有不少人是来医院看病的,这个话题引起了很多患者和家属的共鸣。鲁梦扬在围观者中找到几个采访对象,被采访的人七嘴八舌,众说纷纭。

"是啊!是啊!我看病也遇到过,不过不是在这家医院。"

"谁看病没做过几项检查,还真不好说是不是过度检查了。"

……

一个身材娇小、长相很乖巧的小护士正费劲儿地挤过人群,想从旁边的侧门进入医院。可是,大家都忙着看热闹,没人愿意挪动一下位置,给她让条路。小护士的额头上已经浸出了汗珠。她几次想提高嗓门,叫前面的人让路,可是张了张嘴巴,最后还是放弃了,因为她不习惯大声嚷嚷,特别是在众目睽睽之下,她很害羞,不想成为大家瞩目的焦点。

小护士实在挤不动了,站在人群里喘着粗气,很无奈地四处张望,最后将目光投向了正在做采访的鲁梦扬。鲁梦扬个头很高,身材挺拔健

第一章 楼梯间的弃婴

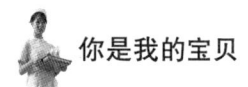

你是我的宝贝

美,而且有一张让女孩子看一眼就怦然心动的脸,很自然地吸引了小护士的注意。她出神地看着神情专注、一丝不苟的鲁梦扬,在她的眼里,一个男人心无旁骛地工作的时候,是最有魅力的。

鲁梦扬结束了对一个围观者的采访,骤然转身,恰好捕捉到小护士痴痴地看着自己的眼神。小护士连忙低下头去,好像被人看穿了心里的秘密,脸臊得通红,心"嘭嘭"直跳。鲁梦扬倒没有想那么多,他发现了一个不错的采访对象,刚才问的都是患者和家属,现在正好听听医护人员的看法。他大大方方地走到小护士的面前,"您好!方便接受采访吗?"

小护士愕然地抬起头,迎着鲁梦扬火辣辣的期待的眼神,好像不知道对方在说什么。

鲁梦扬重复了一遍自己的问题,"我们是鲁宁电视台的,正在做医患关系的专题。根据患者的反映,一些医生开花处方、强迫患者过度检查,为了经济效益违反职业道德,增加患者的负担。请问,你对这个问题是怎么看的?在鲁宁市第一人民医院是否出现过这种现象?"

面对着摄像机和话筒,在无数双眼睛的注视下,小护士的脸像个红苹果一样,委屈得快要哭出来了。摄像师张明踢了一下鲁梦扬的脚后跟,提醒他这么做有点过分了。鲁梦扬也觉得不该这么问无辜的小护士,这个问题让她太为难了。就在鲁梦扬进退两难的时候,人群中出现一阵骚动,有人在喊:"有人晕倒了,有人晕倒了。"中间夹杂着一个男人焦急的声音,"大(爸爸)!你这是咋咧?快醒醒啊,大!"

鲁梦扬就势下台阶,掉转头去看究竟发生了什么事儿。人群也随着向另一个方向涌去,小护士被裹挟着跟了过去,被旁边的人挤得东倒西歪,脚下踉踉跄跄站不稳。采访被迫中断,张明急忙护住手里的摄像机。

人群中,一个五十来岁的老人躺在地上,眼睛紧紧地闭着,脸色苍白,呼吸急促。旁边跪着一个二十多岁的年轻小伙子,手足无措。鲁梦扬挤到跟前,看到眼前的情景,想帮忙又不知道该怎么办,站在那里干着急。

这时,刚才的小护士从人群中挤过来,嘴里不停地喊着:"我是护士,请让一让!我是护士,请让一让!"大家自觉地靠到边上,给她让出一条道来。

小护士指挥旁边的小伙子将老人的身体放平。她蹲下身子,查看老人的脸色和呼吸,用力掐着老人的人中,又从随身的包里摸出一瓶风油精,涂在老人的太阳穴上。周围的人被小护士有条不紊的抢救步骤吸引住了,包括鲁梦扬在内,每个人都安静了下来,一声不吭地看着小护士救人。刚才差点被记者的问题吓哭的小丫头,现在表现得异乎寻常地冷静,一招一式都那么熟练、专业,令人刮目相看。

老年人出现了呼吸困难的症状。大家的神经都紧张起来,心提到了嗓子眼。小护士镇定地试试老人的呼吸,俯下身子,翻开老人的眼皮,查看瞳孔变化,用手指按压老人的耳前动脉,全神贯注地数着心率。鲁梦扬看呆了,跟刚才小护士注视他的表情一模一样。片刻之前,这个小姑娘在摄像机面前局促的样子,还让他心里忍不住发笑,好像一只受到惊吓的小兔子,自己就是跃跃欲试的大灰狼。可是一转眼的工夫,就像变了一个人。

老人紧绷着的脸舒缓开来,呼吸也变得均匀了,终于苏醒了过来。大家都松了一口气,旁边的小伙子更是一个劲儿地道谢。小护士腼腆地笑了笑,安慰他说:"是中暑,伴随轻微心脏病症状,没事的,不严重。"

站在旁边的鲁梦扬冷不丁地冒出一句:"都晕了,还不严重?"

小护士瞥了鲁梦扬一眼,没理他,继续帮老人做着检查。稍后,她

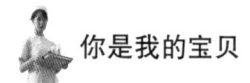 你是我的宝贝

抬起头来问:"水,谁有水?"

鲁梦扬连忙转身招呼自己的摄像师,"水!张明,拿水!"

张明递过一瓶矿泉水,鲁梦扬拧开瓶盖,递给小护士。"给你!"

小护士头也不抬地接过水,嘴里说着:"谢谢。这几天气温突然升高,晕厥是由中暑引起的。这种天气出现晕厥急症很常见,但紧急抢救不能少。"

她撩起眼皮瞅了一眼鲁梦扬,鲁梦扬有些诧异地看着小护士。小护士接着说:"这大中午的,老年人不能长时间暴晒。"

旁边的小伙子已经是满头大汗了,结结巴巴地说:"这……我爸也是有点着急上火,再加上出来大半天还没……"

鲁梦扬的观察力非常敏锐,他觉得小伙子紧张的神情有些异样,好像有什么难言之隐。不过,现在这种状况他也没有深究。

小护士对苏醒过来的老人说:"大爷,我是人民医院的护士,您跟我进去做个检查吧?"

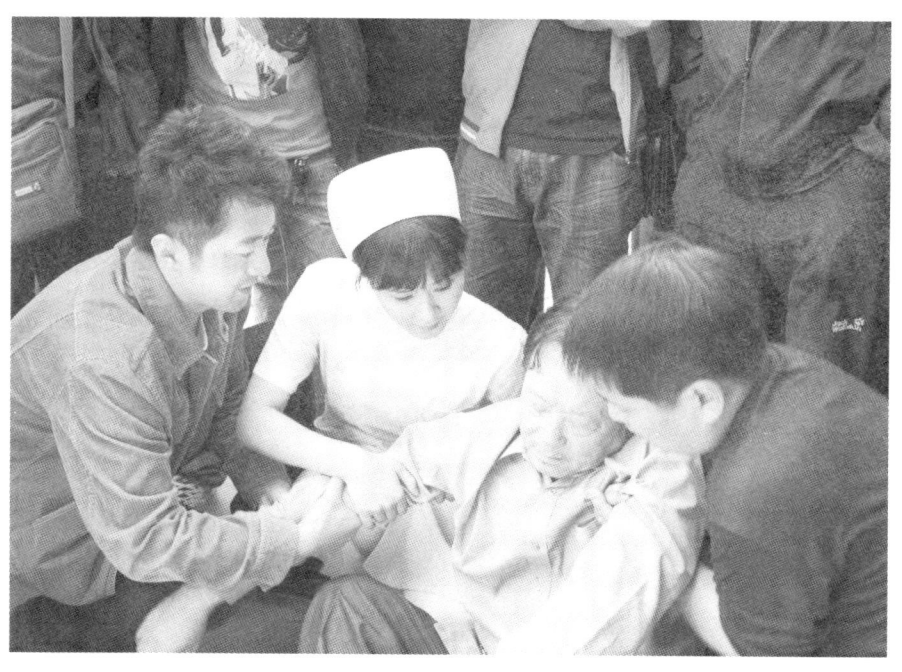

老人好像心里有鬼似的顿时紧张起来，忙不迭地摇头，转脸看着自己的儿子，小伙子也不知道该怎么办，傻在那里。老人挣扎着要站起来，嘴里嘟囔着："不，不，我不上医院！我要回家。"

小护士扶不动老人，不耐烦地对站在旁边的鲁梦扬说："哎，你是木头呀，搭一把啊！"

鲁梦扬这才反应过来，连忙上前一步，跟小护士一起把老人扶了起来。老人对旁边的小伙子使了个眼色，拉起他就往外走。小护士在后面招呼着，"大爷！大爷……"可是，这爷俩就跟没听见一样，头也不回地离开了。

小护士不解地望着他们的背影，自言自语："真奇怪，走得这么急！都到医院门口了，也不进去检查一下，路上再出问题怎么办？"

鲁梦扬也感到困惑，猜测着说："可能家里有急事儿吧！要不，就是不愿意花钱。"

小护士望着鲁梦扬，忽然想起他刚才问自己的问题，神情严肃说：

第一章　楼梯间的弃婴

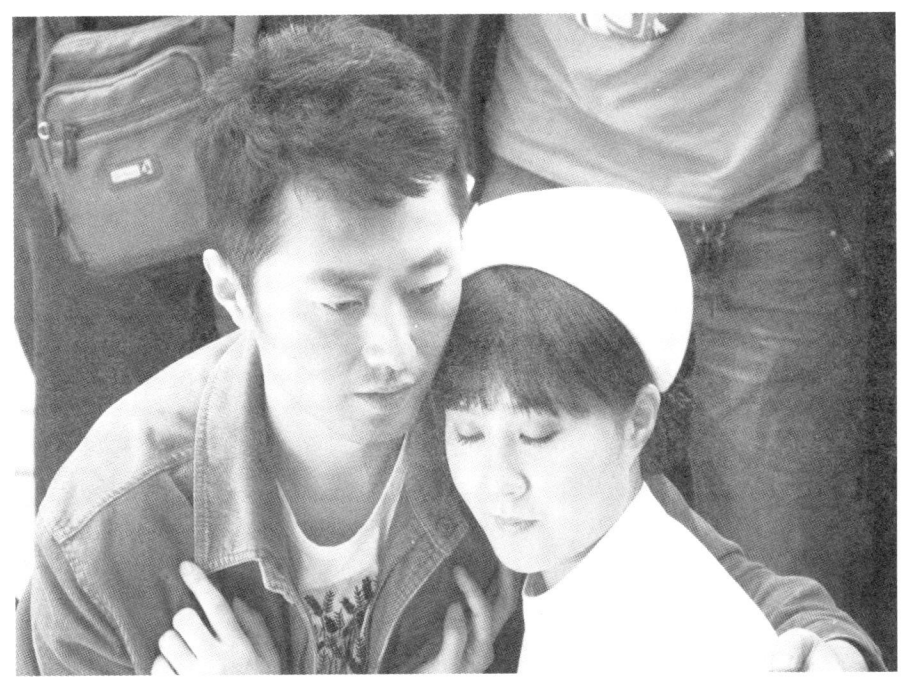

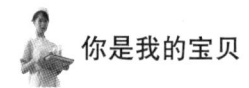 你是我的宝贝

"你刚才问我医院里有没有医生强迫患者做过度检查。我可以负责地告诉你,我们医院是有规定的,严禁医护人员怂恿患者过度检查,一经发现是要受处分的。其他科室的情况我不清楚,在我们儿科就没出现过这种事情。"

鲁梦扬正要辩解,小护士被旁边的人挤了一下,站立不稳,倒在鲁梦扬的怀里。鲁梦扬顺势将她揽到一边,用自己的身体替她挡住拥挤的人群。小护士有些羞涩又有些感激地看了一眼鲁梦扬,赶紧从他怀里挣脱出来,连声"谢谢"都没顾上说,就匆匆地走进了医院大门。

鲁梦扬有些恋恋不舍地望着小护士远去的背影,若有所思。摄像师张明忍不住打趣道:"怎么了?看上人家了?那就追上去啊!"

鲁梦扬尴尬地挠挠头。张明催促道:"咱们抓紧拍吧!"

鲁梦扬:"来了,继续。"嘴上这么说,眼睛还是向医院的方向张望着。

学校门口,来参加小升初考前动员大会的学生和家长正陆陆续续地走出学校。鲁宁市第一人民医院小儿外科主任安东满脸焦急地匆匆走进大门,直奔教学楼。他脸上的表情让人看着就觉得累,一张本来就不苟言笑的脸,眉毛拧在一起,把烦躁和纠结的心情全部写在了脸上。

教室里,儿子安小宁的班主任,一位三十多岁、表情严肃的女老师正在等着安东。安东也顾不上形象了,小跑着赶到老师的面前,嘴里念叨着:"老师,对不起,实在对不起!"

老师没吭声。安东窘迫地站在原地,低着头,掏出口袋里的手绢不时地擦汗,就像一个犯了错、虚心接受批评教育的孩子,哪里还有医院领导的派头。

老师不悦地呼出一口闷气,有些不耐烦地说:"安大夫,我知道您忙,您是医院的大忙人儿!可是孩子眼看着就要考初中了,您也要上点

心啊!这都通知您几次了才来。结果,还迟到了。学校讲了几个小时的注意事项总不能对你一个人再讲一遍吧……"

安东张口结舌,无言以对。"我……"

老师根本不想听他的辩解,马上打断了他,"这不,黄博元同学的家长来了……"

安东回头一看,一个戴着套袖的中年女人出现在教室门口,套袖上粘着一片片的鱼鳞,一看就是当地常见的鱼贩。女人怒气冲冲,凌乱的头发配上一脸的横肉,一看就是一个不好惹的主儿。安东心里暗暗叫苦,看来这关不好过啊!

第一章 楼梯间的弃婴

老师:"我还有点事儿,你们两位家长先聊聊吧!好在只是破了一个小口子,说开了就完了,今后可得好好管束你家安小宁,不然将来出大事后悔莫及啊!"说罢,老师与卖鱼女人打了个招呼,走出了教室。

卖鱼女人冲到安东的面前,怒不可遏地说:"你就是安小宁的爸爸

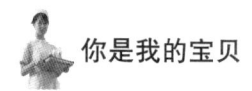
你是我的宝贝

啊！知道你是人民医院有名的大夫！人打伤了你管，那你儿子打人你管不管？你要不管，我找管的地方去……"

安东紧着赔不是，"对不起，是我没管好他，我向您道歉。最近医院实在是太忙……"

女人不以为然地说："医院忙？我们就不忙？……我们不忙你们大夫喝西北风啊？"卖鱼女人的嘴就像机关枪一样，喷着火舌，劈头盖脸地冲着安东扫射。就在安东快要招架不住的时候，电话铃声救命似的响了起来，"我在遥望，月亮之上……"机关枪卡壳了，女人在衣服里里外外的口袋里摸着电话，终于从裤子口袋里摸出了一个折叠手机，恶狠狠地打开手机。

对方还没讲两句，卖鱼女人就咆哮似的吼了起来，"什么？你把水给倒了？你知不知道带水能占多少分量？"她一边讲电话，一边掉头指着安东说："我们也是为人民服务的，我告诉你！"转脸又对着电话吼叫："不是和你说话！你会不会帮忙啊？什么？爱帮不帮！你走吧，不说了！老娘这就回去！"

卖鱼女人狠狠地拍上电话，刀子似的眼神刺向安东，安东心虚地低下头。女人不甘心就这么了结孩子的事儿，但又着急赶回去照料生意，咬咬牙说道："你看看，都是因为你儿子，这一会儿功夫我少赚了多少钱！管好你儿子！再有一回可没这么便宜了，哼！"说罢，大踏步地走出教室。在教室的门口，与另一个女人擦肩而过。对方显然是闻到了她身上的鱼腥味儿，不自觉地用手掩住了鼻子。卖鱼女人气得闷哼了一声，头也不回地走掉了。

来人是安东的妻子——顾圣婴，鲁宁市第一人民医院新生儿监护室副主任，一个出身书香门第的知识女性，高傲、正直，处事有些呆板，不太懂得变通。她匆匆走进教室，看着一脸难堪的丈夫，问道："到底怎么回事？小宁怎么了？"

安东一肚子的气没处发泄，没好气儿地瞪了妻子一眼，气鼓鼓地走出教室，楼板被他踩得"咚咚"直响。

顾圣婴不明所以地冲着丈夫的背影喊道："唉，到底怎么了？你倒说啊！"

医院病房楼里，新生儿监护室的护士长盛美丽双手抄兜儿，心事重重地爬着楼梯。她跟丈夫结婚已经几年了，可是一直没怀上孩子，两个人都很焦急，盛美丽更是觉得在人前抬不起头来。在她的观念里，一个女人要是不能生孩子，就不是一个真正的女人；一个没有孩子的家庭，也不是一个完整的家庭。

今天早晨，盛美丽又被丈夫钱永富吼骂了一顿，她不觉得委屈，而是内疚，心里沉甸甸的，像是压着一块石碾子。她理解丈夫的心情，自己没能尽到妻子的天职，让他完成传宗接代的使命，挨骂也是应该的。鲁宁毕竟不像那些开放的国际化大都市，"不孝有三，无后为大"的传统观念依然根深蒂固，"断子绝孙"是人们无法承受的骂名，是人们在争吵中所能想出的最恶毒的诅咒，此言一出，往往就是拳脚相加。现在，要孩子已经成了她和丈夫的心病，他们不惜高昂的费用，冒着失败的风险，在一次次尝试试管婴儿。

外面是无休止的喧嚣和拥挤的人群，让本来心情沉重的盛美丽感到头晕目眩，为了躲清静，她没有像其他人那样去挤电梯，而是选择爬楼梯。这里是偌大一所医院里最安静的地方了，空荡荡的看不到人影，耳边回响着自己清晰的脚步声，盛美丽燥热的心忽然一阵清凉，晕胀的脑袋也随之清醒过来。

站在楼梯拐角的平台上，盛美丽迎着透过玻璃窗洒进楼梯间的阳光，闭上眼睛，双手合十，在心中默默地祈祷着："观音菩萨，求求您了，这次一定要成功啊！我和老钱太需要一个孩子了。我们都是好人，

第一章 楼梯间的弃婴

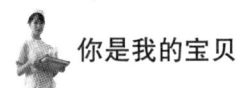 你是我的宝贝

从来没做过什么亏心事儿,为什么要让我们断子绝孙?这太不公平了!观音菩萨,您大慈大悲,心明眼亮,救救我们吧!我要是再没孩子,就得去跳大运河了。"

不知从哪里传来一声婴儿的啼哭,盛美丽起初还以为是自己的幻觉,心头一阵狂喜,嘴里念念有词,感谢着观音菩萨,"菩萨都显灵了,这次试管婴儿一定会有结果了"。

又是一声婴儿的啼哭,只是更加响亮,盛美丽茫然四顾,明白这不是幻觉,附近的确有一个婴儿。哭泣声断断续续地传来,她循着声音的方向掉头往下走。走到一楼,在楼梯背后的地板上,赫然出现了一个红色的包裹。盛美丽的心紧张得"突突"猛跳,有些喘不过气来。她小心翼翼地走到近前,包裹里半遮半掩地露出一张婴儿的脸。小眼睛眯着,小嘴巴张着,扯开嗓门哭喊着。

盛美丽的第一反应仍然是菩萨显神通,给自己送来一个孩子。但多年的工作经验让她很快冷静下来,摆脱了不切实际的幻想,这很可能是一个弃婴。一些狠心的父母把因为种种原因不想要的孩子丢弃在医院

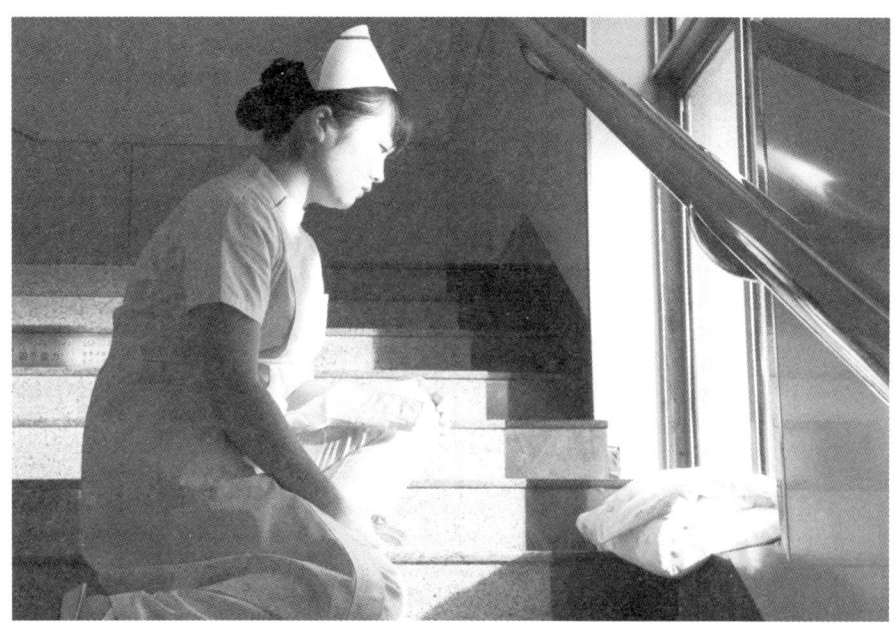

里，这种情况很常见。对于这样的父母，盛美丽充满了鄙视和厌恶，她挖空心思想生一个孩子，这些人却把活生生的孩子丢掉，老天实在是太不公平了！

盛美丽蹲下身子，轻轻地把包裹抱了起来。包裹里的婴儿果然停止了啼哭，抓捏着自己的手指，嗫着嘴唇，看得盛美丽心都快化了。她抱着孩子，在原地来回兜着圈，根本不舍得放开，嘴里不停地哼哼着不成调的曲子。在新生儿监护室，她亲手抱过无数的婴儿，每次都像抱着自己的孩子一样，恋恋不舍。当孩子的亲生父母将孩子接走的时候，她都会揪心地疼痛，仿佛是自己的孩子被人夺走了一样。

正在盛美丽陶醉得忘乎所以的时候，楼梯间的门被人推开了。两个年轻的女护士走了进来，她们年龄相仿，身上散发着逼人的青春气息，更加不可思议的是，两个人的长相、身材几乎是一模一样，是一对双胞胎姐妹，而且都在新生儿监护室工作。姐姐叫祝丹，妹妹叫祝英，就是在医院门口抢救过晕厥老人的小护士。虽然是双胞胎姐妹，但两个人的性格截然不同，姐姐活泼任性，争强好胜；妹妹安静腼腆，温柔善良。

两姐妹正说着上午在医院门口发生的事儿，祝丹开着妹妹的玩笑，"那么英俊，还是电视台的记者，说，你是不是动心了？都扑到人家怀里了，这叫'投怀送抱'……"

祝英羞红了脸，"你说话怎么这么难听？我那是不小心，被人撞的。早知道就不告诉你了！"说着，就掉头走向楼梯间，生怕两姐妹的私房话被周围的人听到。

祝丹笑呵呵地跟了上来，"就是说，完全是意外，我的宝贝妹妹哪那么容易以身相许，对不对？"

祝英加快了脚步，冲进楼梯间，祝丹故意在她身后大声说话，"你可别后悔啊！要是让我遇到这个帅哥，我可不客气，回头你别说我没当姐姐的样子，横刀夺爱！"

第一章 楼梯间的弃婴

当她们嘻嘻哈哈地冲进楼梯间的时候，正好撞到扮演临时妈妈、自得其乐的盛美丽。三个人都愣住了，盛美丽洋溢着母性光彩的甜蜜笑容僵在了脸上，尴尬地望着姐妹俩。

祝丹诧异地问道："护士长，这是哪来的孩子？你怎么抱着他在这转悠啊？"

盛美丽这才醒悟过来，"对了，这可能是个弃婴，不知被哪对丧天良的爹妈丢在这的。我路过的时候刚好听到他在哭，顺着声儿就找着了，这不正哄他的嘛！"

祝丹和祝英凑了过来，端详着蜷缩在包裹里的婴儿，祝英喃喃自语，"多可爱的孩子啊！哪家的父母会这么狠心，为什么要把好端端的孩子扔在医院里？"

祝丹反应快，提醒道："这孩子会不会有什么毛病啊？快打开包裹看看，家人也许会留下什么线索呢！"

盛美丽把孩子抱紧，姐妹俩七手八脚地解开层层叠叠的包裹，当最后一层布被掀开的时候，三个人的眼睛顿时都瞪圆了，不约而同地发出一声惊叫——"啊！"

# 第二章　救孩子要紧

这是一个患有先天性腹裂的孩子，大部分肠子都暴露在外面，生命垂危。院长金赣获悉后，果断地决定不惜一切代价，抢救孩子。鲁梦扬在追踪采访的过程中，错把姐姐祝丹认作妹妹祝英，一场乌龙爱情拉开了序幕。

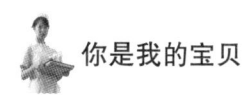 你是我的宝贝

新生儿监护室。主任周巧红不在，副主任顾圣婴正在给孩子做检查，盛美丽、祝丹和祝英在旁边紧张地看着，安东也被顾圣婴叫了过来。包裹打开了，眼前景象触目惊心，孩子的肚皮上有一堆貌似脐带的东西。可是，经验丰富的安东一眼就分辨出来，"这不是肠子吗，这孩子先天性腹裂，肚皮上裂了一个口子，一大半肠子都跑到外面来了。"

顾圣婴试了试孩子的呼吸和体温，沉重地说："孩子全身冰凉、呼吸微弱，很危险啊！"

旁边的盛美丽两只手被祝丹和祝英攥着，紧张得屏住了呼吸。祝丹咬着自己指甲，这是她心情紧张时的习惯性动作；祝英则用另一只手紧紧地揪扯着自己的衣角，盛美丽的嘴巴张大了，好像不这样就喘不上气来。

安东仔细观察着孩子裸露在外面的肠管，"你们看，肠管已经感染了，颜色都变黑了，有充血水肿的迹象。如果不马上进行手术，修复腹壁，把肠管放回去，孩子随时都可能死亡啊！"

顾圣婴着急地说："找不到孩子的父母，怎么手术啊？"

安东也没了主意。手术是要亲属签字的，擅自进行手术，孩子救活了还好说，万一出了问题，将来家属找上门来，那可就是大麻烦。何况，没有亲属的签字，按照医院的制度，也不可能进行手术。"可是，也不能看着孩子死啊！"安东无力地说。

祝英心肠最软，带着哭腔恳求道："顾主任、安主任，想想办法吧！这孩子太可怜了，一定要救救他。"

盛美丽咬牙切齿地骂着:"怎么会有这种没心没肺的父母啊!一个活生生的孩子,就这么扔了,连死活都不管,这可是自己的亲生骨肉啊。这么做,不怕遭天谴吗?"

祝丹无可奈何地说:"这种情况又不是第一次发生了,孩子生下来有缺陷,咬咬牙扔掉,长痛不如短痛。这种事情司空见惯了!"

顾圣婴想了想说:"我向周主任汇报一下,她一定有办法。"

安东点点头,"我先给孩子包扎一下,以免情况进一步恶化。"

黄昏时分,法院大门口。鲁宁市第一人民医院新生儿监护室主任周巧红走了出来,一身的轻松,也一身的疲惫,平时干起工作来,她浑身上下有使不完的劲儿,精力出奇的旺盛,但搅进长年累月的官司里,也被拖得筋疲力尽,浑身上下都有种精力透支的感觉。她刚刚代表医院了结一场医疗纠纷,还好,现在一切都结束了,结局还算圆满。

周巧红仰起脸来,望着法院上方庄严的国徽,从她的位置看上去,国徽有种凛然不可侵犯的正气,夕阳斜斜地照下来,金色光辉为国徽镶上了一圈神圣的光环。审判长的声音依然在周巧红的耳边回荡着。

"现在,本审判长代表鲁宁市中级人民法院宣布:原告汪小旺家属所诉市第一人民医院儿科,十年前患儿因病毒性脑膜炎死亡责任追究一案,经审理本院认为:被告在诊断、治疗方面均无过失,原告所提出的七十万元人民币赔偿要求本院不予支持。被告不承担过错赔偿责任。"

第二章 救孩子要紧

周巧红长长地出了一口气。打赢这场官司的意义不在于金钱方面的得失,而是关乎这家百年老院的声誉。周巧红从医专毕业后就到鲁宁市第一人民医院工作,一干就是二十多年,从青年步入中年,医院就是她的第二个家,谁也不希望自己的家犯下无法挽回的错误,承受无法弥补的损失。患者的心情她可以理解,但是非自有公论。

周巧红转身走下台阶,来到轿车前,正要伸手打开车门,悦耳的手

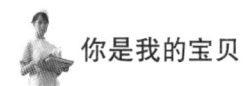

机铃声响了起来。周巧红从包里掏出手机一看,是她的老搭档顾圣婴的来电,"顾主任,你好。放心吧,法庭已经宣判了,结果正如我们所预料的,医院没有责任。这个坎终于迈过去了,十年啊,官司把人都打老了"。周巧红满腹的感慨,第一时间跟自己的老搭档诉说着。两个人共事多年,虽然因为个性和家庭出身的不同,观念上有差异,工作中也少不了磕磕绊绊,但多年的同事感情让她们彼此熟悉、彼此信赖。

顾圣婴似乎没有心情分享周巧红的喜悦,声音很急切,她没理睬周巧红的胜诉感言,直截了当地打断了她的话,"周主任,我是顾圣婴。刚才护士长盛美丽捡到一个弃婴,先天性腹裂,大部分肠管都在腹腔外边,情况很危险啊!"

周巧红这才明白是怎么一回事儿,连忙问道:"孩子有多大了?"

顾圣婴:"估计生下来超过一天了!"

周巧红干脆地说:"好,我马上回去!"

结束通话后,周巧红略一思忖,马上又拨通了一个号码。"喂!金院长,您好。我是新生儿监护室的周巧红……"

机场高速路上,医院派来接院长金赣一行的轿车在飞驰。电话铃声响起,金赣接通了电话。听周巧红简要介绍了弃婴的情况,金赣毫不犹豫地下达命令:"先收下来,全力抢救,别的话再说。救孩子要紧!我刚下飞机,二十分钟后你到我办公室。"

结束通话,金赣转向坐在自己旁边的院办袁主任,"你马上通知小儿外科和相关科室人员二十分钟后来我办公室。我先和章书记碰个头。哦,干脆直接去四楼小会议室吧!"

"好的!"袁主任摸出手机,找着相关人员的电话号码……

与此同时,新生儿监护室的医护人员收到消息后,自发地聚集到抢救室紧闭的门外。大家低声议论着,七嘴八舌,气氛无形中变得紧张而压抑。

护士甲:"多可怜啊!肠子颜色都发黑了,恐怕活不成了。"

护士乙:"那也得想法儿救啊!咋说这也是一条人命呀!"

护士长盛美丽心直口快,虽然她也怜惜这个孩子,但她知道情况的严重性,孩子生存的希望非常渺茫,"不行不行,这种情况也不少见,个个都救,医院又不是慈善机构。再说了,救得活救不活的,责任谁担?"

副主任顾圣婴刚好走过来,听见了盛美丽的牢骚话。她不悦地望了一眼盛美丽,盛美丽心虚地低下头,明白自己的话说得太直接了,与一名医护人员的身份不符。她当然知道这么做很残忍,也盼望能救活这个可怜的孩子,让他健康、快乐地生活在这个世界上。可是,现实是冷酷无情的,医院里经常会出现弃婴,通常都是有某种先天缺陷的,即便是全力抢救,也很难保住这脆弱的小生命。再说,高昂的费用由谁来承担?如果找不到孩子的父母,就算救活了,下一步该怎么办?

祝丹没有注意到顾圣婴出现,在旁边附和着说:"是啊!是啊!活不活的先不说,父母在哪?恐怕一时半会儿也找不到!手术费、护理费那么高,谁出啊?"

顾圣婴见她们说话越来越出格,正要出言制止,鲁梦扬举着话筒,带着摄像师张明冲了进来。"是谁先发现孩子的?"鲁梦扬环顾在场的人,急切地问道。

一个护士指了指盛美丽,说:"是我们护士长发现的。"

鲁梦扬一个箭步冲到盛美丽的面前,把胖胖的盛美丽吓了一跳。"请问,当时是什么样的情况?"鲁梦扬把话筒举到盛美丽的面前,问道。

盛美丽见记者要采访自己,马上来了精神,正要讲述自己发现弃婴的过程,主任周巧红走了过来,大家的目光都转移到新生儿监护室的一

第二章 救孩子要紧

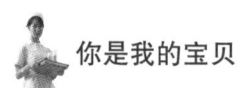
你是我的宝贝

把手身上。周巧红在新生儿监护室上下几十号人中，拥有很高的威望，是大家的主心骨。这个关节眼上，大家都盼着她拿个主意。

周巧红没有理会在场的记者，在医院工作这么多年，尤其是代表医院应诉的过程中，对于死缠烂打、无孔不入的记者，她已经有了足够的免疫力，见怪不怪。周巧红环顾了一下在场的同事，平静地说："我刚才已经和金院长通了电话，决定救治这个孩子。今晚7号床位孩子的病房谁值班？" 7号床位是为弃婴临时安排的床位。

祝丹举起手说："我，还有小绿。"

鲁梦扬看到祝丹，一脸的惊喜。祝丹和祝英长得实在是太像了，别说是只匆匆见过一面的鲁梦扬，就算长年在一起工作的同事，一不留神儿也会把姐俩搞混。他把姐姐误认为是妹妹，再正常不过了。祝丹注意到鲁梦扬异样的表情，还没搞清楚到底是怎么一回事儿。

周巧红调整着工作安排，"今晚特殊情况，我和顾大夫下班都不走了。盛护士长你也留下。"盛美丽似乎面有难色，欲言又止。周巧红看了她一眼，接着说："就这样，我现在就去向金院长汇报。"

弃婴的事情有了眉目，聚集在抢救室门外的医护人员四散而去，各自忙自己的事情了。祝丹也转身离开，鲁梦扬不想再次错过机会，紧随其后，撵了上去。

落日的余晖洒满走廊，营造出梦幻般的效果，祝丹留下一个曼妙的身影，鲁梦扬觉得这才是不折不扣的白衣天使。他紧追了几步，终于在楼梯口截住了祝丹。

鲁梦扬："护士小姐，请你等一下。"

祝丹瞟了他一眼，没有理会，继续往前走。

鲁梦扬着急地喊道："等等，护士。"

祝丹停了下来，有些不耐烦地扭头问道："什么事？"

鲁梦扬被她犀利的语气弄得有些发憷，敏感地意识到什么地方不太对劲儿，不过，他还是缓和了口气，耐心地自我介绍说："你好，我是鲁宁电视台'直播民生'栏目记者鲁梦扬。"

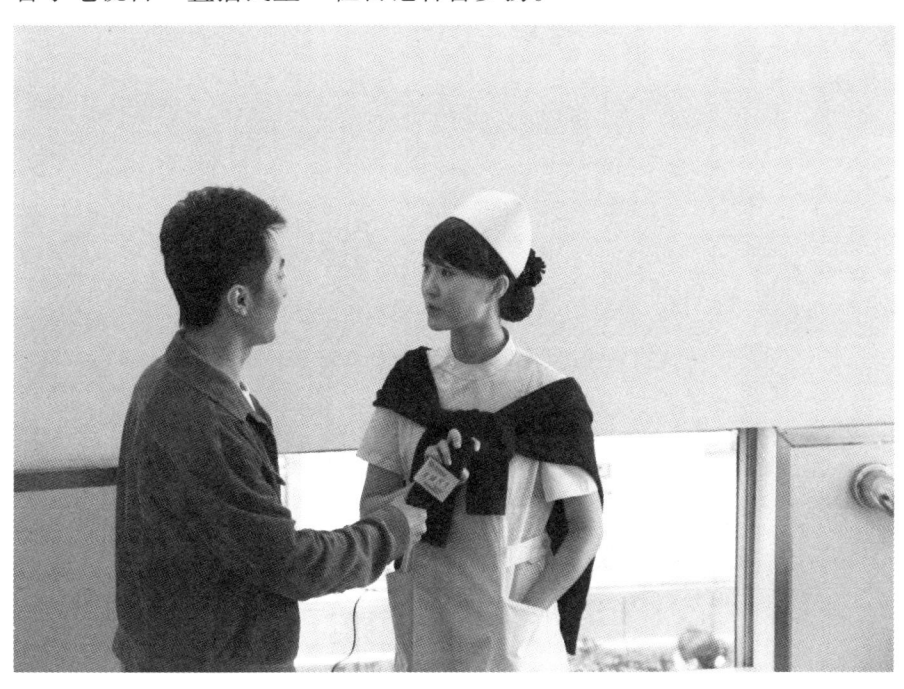

第二章　救孩子要紧

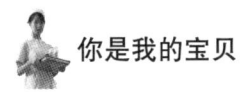 你是我的宝贝

祝丹："对不起，我不太了解情况，您还是去采访一下我们周巧红主任吧，或者顾圣婴大夫。"

祝丹转身要走，又被鲁梦扬叫住了，"等等。"这次，她真的要发火了，祝丹的脾气可没有妹妹祝英那么温柔，众所周知的刁蛮、泼辣。

鲁梦扬看她凶悍的样子，差点打退堂鼓，但最后还是鼓起勇气问道："你叫什么名字？"语气明显有些迟疑，似乎担心一场暴风雨就要落到自己的头上。鲁梦扬没有发现，就在他身后不远的地方，一个几乎一模一样的女孩捧着托盘，从病房里走了出来，恰好看到这一幕。

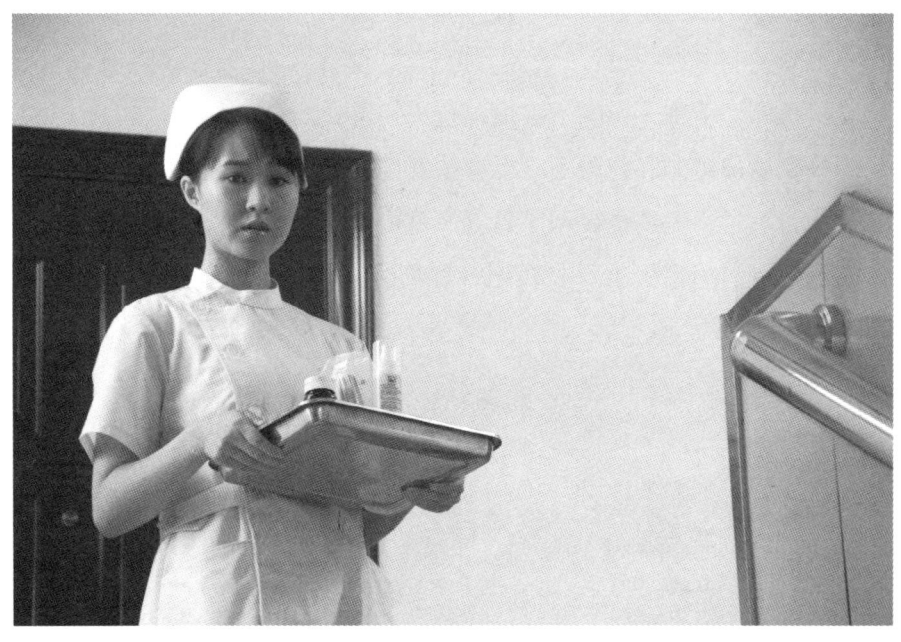

祝丹："什么？"

鲁梦扬打定注意，冒着挨骂的风险，重复了一遍自己的问题："你叫什么名字？我是说……你不记得我了？中午？在医院门口……一个老大爷晕倒了。"

祝丹蒙了一下，正好看到在不远处瞅着自己和鲁梦扬的祝英，马上回过神来，明白其中的原委了。"哦！啊！我叫……祝丹！"一边说着，

一边朝愣在原地的妹妹眨眨眼睛，露出一个不易察觉的笑容，笑得很坏。

鲁梦扬根本不知道自己阴差阳错，落入了圈套，连忙拿出手机，进一步问道："你的电话……"

祝丹打量了一下这个高大帅气的记者，又看了看祝英，略微犹豫了一下，打定了主意，报出了一串数字。

鲁梦扬心中窃喜，在手机上记下了祝丹的电话号码，兴奋地跑下楼梯，一边跑一边回头朝祝丹比划着打电话的手势，示意"我会打给你的"。祝丹大方地挥挥手，一脸的得意，捉弄这个愣头青似的记者，让她有种特殊的成就感。

不远处的祝英看到这个场景，眼神倏然黯然下来，有些沮丧地默默走开。祝丹回头看了看妹妹的背影，并不觉得自己的做法有什么不妥，"你自己说不喜欢他的，那就别怪我先下手为强。"

第二章　救孩子要紧

　　我的宝贝宝贝，
　　给你一点甜甜，
　　让你今夜都好眠。
　　我的小鬼小鬼，
　　逗逗你的眉眼，
　　让你喜欢这世界。
　　哇啦啦啦啦啦我的宝贝，
　　倦的时候有个人陪；
　　哎呀呀呀呀呀我的宝贝，
　　要你知道你最美。
　　……

嘴里哼着张悬的《宝贝》，祝丹得意洋洋地走下楼梯。

病房楼楼顶。每天的黄昏时分,只要手头没有其他事情,祝英都会跑到楼顶上来,这里安静,视野开阔,大半个鲁宁市区尽收眼底。华灯初上,万家灯火,祝英觉得这是一个城市最美丽的时刻,温馨得就像一个慈祥的母亲,让人觉得轻松自在,没有了白天的紧张忙碌、焦虑不安,所有的疲惫都悄然散去,内心盛满了无法言说的愉悦。举目远眺,是一片灯火的海洋,流光溢彩,灿若星河。晚风习习吹来,令人飘飘欲飞,真想乘风起舞,直上云霄。

祝英双眼微闭,任由清凉的晚风抚弄着自己的面颊,宛如情人轻柔的触摸,一阵陶醉的颤栗传遍全身。不知为什么,鲁梦扬的身影忽然浮现在她的脑海里,还有那张白皙、俊朗的面孔。祝英摇摇头,想把这个恼人的身影从脑海中甩出去,可是无济于事,越是想摆脱,它就越是清晰,在充满渴望的心里牢牢地占据了一个位置。

叹了一口气,祝英睁开眼睛,满眼失落,好心情被破坏掉了,眼前的城市晚景也不再迷人。她出神地望着远处醒目的电视塔,高耸在城市的上方,那个人可能正在电视台某个灯火通明的办公室里忙碌着,或者已经结束了一天的工作,走在回家的路上,又或者有个年轻漂亮的女孩在某个地方等候他……祝英的思绪天马行空,情不自禁地胡思乱想。杂乱无章的念头让她心里一阵刺痛,如果他是个花花公子,到处留情,随随便便地对女孩子献殷勤,就太让人失望了。可是,从他接近姐姐祝丹的做派上看,完全有这种可能。

想到这里,祝英轻轻叹了一口气,毕竟祝丹已经抢在自己前面迈出了第一步,总不能姐妹俩抢一个男朋友吧,那还不成为全院上下的笑柄。祝英越想越沮丧,心不断地向下沉,快要沉到湖底了。

"叹什么气啊?都这么晚了,怎么还不回去?"身后传来盛美丽的大嗓门。

祝英被吓了一跳,愕然回首。"哦,回去也没什么事儿,一个人挺无聊的,我想留下来陪我姐值班。"对于这个文化程度不高、心直口快、作风泼辣的护士长,不同的人有不同的看法。姐姐祝丹和副主任顾圣婴是属于自命清高型的,看不惯"粗俗"的盛美丽;而妹妹祝英和主任周巧红这类性情比较随和的人,倒很喜欢凡事都不往心里去说过就忘的盛美丽。

盛美丽走到祝英的身边,靠在护栏上,表情有些凝重,似乎心事重重。祝英关切地问道:"护士长,家里是不是有什么事儿啊?如果真的有急事儿,就别硬撑着,跟主任打声招呼,先回去吧!"

盛美丽张了张嘴,欲言又止,有些话还真不方便对这些没有结婚的小姑娘说。她豪爽地摆摆手,"没事儿!还不是我们家老钱那个讨厌鬼,一天到晚瞎折腾,不理他。今天这么特殊的情况,我能当逃兵吗?"忽然想起什么来,盛美丽追问道:"对了,你刚才到底想什么呢?唉声叹气的,还没回答我的问题呢!"

祝英不好意思地低下头,掩饰说:"没啥,就是觉得每到这个时候,别人都高高兴兴地回家吃饭,我却没地方去,只能跟我姐回宿舍。特别是她有男朋友的时候,我就更孤单了,一个人呆着,心里特空虚、特无聊。"

盛美丽一脸的坏笑,耍弄着祝英,"哈哈,被我猜中了,想男人了,思春了!"

祝英急了,追打着盛美丽,嘴里骂着:"你大小是个领导,嘴上怎么没个把门的,什么话都往外冒……"

跑了几圈,两个人都气喘吁吁,靠在栏杆上休息。盛美丽不再开玩笑了,郑重地对祝英说:"英子,我比你大几岁,又是过来人,我可得提醒你,你们姐俩年龄都不小了,该考虑自己的事情了,别一天到晚跟在你姐屁股后面。将来你跟她过一辈子啊?还不是得自己成家。这种事情要放在心上,有合适的就抓住,别不当回事儿。好男人一旦错过了,

第二章 救孩子要紧

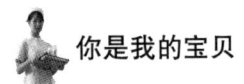

将来可就不好找了!"

盛美丽的话戳到了祝英的痛处,让她再次想起那个年轻的记者,心头又被斩不断理还乱的烦恼丝缠绕着。见她不说话,盛美丽识趣儿地转移了话题,"你说这个孩子到底救不救得活啊?怎么救啊?就算是救活了,医疗费怎么办?亲生父母上哪去找?周主任是个好心人,金院长也有魄力,但这种事情太棘手了,将来怎么收场啊?"

祝英笑了,"护士长,你操这个心干吗?领导都已经决定了,我们该干什么干什么,把自己的事情做好不就行了。这不也是好事儿吗?把孩子救活,事情在外面一传,医院的形象就树立起来了,'救死扶伤'不是嘴上说说,我们确实是这么做的。现在医患关系这么紧张,患者、媒体都在骂医院、骂医生,我想领导这么做,是有深远考虑的,就是要改善医患关系,树立医院的良好形象。"

盛美丽诧异地看了祝英一眼,"平常看你蔫不拉几的,不爱吭声,心里什么都清楚,想的还挺多。好了,走,下去看看,希望这个孩子福大命大,不枉费我们的一番苦心。"

# 第三章  就是要创造奇迹

金赣在会上力排众议，代表家属签字同意手术。新生儿监护室主任周巧红立下军令状，要创造生命的奇迹。金赣语重心长的话语打消了主刀医生、儿外科主任安东的顾虑。安东的妻子就是新生儿监护室副主任顾圣婴。

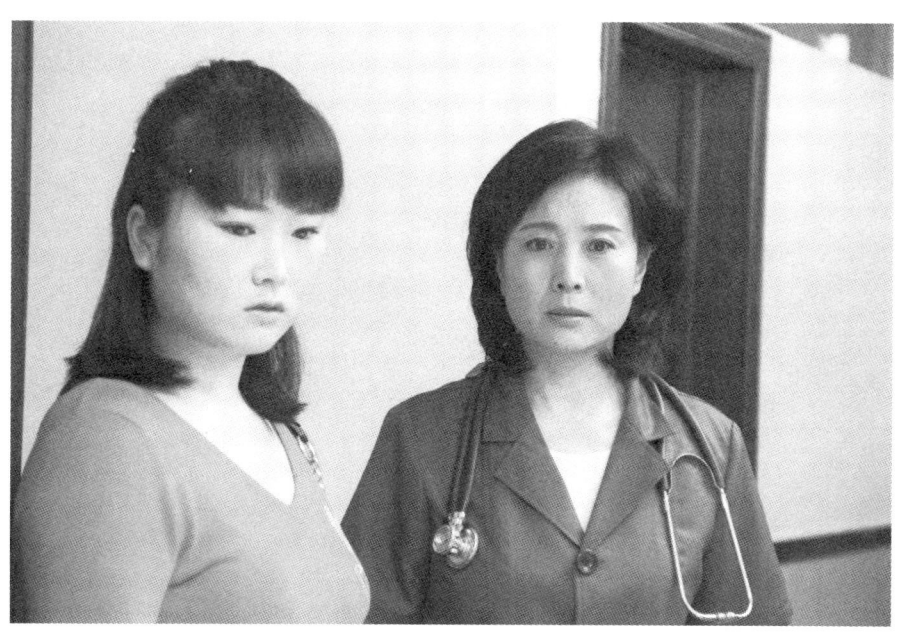

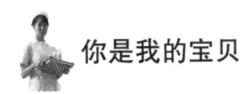 你是我的宝贝

医院办公楼四楼的小会议室,窗外夜色阑珊,黑暗渐渐吞没在城市的灯火里。会议室里,灯火通明,气氛沉重。

居中的沙发上,坐着这支几千号人的大部队的司令和政委——章书记和金院长;对面沙发上环坐着他们手下的精兵强将——鲁宁市第一人民医院各相关科室的主要负责人。金院长面前的桌子上摆放着抢救弃婴需要签署的相关文件。

袁主任看了看,人都到齐了,转脸对两位领导说:"书记、院长,我院的相关重点科室负责人都来了,我们新生儿重症监护室的周巧红主任、顾圣婴副主任、小儿外科安东主任、心内科刘斐主任、神经外二科

陈剑飞教授以及急诊科李凌主任、麻醉中心赵主任。"

金赣的目光一一掠过这些干部的脸，两年多的时间，几百个日日夜夜，他跟这些人并肩作战，殚精竭虑，终于将医院拉向了正轨。现在要做的是一个重要的决定，要承担很大的风险，他需要这些人的支持，同时他也很清楚，不管大家的意见是否一致，会出现多大的分歧，最后做决定的是他自己。这是一个指挥官必须承担的责任。

金赣转向自己的老搭档，章书记平静地点点头，示意他可以开始了。金赣清了清嗓子，说："嗯，好的。现在就弃婴问题，大家谈谈各自的看法吧！"

短暂的沉默后，急诊科的李凌主任率先开口了。"这个孩子我们急诊科门诊下午看过。弃婴是孩子的父亲送来的。这孩子是先天性腹裂，生下来肠管等器官就裸露在体外。部分肠管颜色已经变黑了，情况比较危重，我们建议尽快手术，做了一些应急处理，就推荐到小儿外科安主任那里去了。没想到……"

小儿外科的安东主任接过了话头，"孩子家属问我手术需要多少钱？我说大概需要五六万吧，他说出去打电话跟家人商量一下，我就想了，这还用商量啊，先救人要紧啊！直到下班都没见家属回来过。"

李凌："也可能是没钱，或者是认为白搭钱也救不活。毕竟肠子在外面，老百姓很少见过这样的状况。"

安东："这个孩子的情况比较特殊，如果一时半会儿找不到孩子的父母，费用怎么算？"

金院长身体向前靠了靠，胳膊肘撑住桌面，十指相抵，摆出一个金字塔的造型。这是他的一个习惯性动作，大家都已经习惯了，每当要作出重要决定的时候，他都会下意识地摆出这个动作。顾圣婴的嘴角露出一丝不易察觉的微笑，她很喜欢看金院长的这个动作，觉得这才是一个有魄力的领导者的样子。

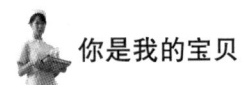 你是我的宝贝

金赣:"嗯,这个情况比较复杂,之前没有类似的例子,我刚刚向章书记汇报过,我们意见一致,先开通绿色通道,钱呢,由院里垫上。"

章书记补充道:"我们不是一直强调'人民医院为人民'的理念嘛,现在就是一个很好的例证啊——特事特办!现在市里在搞'先看病,后收费,惠民利民'的试点,这就是实践新诊疗模式的机会啊!我们总是说一直强调'病人利益至上,良心诚信为本','百年一院,仁爱无限'的口号,那就要落实到行动上。"

小儿外科主任安东有些犹豫地说:"章书记、金院长,这孩子先天性腹裂,大部分肠管外露,必须经过两次手术才行。这孩子目前各方面情况都不太乐观,而且手术比较复杂,风险很大。我们医院还涉嫌过度检查问题,这群记者可唯恐天下没有新闻。这万一……有意外发生,对我们医院的声誉……"

金赣很反感这种瞻前顾后、犹豫不决的态度,也不喜欢别人质疑已经做好的决定。他怒气冲冲地说:"先不说曝光的事是真是假,尺度大小,主治医生责任多大。这是一个新生命!声誉比起生命来,孰轻孰重?我看是你个人想太多了,拿手术刀的手就有些发虚了吧!"

安东张口结舌,脸上挂不住了,红一阵白一阵,坐在那里没吭声。金赣严厉地看了他一眼,又转向在座的其他人。看到丈夫窘迫的样子,顾圣婴的心里有些难过,本想替丈夫辩解几句,可是又怕火上浇油,惹恼了院长,连自己一块骂。

看气氛有些尴尬,善解人意的周巧红开口了,她跟安东、顾圣婴都是老同学了,理所当然地该为他们解围。"安主任的顾虑也有道理。我的观点是孩子要救,但怎么救?要先会诊,会诊之后再定治疗方法。这次书记院长发话了,我们就全力抢救,这样刚好可以

挽回曝光带来的不利影响，而且，记者已经对这件事进行跟踪报道了。我的主张是，生命很重要，但是，要把对医院声誉的可能影响降到最低，把风险控制在合理的范围内。我们这家百年历史的老医院，能有今天的成就不容易。特别是金院长来了之后，带领大家没日没夜地工作，各方面都有了新气象，我们要倍加珍惜医院的形象，保住我们已经取得的成绩。"

安东见老同学替自己说话，马上呼应道："我赞成周主任看法。"

看到丈夫安东和周巧红在这里一唱一和，顾圣婴心里酸酸的，虽然她很清楚安东和周巧红是什么样的人，对他们纯洁而深厚的同学友情很放心。可是，人的心理就是这么奇怪，明知道一切正常——老同学受了委屈，自己出面说几句话，替老同学挽回一些脸面，有什么好奇怪的，可她还是无法控制自己的嫉妒情绪。

顾圣婴不冷不热地开了口，"别怪我给大家泼冷水。各位领导，近期我科接纳新生儿病人成直线上升趋势，导致我科室现在已经是超负荷容纳病人了。我们现在已经把一个办公室腾了出来，容纳那些病情较轻的患者了。再者，我们已经有护士由于劳累过度请假了。我们护理人员少了，病人数量反而增加，这也会影响现有患儿的护理和康复。如果在这方面被媒体抓到把柄，也是得不偿失的。我的意见是可能的话，可以转到其他医院"。

她的话音刚落，周巧红立马抢过话柄。"病房不够，把我的办公室腾出来；医护人员少了，我们以前比这强度大的情况都遇到过，不一样过来了。在这里，我向领导们保证：我科室一定打好这场攻坚战和持久战！请领导们放心！"

顾圣婴的不悦之情溢于言表，虽然她没再说什么，但手里的签字笔被按得"咔咔"直响。

金赣盯着周巧红的眼睛问道："真没问题？"

第三章　就是要创造奇迹

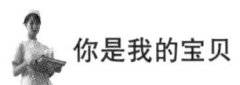

你是我的宝贝

周巧红干脆而坚定地回答道:"没问题!"

金赣很欣赏周巧红这种说干就干,从来不找借口,推三阻四的态度。"好!"金赣赞赏地叫了一声"好"。

急诊科李凌主任:"我们可以在治疗过程中加大透明度,让患者看到我们的治疗过程,充分信任我们。我们医院就是救死扶伤的地方。"

心内科刘斐主任:"我赞同周主任的意见。要不要救,能不能救,不是我们现在说了算的。救治过程中发生什么事谁都不好说。如果孩子救不活呢?急着曝光出去反而没好处。"

金赣觉得再争论下去没什么意义,总结性地说:"大家的主意很好,都是为医院着想。我是个新来的院长,今后的工作可都要倚仗你们这些在座的教授专家了。安主任,无论会诊结果如何,我请大家全力配合你,你尽管做。天塌下来有高个儿的顶着呐!我相信你,大家配合默契,就一定能成功。"话说完,金赣拿过接纳这名患儿的文件,大笔一

挥签了字，然后把文件交给了周巧红。

金赣叮嘱道："他安东是动刀的，你们是负责术后治疗和护理的。你们两个部门一定要团结一心、相互配合好啊！"

周巧红双手郑重地接过文件，"请院长放心，我们儿科上下一定会相互配合，通力合作，全力救治，创造奇迹！"

章书记激动地站起身来，"周主任说的好啊，创造奇迹！我们鲁宁市第一人民医院就是要创造奇迹啊！"

散会后，金赣将安东单独留了下来，叫到了自己的办公室。他将一杯新泡的茶递给安东，在茶几对面坐了下来。茶烟袅袅，清香四溢，安东的鼻子不由自主地嗡动了一下，金赣会心地笑了。

金赣："安东，我知道你喜欢喝竹叶青，尝尝，今年的新茶。"

安东抿了一口，赞许地点点头，"好茶！真是好茶！"

金赣转身从办公桌上拿过一个茶罐，推到安东的面前，"我去四川考察的时候带了两斤回来。这是半斤装的，你拿回去喝吧！"

安东正要推辞，金赣打断了他，"给你你就拿着，别跟我客套。我这个人就不喜欢啰嗦，而且喜欢较真，一就是一，二就是二，该怎么样就是怎么样。会上我批评你，是真生气，你是一个老医生了，也是科室的领导，思想觉悟应该比其他人高才对。救死扶伤、为患者着想，这是一个医生基本的职业操守。怎么能只考虑自己的前途，自己的声誉，置一个婴儿的生死于不顾呢？"

安东难过地低下头。金赣缓和了语气，说："不过，我也有做得不妥当的地方，话说得太重了，而且不分场合，当着那么多人让你一个老同志下不来台，这不对。批评人也是要讲究方法的，每个人都有自尊、面子，要尽量顾及一个人的自尊和面子，更容易被人接受。我的脾气是暴躁了一些，有时候自己也控制不住，一不小心就伤害了别人。所以，

第三章　就是要创造奇迹

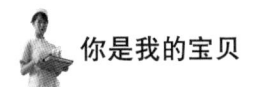
你是我的宝贝

我向你真诚地道歉,别往心里去。"

安东紧紧地握着手中的茶杯,眼眶里一片湿润。他把茶杯轻轻放下,掩饰性地掏出手绢,擦拭着眼镜。"金院长,您的苦心我明白。来院里两年多的时间,您是怎么工作的,我们大家都看在眼里,记在心里。您是一心一意想振兴这家百年老院,一心一意想带着全院上下几千号人往前奔。公道自在人心,有您这样的领导,大家怎么会不好好干呢?被您批评两句,算得了什么呢?您批评得对,我就是私心太重,替自己考虑的太多,失去了一个医生应该有的责任感和救死扶伤的热忱。以后我会注意的,少打自己的小算盘,多替患者想,站在医院发展全局的高度考虑问题。"

金赣一拳击掌,"好!老同志就是老同志,思想一点就通,还是觉悟高啊!正如你说的,这个弃婴的情况很不乐观,你是主刀医生,手术能否成功,能否保住这条小生命,就全看你的了。不过,记住我在会上说的话,不要有顾虑,放手去做,有什么事情我替你顶着。"

安东的热情被点燃了,将杯中剩余的茶水一饮而尽,"我这就去跟其他科室会诊,一定要救活这个孩子!"

与此同时,在新生儿监护室的主任办公室里,周巧红也在跟顾圣婴谈心。会上,两个人的意见针锋相对,周巧红直接否定了自己副手的主张。她非常了解顾圣婴的性格,知道她是一个敏感的人,自尊心强,好面子,自己这么做她心里肯定不痛快。所以一散会,周巧红就把顾圣婴拉到办公室。

周巧红像个老大姐一样拉着顾圣婴的手在沙发上坐下,"圣婴,我们是老同学了,也是多年的老同事。你了解我这个人,心直口快,心里怎么想,嘴上就怎么说,没有恶意,也不是故意针对谁。今天在会上我们的意见有分歧,这都是为了工作,别心里不痛快,我们大家都是为了把工作做好，都是为了挽救孩子的生命，改善医院的形象。出发点是一样的，这才是最重要的。"

顾圣婴还是有情绪，低头没吭声。周巧红耐心地说："你的想法是有道理的。汪小旺的案子刚刚了结，媒体又盯着我们不放，这个时候尤其要谨慎小心，不能授人以柄。可是，把问题推给别的医院，这种做法也不妥当啊！我们不肯救，其他医院就肯救吗？这不是让同行说我们推卸责任嘛！而且，章书记和金院长都已经商量好，事情已经决定了，怎么可能再更改呢？书记和院长有这样的决心和魄力，我们怎么能不配合呢？既然是已经决定的事情，我们就要不折不扣地把它执行好，这是一个医生的责任，也是一个下属必须要做好的事情。你说我说的对吗？"

周巧红的一番话入情入理，像阳光一样融化着顾圣婴心头的冰疙瘩。顾圣婴虽然有点小资心理，容易闹情绪，但整体上还是一个讲原则、讲道理的人。只要把道理跟她说清楚，顾圣婴的思想工作不难做通。

顾圣婴："周主任，你不用说了，我都明白。这些道理我怎么会不清楚呢？"

周巧红打趣儿说："既然是这样，那你在会上为什么那么说啊？是不是看我跟安东配合默契，吃醋了？"

顾圣婴被人揭了短，羞得无地自容，甩开周巧红，跑了出去。周巧红在办公室里一个人哈哈大笑，格外开心。笑完了，自言自语地说："这个人啊，都这把年纪了，又是老同学，还吃哪门子醋啊？"

各科室的会诊在紧张地进行中。幻灯机投射出弃婴的清晰图片，肠子暴露在肚子外面，看上去触目惊心。

安东："这个手术难度比较大，整个肠管将近4/5都在外面裸露，

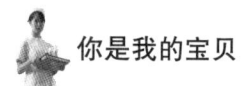

你是我的宝贝

他的这个腹腔呢,没有这么大的空间,得需要额外的、人造的东西增大腹腔容量,才能把肠管放回去。"

心内科刘斐主任:"他这个手术的风险啊,我们要考虑。把肠管放回腹腔以后,腹腔压力会增大,再说孩子刚出生,肺功能发育不完善,这样呢会影响他的呼吸,加重心肺负担,导致手术失败。"

急诊科李凌主任:"刀口裂开的情况也有可能发生。"

周巧红盯着幻灯说:"这个孩子如果不给他做手术,肯定活不成,他的肠管已经有一部分变黑了。"

李凌主任:"做手术麻醉师剂量很难把握,困难很大,不过咱们医院麻醉中心的赵主任经验很丰富,也许会有办法。"

安东:"这是最主要的,如果麻醉不好,手术肯定也做不好。像这个腹裂病人,术中如果出现剧烈的咳嗽,缝合线可能会挣断,必须一直松弛才行。"

神经外二科陈剑飞教授说:"可以增大张力线,使用七号线。越粗,它张力越大,越结实。"

大家把所有可能出现的问题都考虑到了，对手术的风险进行了充分的评估，也想好了应对措施。安东沉思了片刻，下定了决心，果断地说："好，大家做好准备，争取尽快手术。"

新生儿监护室里，祝丹和祝英两姐妹守在弃婴的床位前，目不转睛地盯着这个可怜的小生命。祝英像是在问祝丹，又像是跟自己说话，"能救活吗？"

祝丹看了一眼妹妹，像是有什么话要说，又有些迟疑。思忖了片刻，她走过来，拉住妹妹的手，姐妹俩走到监护室外面的走廊上，在长椅上坐了下来。

祝英："姐，咋了？看你神秘兮兮的样子！"

祝丹郑重地说："妹妹，我得告诉你，那个电视台的记者把我当成了你，而且要走了我的电话号码，这你都看到了。我不想冒名顶替，抢走本来属于你的缘分。所以，我问你，你对他有感觉吗？如果有的话，现在还来得及。"

祝英淡淡地一笑，反问道："姐，你对他有感觉吗？"

祝丹想了想，说："记者，帅哥，年龄合适。还算不错！"

虽然祝丹是姐姐，但一直以来都是祝英让着她，对此祝英早已经习惯了。"那好，我祝你们俩好梦成真，幸福快乐！"

祝丹瞪了妹妹一眼，"八字还没一撇呢，这都哪跟哪啊？这可是你说的，你自愿让给我的，以后别说我当姐的欺负小妹妹。"

"你们姐俩唠啥呢？"护士小绿走了过来。

祝丹连忙扯开话题，"没啥！嗳，听说你要结婚了，婚礼筹备的怎么样了？你那神秘老公什么时候让我们见见啊？从来没在医院露过面啊，是不是长得太帅了，怕我们抢啊？干脆锁在保险柜里吧！"

小绿的神情有些尴尬，仿佛有什么难言之隐。祝英很细心，不像祝

第三章 就是要创造奇迹

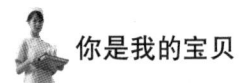

你是我的宝贝

丹那么大大咧咧，信口开河，连忙扯了一下祝丹的衣袖，示意她别再开玩笑了。小绿挤出一个勉强的笑容，有气无力地说："好啊！有时间让他请客，大家一块聚聚。你们聊吧，我进去看看。"说罢，便匆匆走进了监护室。

祝丹有些丈二和尚摸不着头脑，满脸困惑地问祝英："怎么了？我说错话了吗？没有吧？"

祝英也觉得奇怪，她隔着窗户向里面张望了一下，小绿正站在弃婴的床位前，一副心事重重的样子。"或许，她有自己的难处吧！"

# 第四章　家家有本难念的经

护士长盛美丽因为婚后未生育,成了丈夫钱永富的出气筒;副主任顾圣婴则因为与丈夫有隔阂,儿子安小宁又是个问题少年,家庭濒临破裂。金赣到新生儿监护室巡视,发现值班护士祝丹在睡大觉,大发雷霆,妹妹祝英本打算替姐姐解围,却被祝丹误解为在院长面前出风头,落井下石。

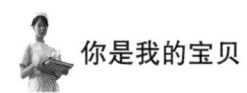 你是我的宝贝

新生儿监护室护士站。盛美丽正在打电话,电话那端传来丈夫钱永富的咆哮。盛美丽低声解释着:"我也没办法,这是突发情况。周主任点名要我留下守夜,真的走不开啊!"从她为难的脸色上就可以看出来,电话那头的钱永富不依不饶。

顾圣婴结束了跟周巧红的谈心,从办公室里走出来,恰好看到抱着电话不放的盛美丽。她换上一张严肃的面孔,走到盛美丽身边,问道:"护士长,家里有事呀?"

盛美丽见是顾圣婴,用手捂着话筒,挤出一丝勉强的笑容,说:"其实……也没啥大事,这不是老钱又不知从哪弄了一副药膳偏方,熬好了等我回去呢!你瞧,这一天到晚补得我肚子没动静,屁股倒像老家的碾盘一样圆了……"

顾圣婴是事业型女性,最讨厌别人唠叨这些家长里短、婆婆妈妈的事情,当即不客气地打断了盛美丽,有些严厉地说:"我提醒你啊,你也是管着几十号人的老护士长了,以后别和大家瞎起哄,注意点儿形象。凡事有周主任呢!"

盛美丽一头雾水,不知道这话从哪提起,茫然地说:"我……我也没说啥呀!"

顾圣婴打量了一眼圆滚滚的、水桶似的盛美丽,怎么瞧她都不顺眼。"要文化没文化,要形象没形象,思想觉悟低,工作能力稀松平常,这样的人怎么能当上护士长?"顾圣婴在心里嘀咕着,懒得跟盛美丽解释,冷冷地撂下一句,"反正今后说话要注意!"说完,就头也不

回地走开了。

盛美丽没头没脑地挨了一顿批,愣在那里不知道该说什么。电话那头的钱永富听不到声音,着急地"喂!喂!"嚷个不停。

顾圣婴走出几步,忽然想起什么来,转头盯着盛美丽,看得盛美丽心里发毛。"盛护士长,你又没戴口罩。最近金院长一再重申纪律,而且随时都会下来抽查。你带长的不带头,咋要求下属?"

盛美丽的火气冒了上来,觉得顾圣婴是存心找茬,她一直看自己不顺眼。"天太热,捂着实在难受!被院里逮着,我认罚还不行吗?"盛美丽硬邦邦地顶了一句。

顾圣婴被激怒了,"你这是什么态度!纪律要靠大家自觉维护……"两个人的嗓门越来越高。

周巧红正在电脑上填写婴儿病患的医疗档案,外面的争吵声传了进来。她侧耳一听,是顾圣婴和盛美丽的声音,正要起身去看看,犹豫了一下,还是坐着没动。这两个人不和又不是一天两天了,就算自己出去劝架,也解决不了什么实际问题。让她们吵上两句,发泄一下心里郁积的情绪,也未必是坏事,说不定还能吵出共鸣来,化解积怨呢!只要别太过分就行。

顾圣婴的声音又传了进来,"再说我们科室都是新生儿,情况特殊,更需要严格的消毒隔离制度。这你又不是不清楚!"

盛美丽一边戴着口罩一边嘟囔着:"整天就看我不顺眼,幸亏只是值日长不是院长!"

顾圣婴本打算转身离开,听到盛美丽的抱怨又站住了,喝问道:"你说什么?"

盛美丽毫不示弱地说:"没说什么,我敢说什么呀?您是墙外高枝(知),我是地里俗人。"

顾圣婴呵斥了一句,"庸俗!"

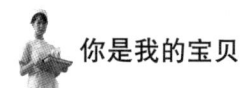
你是我的宝贝

盛美丽:"哎!对了!吃五谷杂粮的嗓子粗,放屁臭。不像你们吃大米白面,柔声细气,肠子都带拐弯儿的。"

顾圣婴懒得理她了,"别拿不是当理儿说,拿庸俗当高尚!"说罢,大步走开了,鞋跟重重地敲击着地面,在寂静的走廊里留下一串回音。

盛美丽又把口罩摘下来,没好气地对着话筒嚷道:"哎呀,就别啰嗦了,我这正忙着呢!烦都烦死了!"说完,"咣"的一声把电话挂了。

电话那头的钱永富震得耳朵里一阵轰鸣,冲着电话骂道:"贱货,反了你了,看回来我怎么收拾你!"

办公室里的周巧红听两个人不再吵了,苦笑了一下,继续忙自己的。

顾圣婴的心情比盛美丽好不到哪去,这也是两个人争吵的诱因,彼此都需要发泄。医院里工作繁忙不说,家里的事情也让她焦头烂额,可谓内忧外患。安东跟她一样,全部心思都放在了工作上,疏忽了对儿子安小宁的教育,让这个孩子变成了问题少年,成为了夫妻二人的心病。在外人的眼里,夫妻二人都是受人尊敬的医生,还是医院的领导,一家三口本应幸福美满,可是,他们的苦衷外人是看不到的。

她跟丈夫安东的关系一度因为工作忙碌、疏于沟通而变得疏远,小宁的问题更是让紧张的关系雪上加霜。夫妇二人谁也不肯承认是自己的责任,相互指责,相互埋怨,让这个家滑到了破碎的边缘。儿子没人管,家也没人照顾,到处一片狼藉,不管是顾圣婴还是安东,包括儿子安小宁,谁也不愿意回那个冷漠的、没有一丝温情的家。

顾圣婴靠在走廊的窗前,望着窗外无边无际的夜色,脑子里乱糟糟的,好像装了一团乱麻,快要把脑子撑破了,但要想梳理一下,却又无从下手,根本就理不出一个头绪来。她用力敲打着自己的脑袋,设法让自己清醒起来，可是无济于事。里里外外的事情太多了，每一件都很棘手，生活变得一团糟，就像掉进了荆棘丛里，到处都是刺，浑身上下伤痕累累。

顾圣婴觉得很委屈，这些年自己一直拼命努力，要做到最好，不输给任何人，可是，不知不觉中，生活就变成了这样，自己的人生几乎要毁掉了。她觉得很不公平，这不是她想要的结果，也不是她应得的。可事已至此，她无能为力，只能被动地被生活拖着向前走。

祝丹迈着轻盈的步伐，扭动着腰肢，从走廊另一端走过来，嘴里还哼着不知名的调子，一看就是人逢喜事精神爽。看到顾圣婴，祝丹连忙站住，双手从口袋里抽了出来，谁都知道顾圣婴对本部门的人要求严格，不像主任周巧红那么随和，稍有不慎，就会挨顾圣婴的批评。

顾圣婴打量了一年祝丹，淡淡地问："看你那高兴的样子，有什么喜事儿啊？"

祝丹连忙否认，"没有，没有，瞎哼哼。"

顾圣婴："7床盯紧点，马上就要动手术了，别出任何差错。院领导盯着这个病例呢，出了问题，谁都不好交代。"

祝丹立正，敬了一个军礼，响亮地回答说："是！马上执行命令。"

顾圣婴被她调皮的样子逗乐了，挥挥手让她过去了。祝丹一边溜走一边吐着舌头，庆幸自己闯过一关。

其实，有一件事情顾圣婴已经完全忘记了。今天本来是儿子的生日，她跟安东约好，晚上一起回家给儿子过生日，让孩子体验一下家庭的温馨和父母的关怀，或许对纠正他的不良习性有帮助。但是，弃婴的事情忙得大家团团转，顾圣婴就把这件事忘到了脑后。安东本想提醒她一句，可是转念一想，如果这么重要的事情她都忘了，提醒又有什么意义呢？就算是提醒，顾圣婴也未必肯放下工作回家，在她眼里，工作永远是第一位的。

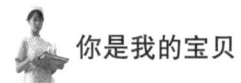 你是我的宝贝

　　安东和儿子小宁坐在方桌的两头，中间一张椅子空着，是留给顾圣婴的。餐桌上面放着一个变形金刚，包装还没有打开，这是夫妻两个打算送给儿子的生日礼物。桌子上摆满了菜，都是安东下厨炒的，米饭也盛好了。桌子的中间有一个大蛋糕，上面的蜡烛已经烧掉了2/3。墙上的挂钟在"滴滴答答"地响着，时间已经是9点1刻了，可是顾圣婴还不见踪影。

　　父子二人就这样静静地坐着，房间里的气氛压抑，让人有点喘不过气来。安东终于按捺不住了，拿起桌上的米饭和筷子，"小宁，咱不等了。吃吧！"说罢，自顾自地吃了起来。

　　安小宁撅着嘴，仍然坐着不动。过了一会儿，眼泪夺眶而出，他猛地站起来，抄起桌子上的变形金，发疯似的摔在地上，又在上面狠狠地踩上几脚，吼出一句"骗子！"跑回了自己的房间。

　　安东放下手中的碗筷，无奈地坐着。

走出病房，两个人来到护士站前，祝丹和小绿还在熟睡中。金赣的脸上阴云密布，站在他身后的祝英能明显地感受到金赣身上散发出的怒气，气场越来越强，说明大领导的火气越来越大。祝英刚想上前叫醒姐姐，被金赣用手势制止住了。

站在护士站的外面，金赣干咳了两声，可是祝丹和小绿睡得很死，一点反应都没有。金赣忍不住了，敲了敲桌子。祝丹仰起脸来，睡眼朦胧，根本没看清站在面前的人是谁，还以为是婴儿的家长，有些不耐烦地问道："干吗？大早晨的？"

金赣强压着怒火，"值班时间怎么能睡觉呢？要睡也得轮流睡啊，孩子出现异常怎么办？不及时采取措施，会出大事的！"

祝丹根本没听清他在说什么，又趴到桌子上，口齿不清地说："咸吃萝卜淡操心！累了趴会儿怎么了？想看孩子晚点来，就差这么一时半会儿了，又飞不了！"

祝英急了，叫了一声"姐！"

祝丹和小绿都醒了，揉揉眼睛，终于看清了眼前的人是谁。两个人霍然站起身，声音发颤地说："金院长！"

金赣再也控制不住自己的脾气了，劈头盖脸地一顿批评。他的嗓门很高，惊动了办公室里的周巧红和顾圣婴，留下来值班的盛美丽也不知从什么地方钻了出来，一看是金赣来检查，全都傻了眼。

金赣简直是火山爆发，在护士站前来回踱步，那神情就像一头发怒的狮子，周围的人战战兢兢，预感到大祸临头。"你们两个主任都在，你，你是护士长吧，负责的人一个不少，婴儿的生命危在旦夕。可你们倒好，值班护士在你们眼皮底下睡大觉，你们就不闻不问，你们的责任心哪去了？你们的医德哪去了？听听她是怎么说的……"金赣指着已经吓傻的祝丹，"让家长晚点来，孩子飞不了。如果我是婴儿的家长，听了这样的话，心里是什么滋味儿？对我们医院会留下什么印象？我们

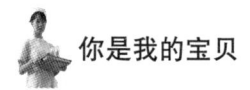 你是我的宝贝

这家百年老院的声誉就毁在你们的手里!"

祝丹不甘心就这么挨骂,壮着胆子反驳道:"院长,我们值班睡觉是不对,但您这么说就不对了,睡一会儿就毁了医院的百年声誉……"祝丹最后一句话是小声嘟囔出来的,"小题大做!"

金赣盯着祝丹,简直不相信自己的耳朵,他崇尚军队作风,令行禁止,坚决执行命令,不找任何借口,尤其无法容忍犯了错误还狡辩、推脱责任的行为。值班睡觉本身就不对,自己批评两句,对方还敢反驳,这是金赣无论如何都想不到的。他一时不知道从何说起,像是嗓子眼里噎着一口气,吐不出来,怒火越烧越旺,整个人快要爆炸了。

停顿了片刻,周围的空气紧张得令人窒息。金赣努力控制着自己,尽可能让语气保持平静,可是声音听上去还是有些发抖,"小题大做?那好,我们刚举行完医院文化考试,医护人员的服务理念相信你们还记得,我问你们,什么叫'两好'、'两满意'?什么叫'六爱'?你们说说看,然后跟自己的行为对比一下,看看存在多大的差距。"

金赣也是被气糊涂了,没头没脑地冒出这么一个问题,还真把祝丹难住了。医院文化考试她参加了,可是答卷的时候她跟祝英坐在一起,答案全是抄祝英的,考完就忘了,根本记不起一星半点儿。她没想到院长会突然问起这个,张口结舌,不知道该怎么回答。

旁边的周巧红、顾圣婴和盛美丽急得满头大汗,可是又不敢插嘴,现在领导正在气头上,谁也不想把祸水引向自己。大家都在心里埋怨着祝丹不懂事,明明做错了还不肯认错,跟领导顶嘴,这不是自己往枪口上撞吗?

最担心的人是祝英,她看场面已经僵住了,担心姐姐再说出不得体的话来,院长一气之下给她严厉的处分。院里的人都知道,金赣说出

的话就是泼出去的水，一言既出驷马难追，到那时候什么都晚了。祝英顾不上太多，自告奋勇地对金赣说："院长，这个问题我能回答吗？"

金赣看祝丹是真的回答不出来，这么僵持下去也不是办法，于是转向祝英，缓和了语气说："你是她妹妹，古人说'亲亲相隐'，姐姐犯了错，妹妹要打个掩护，情有可原。好，我就给她一个机会，你来替她回答吧！"

祝英看金赣跟自己说话的语气还算和善，暗暗松了一口气，打起精神回答道："'六爱'就是'心爱'，记在心中；'细爱'，做在服务；'大爱'，现在疗效；'诚爱'，显在价廉；'恒爱'，展在便捷；'仁爱'，留在医患。"

金赣赞许地点点头，"一字不差，张口就来，看来你的确是用心学习了。那你再说说，我们提的'两手抓'是什么意思？"

在场的人都把视线集中到了祝英身上，既有期待也有担心，希望她能对答如流，把刚刚出现的转机向好的方面发展，但也担心她会中途卡壳，把局面又搞糟了。

祝英胸有成竹，声音中透着自信，流利地回答道："一手抓：树形象、创品牌、促和谐、扩市场、做营销、增效益，实施'四进、三保、两好、两满意'；一手抓：育人才、建学科、抓质量、保服务、上项目、活机制，实行'四定、五评、三奖、两鼓励'。"

金赣脸上的阴云开始消散，露出一丝灿烂的笑容。"不错！不错！我再考考你，什么叫'四进、三保、两好、两满意'？什么叫'四定、五评、三奖、两鼓励'？"

祝英："'四进'就是'优质医疗技术进农村、优质医疗服务进社区、健康大课堂知识进家庭、可塑之才进国家名院强科'；'三保'就是'保障医院各项安全，保障职工利益相对稳定，保障病人费用稳中有降'；'两好'就是'质量好、服务好'；

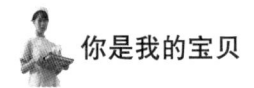

'两满意'就是'职工满意、病人满意'。"她一口气背出了"四进、三保、两好、两满意"。金赣追问道:"那'四定、五评、三奖、两鼓励'呢?"

祝英:"'四定':定岗位职责,定岗位目标,定岗位编制,定人员;'五评':考核工作数量,考核工作质量,考核工作绩效,考核病人满意度,考核职工满意度;'三奖':奖励突出贡献者,奖励新项目突破者,奖励优秀安全服务者;'两鼓励':鼓励后进变先进者,鼓励先进变优秀者。"

金赣的脸上已经是阳光明媚了。祝英再接再厉,不等金赣问,就把医院未来的发展战略也背诵了出来。"我们要走'三创、四型'发展之路:创建无痛微创医院,创建百姓服务家园,创建人民满意医院。争当感人型员工,打造内秀型环境,提供家园型服务,塑造精典型医院。"

金赣一边拍着巴掌,一边赞赏说:"好,非常好!"紧张的气氛完全缓和了下来,大家都松了一口气。金赣看了看祝英,又看了看祝丹,转脸对周巧红和顾圣婴说:"是人就会犯错误,要给改正的机会。这次就不给经济处罚了,但要对新生儿监护室通报批评。给你们三天时间整改,到时候我会来检查,再发现违反规章制度,工作不认真,对患者不负责的情况,一定要严惩不贷。"

周巧红和顾圣婴点头答应。金赣看了看祝丹,说:"我们鼓励后进变先进,不要因为这次挨了批评,就失去信心,破罐子破摔,以后要用心工作、认真负责,做一个让患者满意、让院里认可的好护士。"祝丹表情尴尬,僵硬地点点头。

金赣不再理会她,转向祝英,"我们同样鼓励先进变优秀,继续努力,把现在的作风和精神面貌保持下去,我相信你会成为一名优秀的医护人员,前途一片光明。"

祝英兴奋地点着头,望向祝丹,可是祝丹一脸恼怒地看着妹妹。祝英以为自己这么做是替姐姐圆场,可是祝丹却不这么想,自己丢人丢到家了,妹妹却落井下石,趁机出风头。祝英不明所以,一脸茫然,委屈的泪水在眼圈里打转。

第四章 家家有本难念的经

# 第五章　宝贝闯过第一关

弃婴的第一次手术让每个人的心都提到了嗓子眼,事关婴儿的生命和医院的声誉,不能有半点闪失。手术过程一波三折,弃婴不仅仅是腹裂,而且胃壁单薄如纸,没有肌肉。在安东等人的努力下,手术终于取得成功,新生儿监护室挑起了护理婴儿的重担。

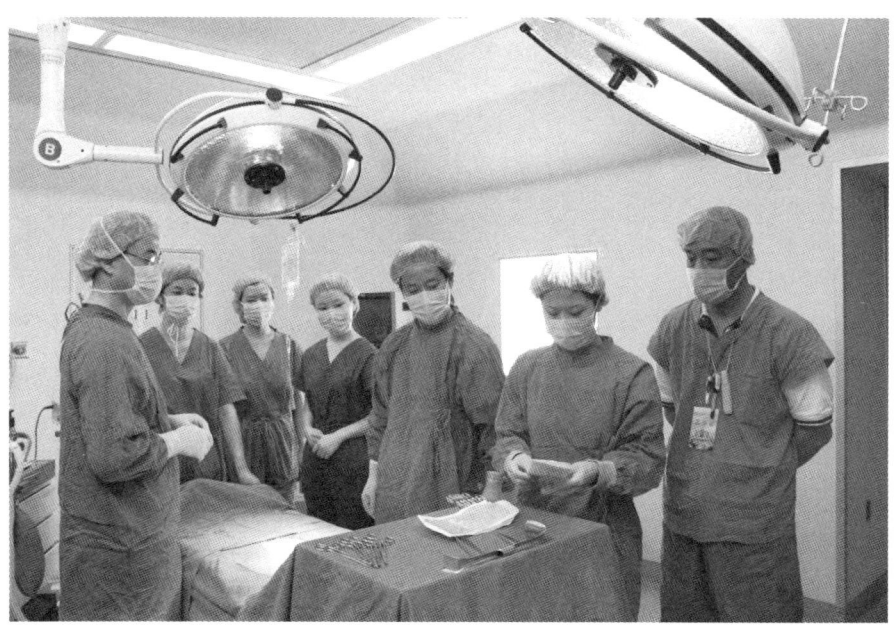

今天是弃婴手术的日子。随着预定的手术时间的临近,从主刀医生到新生儿监护室的医护人员,包括院长金赣在内,每一个人的心都揪得越来越紧。因为大家都知道,抢救生命垂危的弃婴既是彰显高尚医德的崇高之举,也是关乎医院声誉和形象的大事儿,万一手术不成功,就可能招致铺天盖地的责难。压力最大的就是院长金赣,是他在找不到孩子亲生父母的情况下,签字同意为弃婴做手术,一旦出了问题,他责无旁贷。正像他对安东说的,"天塌下来有高个儿的顶着",一个不敢承担责任的领导还算是真正的领导吗?

站在办公室的窗前,金赣眺望着远方的天空,天边乌云翻卷,朝着城市的上空涌来,一阵裹着暴雨气息的风吹进窗户,寒意沁入肌肤,金赣不由自主地打了一个寒战。一句唐代诗人李贺的诗浮现在他的脑海中——"黑云压城城欲摧",第一人民医院现在正被医疗纠纷和社会舆论困扰,本该韬光养晦,少惹麻烦,可是他偏偏接下了这个烫手山芋,把一个濒危婴儿的生死跟自己的前途、跟医院的命运拴在了一起,手术成功当然是皆大欢喜;一旦手术失败,后果不堪设想。金赣觉得自己是在赌,而且是孤注一掷,但为了拯救这个小生命,他觉得自己赌得值得,"人生能有几回搏,战场上、商场上、人生的舞台上,都有需要放手一搏的时候,那就搏一把!"

金赣做事向来果断,从来不为自己的决定后悔,可是,这不代表他不会像其他人一样担心、紧张,他也是一个有血有肉、有思想有感情的普通人。紧要关头,金赣同样会忧心忡忡、坐立不安,只是,每次他都

第五章 宝贝闯过第一关

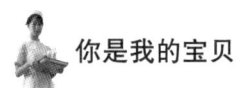

你是我的宝贝

会尽力控制自己的情绪,不当众流露出来。他是一院之长,是这支大军的指挥官,是灵魂和主心骨,如果他自乱阵脚,就会导致军心不稳,上上下下人心惶惶,事情肯定会搞砸。

金赣深深地吸了一口气,又缓缓地吐出来,空气的味道又凉又湿,预示着一场暴风雨即将席卷这座城市。但那种湿冷的感觉缓解了金赣内心的燥热,让他迅速地安静下来。

袁主任敲门走了进来,"金院长,手术已经准备好了,您要不要去看看?"

金赣沉稳地点点头,和袁主任一起赶往儿科手术室。

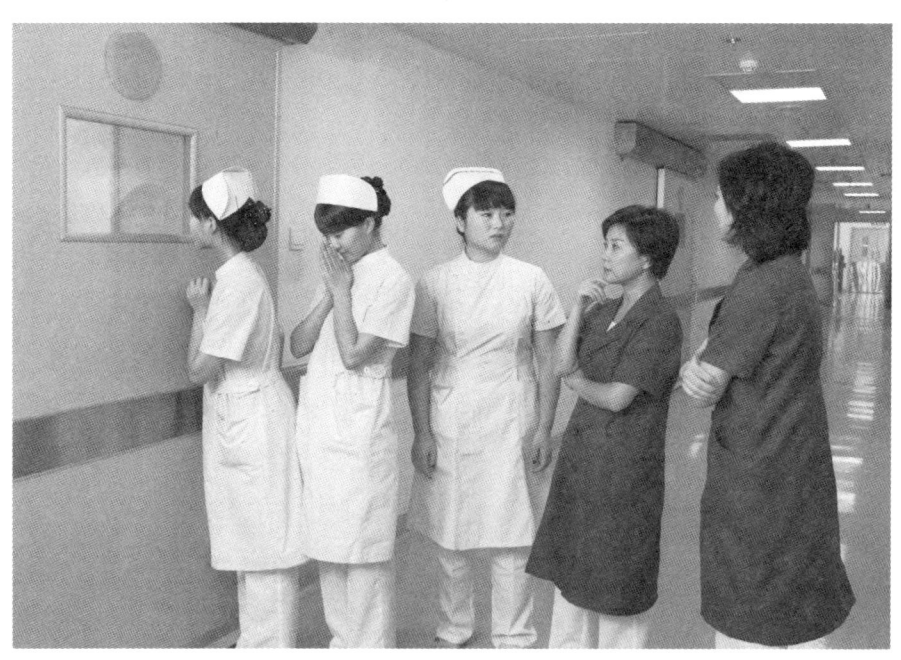

新生儿监护室。祝丹和祝英将躺在特殊温箱里的婴儿推了出来,周巧红、顾圣婴、盛美丽和新生儿监护室的医护人员都在走廊里,无言地注视着这个脆弱的、即将面临生死考验的小生命。大家的表情同样凝重,没有人说话,都在内心里默默祈祷、祝福。此刻,周巧红的心情格外复杂,在会上,她不顾顾圣婴的反对意见,力主将婴儿留下来抢救,还当着院领导和大家的面,信誓旦旦地立下了军令状。如果手术失败,给医院带来无法挽回的影响,她的责任不小。可是现在,不是为自己担忧的时候,关键是全力以赴救活这个孩子。孩子救活了,一切都好说!

周巧红注视着温箱中的婴儿,插在大白褂口袋里的双手不由自主地捏紧了,手心渗出了汗水。"孩子,你一定要挺住啊!这么多人在关心你,为了救活你而努力,甚至是冒着风险,你一定不要辜负大家的期望,一定要活下来!"这无声的祈祷倾注了她全部的心力,似乎要将她的力量传递给即将接受手术的婴儿,让他变得更顽强,经受住这次的考验。

一只手臂绕过周巧红的臂弯,将她轻轻地挽住,周巧红侧脸一看,是顾圣婴。顾圣婴一改往日的高傲与冷漠,冲周巧红露出一个温暖的笑容,那是多年的老同学、老同事才能有的默契,才会给予的理解与支持。二十多年的相处,让她们无需言语,一个眼神、一个动作、一种异样的气息,就能准确地判断对方的情绪和想法。周巧红回馈给她一个感激的笑容,一切都在不言中。

她的另一只手臂也被人挽住了,是盛美丽。周巧红的心头涌过一阵暖流,她的心里踏实了很多,对手术充满了信心。她有种预感,手术一定能成功,孩子一定能活下来。

从她们身后传来一阵"嗡嗡"的议论声,"章书记和金院长来了!"周巧红转身一看,在袁主任的陪同下,章书记和金赣迎面走来,她连忙迎了上去。

章书记和金赣并肩走着,低声说:"老金,这可是一着险棋啊!"

金赣坚定地说:"狭路相逢勇者胜!生命是第一位的,为了孩子,再大的代价也值!"

章书记:"我就是欣赏你这种敢作敢当的魄力!"

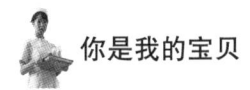
你是我的宝贝

周巧红:"章书记、金院长,你们都来了!"

金赣:"手术准备得怎么样?"

周巧红:"都准备好了。对风险做了充分的评估,也制定了应急预案,能做的我们都做了!"

章书记:"九分人算,一分天算。我们已经尽力了,剩下的就要靠这个孩子福大命大了!"

金赣点点头,环顾走廊里的医护人员,一眼就看得出来,大家的心情都不轻松,气氛显得很压抑。在这种场合,身为一把手,他有责任调节一下气氛,给大家打打气。清了清嗓子,金赣提高声音问道:"大家看过《末代武士》这部电影吗?"

包括章书记、袁主任、周巧红、顾圣婴在内,在场的人都面面相觑,不知道院长为什么突然问这么一个莫名其妙的问题,视线最后都集中到了金赣身上。金赣很喜欢这种感觉,成为所有人瞩目的焦点,每个人都期待着他给出答案。"回去大家可以抽时间看看,是一部震撼人心的好电影,为了信念而战,不惜慷慨赴死。我看到结局的时候,热泪盈眶,心情很久都无法平静。身为医护人员,'救死扶伤'就是需要用生命来坚守的信念,为了这个神圣的信念,再大的代价都在所不惜,个人的得失又算得了什么呢?"金赣动了感情,在场的人为他的真诚所感染,一双双眼睛里散发出兴奋的光芒。

金赣激动起来,一种亢奋的情绪在他的内心蔓延、膨胀。他的目光一一掠过这些与他朝夕相处、并肩作战的面孔,稍稍抚平了躁动的情绪,接着说道:"我说这些,并不是要给大家施加压力,相反,而是要给大家减压。在这部电影的结尾,主人公说过这样一句话——'人要竭尽所能,然后听天由命'。我很喜欢这句话,为了救活这个苦命的孩子,我们会竭尽所能,不遗余力,不惜代价。但是……"

停顿了一下,金赣的语气沉重起来,"我们都很清楚,手术的风险很大,孩子的情况相当不乐观。所以,我们要有足够的心理准备。即便手术最后失败了,我们已经尽力了,良心上可以安宁,毕竟,很多事情是我们无法控制的,要看天意,要看孩子的生存意志是否足够顽强。至于手术失败的后果,我会一力承担,不会诿于任何人。我希望大家都能记住这句话,竭尽所能,听天由命。这句话可以作为我们的人生箴言,类似这样的人生节点以后我们还会遇到,当我们面临同样严峻的形势,站在人生的十字路口上,顶着压力和风险,要作出关乎前途和命运的抉择的时候,想想这句话,就能收获内心的平静,这样才能作出一个明智的决定。全力以赴,坦然接受最后的结局!"

顾圣婴的眼中泪光闪闪,她被这番发自肺腑的言语深深地打动了,带头鼓起掌来。掌声由小到大,越来越热烈,响成了一片。金赣连忙用手势制止,指了指挂在墙上的"静"字。

婴儿被推进了手术室。手术室外,人们在焦灼地等待着,祝丹和祝英两姐妹紧紧相拥;手术室内,集中了鲁宁市第一人民医院几位重量级人物——参加这次手术的都是主任医生,小儿外科主任安东、急诊科主任李凌、麻醉中心赵主任,这个小生命享受的是少有的高规格待遇。

安东握着手术刀,他记不清自己做过多少台手术,但从来没有像这一次,小小的手术刀这样沉重。但他的手没有发软,而是沉稳有力,他现在放下了不必要的思想包袱,抛开了所有顾虑,对于自己该做什么、怎么做,胸有成竹。

此刻,安东的头脑很清醒,思路从来没有这么清晰过,心明眼亮。他注视着自己手中的武器——那把即将用来手术,和自己一样承担着神圣使命的手术刀。锋利的刀刃、优美的弧线、精致的造型,刀身上反射着手术室里的灯光,让安东想起了武侠小说里的"柳叶单刀"。他喜欢

第五章 宝贝闯过第一关

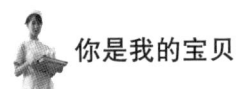
你是我的宝贝

手术刀,喜欢握着手术刀的感觉,好像自己就是一个行走江湖、救死扶伤的侠客。很少有人知道,在严肃、执拗的外表下,内心有着如此浪漫、感性的一面。正是这份深沉、热烈的情感,推动着他在技术上精益求精、刻苦钻研,"功夫"炉火纯青,成为省内同行中一等一的高手,名声在外。现在,他要凭自己出神入化的武功来拯救这个众人瞩目的小生命了。

安东攥紧了手术刀,环顾手术室里和他并肩作战的同事。李主任和赵主任也在看着他,微微点头,眼神中充满了信任和鼓励。有他们的配合,安东相信自己能打好这一仗。他坚定地点了一下头,示意手术可以开始了。

手术进行中,正在操刀手术的安东忽然皱紧了眉头,目光停滞在孩子的胃部。他异样的神情引起了李凌主任的注意,有些紧张地问道:"怎么回事?"

安东头也不抬地回答道:"这孩子腹裂合并胃壁肌层缺损。"

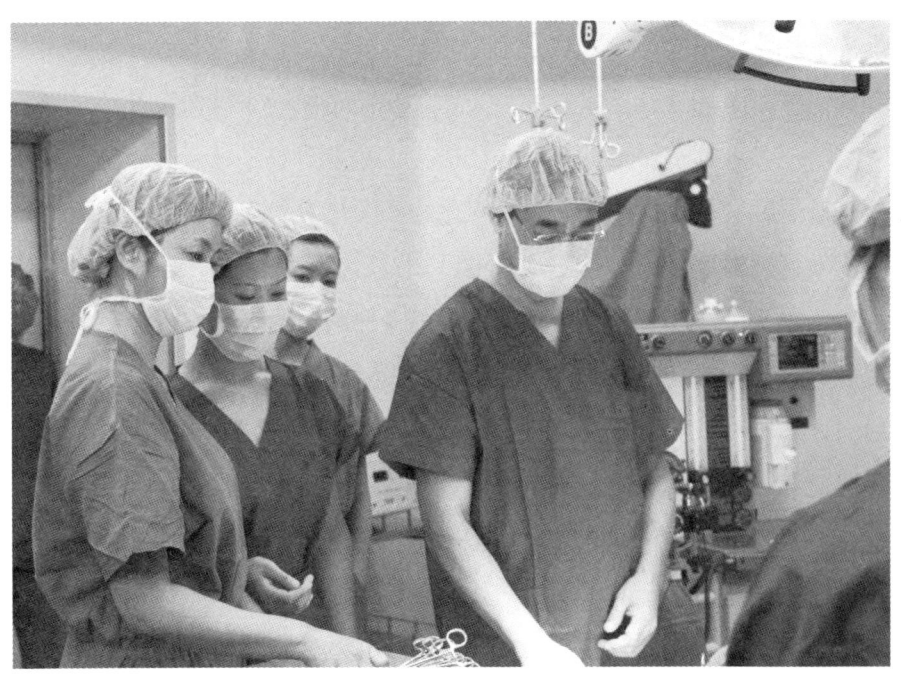

李凌和赵主任面面相觑，形势比他们事先设想的还要严峻。手术前，他们评估了各种可能发生的意外情况，但现在的发现还是出乎他们的意料之外，孩子的情况本来就不乐观，现在真是雪上加霜。

李凌低声道："这一个很特殊的案例，一般都是单纯的腹裂，或者单纯的胃壁肌层缺损。"

安东果断地说："马上进行手术修补，用那种进口化工纤维。"

赵主任转身吩咐护士，"准备血浆，可能需要输血"。

李凌提醒道："安主任，我们是不是跟院领导打个招呼，情况比设想的严重得多。我们自作主张进行手术，万一出了问题……"

安东摇摇头，"这个节骨眼上，哪有时间请示汇报？我是主刀医生，出了事情我负责！"

李凌有些诧异又有些钦佩地望着安东，他印象中的那个小心谨慎的安东可不是这个样子，安东变了！有时，人的改变就是在不经意间发生的，出乎意料之外，又在情理之中。这个从天而降的婴儿正在无形中改变很多人，改变着新生儿监护室，改变着医院的氛围。

手术室门外，上至院长下至普通的医护人员，大家都在忍受着时间的煎熬，在这样的情境下，时间比平时慢了很多。金赣离开了人群，在一个角落里来回踱步，几乎每隔几分钟就要看看手表上的时间。他不知道手术室发生了什么情况，但察觉到手术花费的时间比正常情况下要多，"一定是出了什么意外？问题严重吗？安东他们应付得了吗？手术会不会失败？"金赣情不自禁地猜测着各种可能情况，甚至有些埋怨几个参加手术的主任医生，"怎么也不出来通报一下情况，让大家干着急？"这都是人心情紧张时的正常反应，但当局者迷，身为当事人是无法控制自己的想法的，即便是金赣身居高位，见惯大场面，经历过无数风浪的人。

祝丹和祝英站在手术室的门外。因为早上被院长批评的事情，祝丹

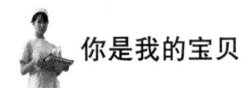

*你是我的宝贝*

一直对祝英不理不睬，祝英几次尝试跟姐姐解释，祝丹都板着脸，一言不发地掉头走开，让祝英很尴尬，也很难过。自己的一番好意却被姐姐误解，真是百口难辩。可是，她们毕竟是同胞姐妹，不愉快很快就烟消云散，此刻，她们怀着焦虑不安的心情，紧紧搂着对方，彼此支撑，盼望婴儿早点出来，平安无恙。

不知过了多长时间，手术室的灯灭了，手术终于结束了。在外面等候的人的心都提到了嗓子眼。这种等待、这种紧张的心情本来是属于患者的家属，但这个孩子的父母消失得无影无踪，现场的每一个人都在不同程度上扮演了他亲人的角色，承受了这份精神上的重担。

金赣大步冲到手术室门前，跟章书记站在一起。手术室的门打开了，安东和李凌推着温箱里的婴儿走了出来。看到外面黑压压的一片人，两个人都愣住了，大家期待的眼神让他们心里一阵激动。安东摘下口罩，脸上挂着心满意足的表情，"手术成功了！"片刻的沉寂之后，走廊里响起热烈的掌声。这一次，金赣没有制止大家，该让他们分享成功的喜悦，为这个孩子闯过人生的第一道坎欢呼。

章书记和金赣走上前，握住了安东和李凌的手，好像是在欢迎凯旋归来、战功卓著的将军。金赣抑制不住自己的兴奋，用力地说："我代表全院职工感谢你们，今天，你们是功臣！为生命立功，为医院立功！等将来写院史的时候，一定为你们重重地记上一笔。"

周巧红和顾圣婴对婴儿的术后护理做了周密的安排，大家轮流给婴儿打针，喂奶，搞卫生……具体工作由护士长盛美丽负责。祝丹和祝英姐妹俩主动请缨，承担了大部分工作。鲁梦扬征得电视台领导的同意后，对第一人民医院抢救婴儿的过程进行追踪拍摄。他执意要做这个节目，除了新闻价值上的考虑之外，还有自己的私心，那就是可以泡在医院，乘机接近他心仪的姑娘——被他张冠李戴,错当成祝英的祝丹。

新生儿监护室的主任办公室里挤满了人,周巧红把全科室的医生、护士都召集了起来,为弃婴的术后护理问题召开一个专门的会议。看着一张张兴奋的脸,周巧红自己的心情也无法平静,这个弃婴的出现,把每个人的热情都点燃了,让大家觉得这是一项上天赐予的神圣使命,一定要把这个苦命的孩子救活。

周巧红:"手术虽然成功了,我们不能掉以轻心,孩子的情况还不稳定,术后护理是关键所在,稍一疏忽,孩子就可能有生命危险。所以,我们大家要打起精神来,尽自己最大的努力,救活这个孩子。"

顾圣婴补充道:"根据手术的情况,孩子胃壁肌层缺损,刚刚进行了修补。所以,不能过早地喂奶,以免把胃撑破。只能先用针管静脉注射营养液,然后根据情况再决定是否喂奶。所以,在护理的时候,我们要计算好孩子每天需要的热量、液体量、蛋白质、脂肪乳,剂量一定要准确。"

周巧红:"就算是以后能喂奶了,也要控制好剂量。一般的正常孩子,一次要喂20毫升奶,可是这个孩子的胃非常脆弱,只能用针管从一两毫升的稀释奶喂起。剂量控制不好的话,孩子的胃壁就会再次破裂,造成胃出血。小孩子不像大人,胃破了疼得撕心裂肺,马上就能知道。他不会说话,可能只是苦恼,能发现问题之后可能就晚了。生命攸关,大家一定要小心啊!"

祝英:"主任,您放心,我会像照顾自己的弟弟一样照顾他的。"

周巧红抑制不住内心的激动,站起身来,"祝英说的好。这个孩子虽然被抛弃了,但他有父母,在座的人都是他的父母,我们就像对待自己的孩子一样对待他。我相信,他一定不会辜负我们大家的期望,孩子一定能活下来!"

散会后,祝丹和祝英回到病房,一左一右地趴在暖箱上,看着里面

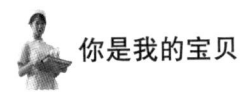
你是我的宝贝

的婴儿。其他接受手术的婴儿，手术结束后都能享受父母无微不至的照顾，而这个被抛弃的孩子，现在只能孤零零地躺在暖箱里，亲生父母不知道在何方。想着想着，祝英的眼睛湿润了，眼泪不争气地滑过面颊，落在暖箱上。

祝丹小声地责怪道："你哭什么？手术成功了，这是好事儿啊，该高兴才对！"

祝英一边擦拭着眼泪，一边说："我就是觉得这孩子太可怜了。"

暖箱中的婴儿醒了过来，闭着眼睛，咧开嘴巴就哭，手脚不安分地动弹着。祝丹瞪了一眼祝英，"都是你，看，他听见了吧，伤心了"。

祝英委屈地说："他肯定是手术之后伤口疼，或者饿了！怎么办啊？"

祝丹向外面走去，"我去找主任！"

祝英独自留在病房里，看着痛苦的婴儿，心如刀绞。她忍不住打开了暖箱，把手伸到婴儿的面前，想给他一些抚摸和安慰。忽然，婴儿的小手紧紧地攥住了祝英的食指，好像是这样能缓解自己的疼痛。祝英没有想到，才降生的孩子竟然有这么大的力气，能把自己的手指抓得这样紧。一种特殊的感觉从指尖传递到祝英的身体里，那是一种被依赖、被期待的感觉，是庇护和拯救一个小生命的责任感。

祝英被那种感觉震撼，像是电流在全身上下传导着。她僵在那里，身体里有一阵无法言喻的颤栗，幸福的颤栗。那一刻，祝英觉得自己的身体、血液、生命、灵魂都和暖箱中的婴儿融为一体了，有一种神秘的力量将他们联系在一起，无法分割。

曾有一个瞬间，她的脑海中一片空白，忽然又浮现出美国连续剧《老友记》中的片段。罗斯在女友怀孕之后，感到一片茫然，不知道自己能否做好一个父亲。于是，他找到自己的父亲老盖勒，问了一个问题——"你是何时知道自己成为了一个父亲的？"老盖勒告诉他，是在罗斯出生的时候，当他走到还是婴儿的罗斯身边，伸出自己的手时，他的手指被罗斯紧紧地攥住了。那一刻，他知道自己已经是一个父亲了。

祝英觉得，此时此刻，她明白做一个妈妈的感觉了，她就是这个弃婴的妈妈，几十位妈妈中的一位。祝英默默地祈祷着，希望上天保佑孩子的平安，一定不要将他从自己的手中夺走。

新生儿监护室。祝丹正在给婴儿擦拭身体，鲁梦扬带着摄影师张明走了进来。祝丹神情专注地做着自己的事情，根本没有注意到他们。鲁梦扬站在一旁目不转睛地观察着祝丹，祝丹脸部的侧影线条圆润，看上去很精致，她擦拭婴儿身体的动作很轻，小心翼翼，在鲁梦扬的眼里，就是一个充满爱心的白衣天使。看着看着，鲁梦扬就被这幅圣洁而美丽画面陶醉了。

摄影师张明捅了鲁梦扬一下，"傻了？赶紧干活啊！"

鲁梦扬如梦方醒，走到祝丹的身边，柔声说："护士，能采访你一下吗？"

祝丹抬起头，认出是鲁梦扬，没好气地说："没看我忙着的吗？要采访，等一会儿再说。"

鲁梦扬非但不生气，还笑眯眯地站到了一遍，耐心等待，好像被祝丹顶撞两句很受用的样子。张明在旁边看得清楚，无奈地摇摇头，心里暗暗地说："这人一恋爱就犯傻！"

祝英刚好走到病房门口，看到鲁梦扬和祝丹在里面，连忙闪到了一边。她本想转身离去，可又舍不得离开，站在门口左右为难。透过病房的玻璃门，祝英偷偷看着里面的情形，鲁梦扬如醉如痴地望着祝丹，而祝丹当他是空气一样，不理不睬。祝英心里一阵嫉

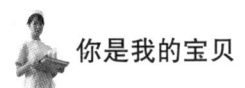

妒，"姐姐真是身在福中不知福！"她心里止不住地懊悔，为什么自己当初要退让呢？这份幸福本来是应该属于自己的，偏偏被一个不懂得珍惜的人抢走了。

祝丹把婴儿放回温箱，跟鲁梦扬一起走出病房。祝英听到脚步声，连忙掉头跑掉了。

走廊里，祝丹高傲地走在前面，对鲁梦扬爱答不理。鲁梦扬丝毫不以为意，像个仆人一样屁颠屁颠儿地跟在后面。祝丹忽然停住了脚步，鲁梦扬猝不及防，跟进急刹车，险些撞到祝丹身上。他举着双手，生怕自己碰到祝丹，看上去就像在对祝丹缴械投降。

祝丹被他的样子逗乐了，"咯咯"地笑起来，鲁梦扬情不自禁地跟着笑了。止住笑声，祝丹问："你怎么不去采访我们领导，我们新生儿监护室的周主任、顾主任、主刀的安主任，还有金院长，采访他们不是更有说服力吗？"

鲁梦扬挠挠头，辩解说："他们当然要采访了，但要一步步来。你是在第一线护理婴儿的，采访你也很有价值啊！做这种有深度的专题，就是要从不同的角度切入，全方位地观察和展现主题。"

祝丹对他这套理论不感兴趣，不耐烦地摆摆手说："随便你了，要问什么就问吧！"

鲁梦扬："孩子现在的情况怎么样？"

祝丹："手术很成功，现在婴儿的情况比较稳定。"

鲁梦扬："护理这样特殊的婴儿，一定要格外注意吧？"

祝丹点点头，想了想说："像这个孩子这种情况，出生后只要一开奶，胃就会撑破。"

鲁梦扬愕然地问道："怎么会这样？那一直还没有喂奶吗？"

祝丹："是的，这种情况不能急于喂奶，要喂也只能喂稀释奶。具体情况你可以问安主任，他是主刀医生，他介绍的更清楚。"

鲁梦扬仍然是一脸的困惑,"西式?是进口的吗?"

祝丹:"是不是进口的没关系,只要是稀释的。"

鲁梦扬还是没转过弯来,"西式……那中式的可以喝吗?"

祝丹终于明白是怎么回事儿了,不屑地瞪了鲁梦扬一眼,"什么西式中式?哎呀,笨死了!"她拉过鲁梦扬的手,在他的手心写着字——"稀……释……"

祝丹的手温暖而柔软,指尖在鲁梦扬的手心轻轻地划过,痒痒的,鲁梦扬身体里一阵幸福的颤栗。那一刻,他告诉自己,自己已经被套牢了,再也逃脱不了命运编织的情网。

第五章 宝贝闯过第一关

# 第六章　假作真时真亦假

金赣再次到新生儿监护室巡查，又发现值班护士脱岗，对祝丹和护士长盛美丽等人进行了严厉处罚。心情郁闷的祝丹接到了鲁梦扬的电话，两个人在风景如画的运河河畔约会。鲁梦扬鬼使神差地讲起了鲁宁当地的梁山伯与祝英台的爱情传说，预示了两个人将来的悲剧结局。

夜深了，城市的灯火变得稀疏起来，好像是惺忪的睡眼。电视台的编辑机房内，鲁梦扬还在忙着编辑节目，屏幕上出现的是采访主刀医生安东的画面。

鲁梦扬："那个补片能起一个什么作用？"

安东主任："补片可以增加腹腔空间，降低腹腔压力。"

鲁梦扬："为什么需要补片呢？"

安东主任："他的缺口比较大，一次缝合不上。另外，这个孩子呢，胃大弯这个地方特别薄，咱们正常人的胃，有黏膜、浆膜，中间还有肌层，他只有黏膜和浆膜层，没有肌层，也就是胃大弯处没有肌肉。"

鲁梦扬编辑到祝丹的画面，反复放着祝丹给他解释"稀释"的场景，津津有味地回味着那种幸福的感觉，情不自禁地笑了，又有些心虚地观察了一下周围的同事。看没有人注意他，便把画面定格在祝丹牵着他的手，在他手心写字的镜头上，静静地欣赏。

摄影师张明不知什么时候冒了出来，站在鲁梦扬的身后，"吆，自个在这欣赏美女呢！这算不算是利用职权之便，以权谋私啊？说是去做节目，原来是想泡妞。"

他这一嗓子不但把鲁梦扬吓了一跳，也把其他同事招了过来。鲁梦扬本想切掉画面，但已经来不及了。大家七嘴八舌地对祝丹的容貌、气质品头论足，拿鲁梦扬的痴心开着善意的玩笑。

"梦扬，行啊！眼光不错。进展得怎么样了？"

第六章　假作真时真亦假

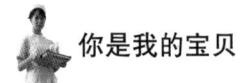
你是我的宝贝

"得逞了吗？约会没有？KISS没有？"

……

鲁梦扬尴尬地笑着，想不承认也不行了，只好敷衍说："八字没一撇呢！"一边说一边朝张明瞪眼，张明幸灾乐祸地笑着。

"等你马到成功，请我们喝喜酒啊！"

鲁梦扬一个劲儿地作揖告饶，大家才放过他，各自忙自己的事情去了。鲁梦扬走到窗边，窗外一轮明月当空，银辉泻地，天穹上稀稀落落地散布着星辰。他的心不由自主地飞向医院，飞到了祝丹的身边。

关于弃婴的节目很快就在电视台播出了，台领导很看好这期节目，让鲁梦扬放下其他工作，把全部精力都投入到后续的追踪采访中。节目播出后，在社会上引起很大的反响，光是电视台就接到很多电话，询问弃婴的情况，表示愿意捐款捐物，一定要救活这个孩子。还有人提出，如果找不到孩子的亲生父母，自己愿意领养这个婴儿。有的热心人直奔医院，去看望弃婴。但是，关于孩子亲生父母的消息却一直没有头绪，让人非常不解。

新生儿监护室，又轮到祝丹和小绿一起值夜班。两个人在病房里忙碌着，祝丹随口问了一句："婚礼准备的差不多了吧？婚期是哪一天啊？也不给我们透个信儿，怎么，怕我们给不起红包，去蹭吃蹭喝啊？"

小绿一副心事重重的样子，心不在焉地回答说："喔，还没定，定了就告诉大家。"

祝丹感觉什么地方不太对劲儿，走到小绿身边，拉着她的手问道："你是不是有什么心事儿啊？我们是同事，也是好姐妹，有什么事情就告诉我，说不定我还能给你出出主意呢！就算没什么好主意，找个人说说，心里也会轻松点啊！"

小绿想了想，欲言又止。祝丹实在忍不住了，把她拉到了病房外面的走廊上，催促道："有什么事情，你快说啊！真把人急死了！"

小绿向左右看了看，虽然这个时间医院里已经不像白天那样喧嚣和忙碌，可是走廊里还是不时地有人经过。祝丹看出小绿的心思，拖着她向楼梯走去，小绿着急了，"你这是拉我去哪啊？"

祝丹头也不回地说："到楼顶去，那里没人，你总不用怕人听到了吧！"

小绿着急地直摆手，说："不行，不行，这不是脱岗吗！刚被全院通报批评，再被金院长抓住的话，不定怎么处罚咱们呢！"

祝丹根本就不理会她，"我们有那么倒霉吗？上次抓的是我们，这次还抓我们？"

小绿："你忘了，金院长说三天后要来检查，今天不刚好满三天吗？又赶上咱们值班，真倒霉！"

祝丹不以为然，"他也就是那么一说，吓唬人的，不过是给咱们敲敲警钟，引起大家的重视而已。你以为他真的会来啊？他是院长，大忙人，哪有时间跟咱们这些虾兵蟹将纠缠啊？"

小绿还是不太放心，"弃婴的事情影响这么大，院长很关注咱们科室，来也正常啊！他这个人可是说到做到的，不像有的领导，说完就忘了。"

祝丹不再跟她争执，拖着小绿一直上了楼顶，小绿拗不过她，只好跟了上去。

靠着楼顶的栏杆，吹着习习的晚风，小绿的心轻松了很多，渐渐放下了精神上的包袱，对祝丹敞开了心扉。"丹姐，跟你说实话吧，我之所以一直不敢带我男友跟大家见面，也不提结婚的事儿，是真的有顾虑。其实……其实我男友比我大很多，今年43了，开了一家医药公司，跟咱们医院也有业务往来，我们就是他来院里谈业务时偶然认识的。他

第六章　假作真时真亦假

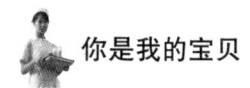 你是我的宝贝

对我挺好的，很体贴，凡事都顺着我，照顾我。当然，经济条件也挺好，就是年龄太大了，我怕别人说闲话，说我糟蹋自己的青春，嫁个年龄跟自己父亲差不多的人，傍大款。所以，我在医院一直不敢公开跟他谈恋爱。他也明白我的心思，也生了不少闷气，但一直没为难我，甘当隐形人，为此，我很感激他。可是现在要结婚了，想瞒也瞒不住了，总不能瞒着大家，一声不吭地把婚结了吧？迟早还是要露馅。可是，我真的怕别人在背后指指点点，说三道四。"

祝丹终于明白了小绿的心事，小绿的担心不是没有道理，但现在婚期临近，已经没有回旋的余地了，作为同事和姐妹，她只能想办法给小绿打打气。"小绿，听我说，如果你们真心相爱，就不要管别人说什么。你是要跟他过一辈子，又不是跟别人过，何必那么在乎别人的看法呢？如果你总是这么瞻前顾后的，很可能会伤害到他，要是造成了无法挽回的结果，那就追悔莫及了。既然没有办法瞒下去了，那就大大方方地公开吧，大家迟早会知道的，何必自寻烦恼呢？有用吗？"

小绿犹豫着说："丹姐，你是不知道跟一个年龄比自己大很多、又很有钱的人谈恋爱，会有多少苦恼。不管是去他们公司，还是逛街、吃饭，周围的人看我的眼神都很奇怪，似乎认定我是一个小三。那种感觉别提多难受了，搞得我后来都不肯跟他去人多的地方了，约会净是拣那种没人的地方，弄得像特务接头似的，鬼鬼祟祟的。"

祝丹叹了一口气，觉得一个女人想找个依靠挺难的，她想起了鲁梦扬，不知道自己跟他会发展成什么样，他能给自己期望的东西吗？爱情是一回事儿，婚姻就比爱情复杂多了，要考虑感情以外的很多因素。小绿虽然承受着很大的压力，但起码她未来的老公爱她，能给她一个良好的经济环境。两个人默默无言。

盛美丽丈夫钱永富的鱼馆今天开张，包房里坐满了前来道贺的人，

都是钱永富的狐朋狗党。钱永富生就一副土财主的样儿，肥头大耳，红光满面。电视上正播放着鲁梦扬制作的关于弃婴的节目，正好是盛美丽向鲁梦扬介绍护理婴儿的细节的片段。

盛美丽："这个孩子求生欲望很强，刚手术完就要吃奶。只要碰到他嘴边的东西都要吃。"

鲁梦扬："吃的欲望比较强。"

盛美丽："对，这样能保证他的身体热量。"

鲁梦扬："他的手啊，脚啊，或者表情，还有什么表现吗？"

盛美丽："这个孩子呢，就是比较好动，这个手脚呢，就是不停地运动。这个孩子是被遗弃的，我们就感觉这个孩子特别可怜……"

钱永富端着最后一道菜走了进来，得意地介绍说："今天本老板亲自下厨，最后一道菜，微山湖全鱼宴，齐了！"

吃客们一顿哄抢，筷子乱飞，推杯换盏，闹得不亦乐乎。

朋友甲："钱哥，嫂子上电视了，成名人了。"

钱永富故作不屑地嗤之以鼻，但还是忍不住瞟上一眼。电视上，鲁梦扬正在做结束语："请孩子父母或者知情人看到我们的报道后联系医院，电话号码：XXXXXXXX。本台会继续追踪这件事。"

朋友乙："隐身了，你上哪找去？上九天能揽月，下五洋可捉鳖。找孩子的父母我看没戏。钱哥，我看不如你抱过来算了！"

钱永富灌了一口酒，摇摇头说："我呀，还是自力更生吧！再说了，是死是活还难说呢。"

朋友丙叹了口气，"哎！说真的，到底是咱种不行啊，还是地不肥呀？"

朋友丁嘴里塞得满满的，还不忘插话说："你用那个管儿不是试过几次了吗，那玩艺儿靠不靠谱啊？"

朋友甲："听说啊，试管婴儿成功的只有15%，快赶上摸彩了。"

075

朋友乙:"没准儿钱哥运气好,就能中个五百万的头奖呢!哪像你那么点儿背,到现在连个媳妇都没混上。"

钱永富:"今天谁也不许扫兴啊,哪壶不开提哪壶!谁再提那个只打鸣不下蛋的,罚酒!来来来,喝酒喝酒,今天本鱼馆开张,感谢兄弟们来捧场啊!今儿高兴,大家一醉方休!"

酒杯"咣当"一声撞到了一起,众人豪气干云地嚷道:"一醉方休,干!"

小绿担心的事情果然发生了。就在她和祝丹在楼顶上谈心的时候,金赣来新生儿监护室的病房检查。他里里外外转了一圈,当值的护士不知道跑到哪里去了。金赣带着一肚子的火来到护士站,一看值班表,火气更大了,"又是这两个人,真是本性难移,上次通报批评,还不知道悔改!真把我这个院长说的话当成耳边风了。"

金赣直奔主任办公室,结果周巧红和顾圣婴都不在,他一肚子的火没处发泄，脸阴森的可怕。从办公室出来，刚好在走廊上遇到护士长盛美丽。盛美丽看到院长那副怒气冲冲的样子，马上想到了寺庙里横眉怒目、张牙舞爪的金刚，吓得掉头就跑。可是，金赣已经看到了她，大声招呼着："护士长，你过来！"

盛美丽腿一软，险些坐在地上，很不情愿地转过身来，低着头快步走到金赣的面前。她也在找值班的祝丹和小绿，想到今天院长可能来复查，所以想叮嘱她们两句，结果，人没找到不说，自己反而撞到了金赣的枪口上。

虽然没有抬头看金赣吓人的脸，但盛美丽明显感觉到院长锐利的目光刺向自己，如芒在背，浑身不自在。金赣沉声问："值班的护士哪去了？又是她们两个，通报批评一点效果都没有，还有集体荣誉感吗？还有一个医护人员最起码的责任心吗？"

盛美丽一声不吭地听领导训斥。金赣沉默了片刻，宣布处理决定，"你是值班护士长，负有领导责任，扣掉你和值班护士这个月的津贴，对新生儿监护室第二次通报批评。过几天我再来检查，还是没有改进的话，一定严惩不贷！"说罢，金赣掉头离开，把瞠目结舌的盛美丽撂在走廊上。

金赣刚刚离开，祝丹和小绿就从楼顶上下来了。盛美丽逮住了她们，一肚子的委屈终于有了发泄的对象。她与生俱来的泼辣劲儿全都使了出来，"你们两个小妮子，跑到哪去了？害得我被院长一顿骂，还扣了我和你们俩这个月的津贴。你们还真行啊！上班时间躲清闲，脱岗不说，害得我跟你们一起倒霉。你们的纪律性、责任感都哪去了？是不是不想干了，还是根本就没把这份工作当回事儿？如果想另攀高枝儿，那就赶紧，别在这儿连累我。我看啊，你们这副德性还真不是干护士的料，趁早挪窝吧，给别人腾个地方，别占着茅坑不拉屎！"

盛美丽劈头盖脸的一顿骂，终于把祝丹给惹急了。"护士长，你留

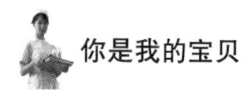

点口德行不行？我们犯了错我们认罚，给你添了麻烦我们道歉，你的津贴我们给你补上。别没脸没皮的这么说人，张口闭口地撵人走！我们的去留不是你说了算的！什么叫'占着茅坑不拉屎'？我们怎么就不是当护士的料了？谁知道院长闲着没事儿，总往咱们科室跑啊？"

盛美丽双手叉腰，"哎呀！你还有理了？现在全院上下都看着我们科室，院长上次就说了，三天后就来检查，他的脾气你们不知道吗？说到做到！你们还顶风作案，就算院长不来，你们就有理由脱岗了？"

眼看两个人越吵越凶，小绿连忙出来打圆场，"护士长，您消消气。这次是我们不对，您的津贴我们俩补。其实都是因为我，心里烦，所以让丹姐陪我说说话，解解闷儿，结果捅出了娄子来！都是我的错，您要批评就批评我吧，别跟丹姐吵了。让领导和患者听见了，影响不好"。

盛美丽是刀子嘴豆腐心，一看别人服软，自己的心更软，嘟囔了一句，"谁要你们补，要罚就罚，我也不差那俩钱！我们家老钱别的没有，就是有钱，哪次试管婴儿不得花上好几万，老钱眉头都不皱一下，还缺这点钱！关键是这个事儿，隔三差五地通报批评，我们丢不起这个人，科室也丢不起这个人。影响了年终评比，看主任怎么教训你们！"

听盛美丽没头没脑地扯到她家老钱财大气粗，试管婴儿花了多少钱上，祝丹和小绿都绷不住劲儿了，失声乐了出来。盛美丽也跟着笑了起来。

金赣其实没有走远，听到盛美丽在和祝丹争吵，本想出去制止，没想到才吵了几句，三个人又笑成一团，弄得金赣哭笑不得，摇着头走开了。

又被院长逮了个正着儿，祝丹的心里七上八下的，闷闷不乐地坐在护士站里，摆弄着自己的手机。小绿走了过来，恰好看到，随口说道：

"你这个旧手机也该换换了,新出的 iphone4 挺不错的,功能多,买一个吧!"

祝丹撇撇嘴,"一个要好几千,两月工资呢!我要是有你那么一个财大气粗的老公,我就买!"

小绿笑笑,不以为意。祝丹的手机这时突然震动起来,把她吓了一跳,一看是个陌生的号码,想了想,还是接通了。

祝丹:"你好!"

电话那端传来鲁梦扬的声音:"祝丹吗?我是电视台的鲁梦扬。"

祝丹故作轻松地说:"是你啊!我还以为是谁呢!"

她一句无心的话让鲁梦扬顿时紧张起来,试探性地问道:"你以为……是谁啊?"鲁梦扬首先想到的是祝丹是不是有男朋友了,正在等对方的电话。

祝丹听出了鲁梦扬的担心,捉弄着他,"是谁,干嘛要告诉你。你是我什么人啊?管的挺宽嘛!"

鲁梦扬尴尬得不知道该说什么。祝丹听不到他的声音,有些着急了,"喂,你怎么不说话了?"

鲁梦扬泄气地说:"看来我的电话打的不是时候,影响你了。"

祝丹愣了一下,"哈哈"大笑起来,"我跟你开玩笑呢!瞅把你紧张的,我现在值夜班,闲着无聊,就盼人给我打电话呢!"

鲁梦扬还是不太放心,追问了一句:"你真的没有特别的电话要等?"

祝丹有些不耐烦了,"你这人怎么这么啰嗦啊?再这样,我挂了!"

鲁梦扬忙不迭地阻止着,"别别别,我不问了,还不行吗?"

两个人在电话里欢声笑语地交谈着,小绿识趣儿地走开了。心情烦闷的祝丹现在很需要一个人跟她聊聊,鲁梦扬就是在合适的时候出现的合适人选。

第二天黄昏，祝丹如约来到运河河畔，她和鲁梦扬在电话里约定在这里见面。夕阳映红了河面，河畔长廊如画，绿树成荫，假山、树林、草地、仿古建筑和横跨河面的石桥，笼罩在落日的余晖下，呈现出一幅美轮美奂的画面。伴随着运河逶迤延伸的长廊成了情侣幽会的最佳地点，沿着长廊漫步，就像是行走在一幅长长的画卷里，浪漫天成，永远不会感到厌倦。

鲁梦扬早早地就到了，靠在桥头的栏杆上，眺望着静静流淌的大运河，水面的涟漪反射着落日的余晖，周围的光影如同梦境般不真实。鲁梦扬感觉自己就像是活在梦里，在打电话给祝丹之前，他鼓足了勇气，而且并没有抱太大的希望，毕竟两个人才匆匆见过几面，相互之间缺乏起码的了解，甚至连祝丹有没有男朋友都不知道。当祝丹一口应允跟他见面的时候，鲁梦扬觉得喜从天降，不相信自己的运气竟然有这么好。

微风吹拂着，送来草木的芳香，鲁梦扬贪婪地吸了一口，心情好，连空气的味道都是甜的，就像甘醇的美酒令人陶醉。

祝丹从桥的另一头优哉游哉地走了上来，双手负在背后，凸显出她凹凸有致的身材，面带满足的微笑，嵌入夕阳、运河、绿荫、长廊组成的画面中，美不胜收。鲁梦扬痴痴地望着朝自己走来的祝丹，觉得她就是从画里走出来的仙女，屈尊来见自己这个痴心妄想的凡夫俗子。自己就像呆头呆脑的董永，运气好得出奇，竟然得到了七仙女的垂青。

祝丹笑盈盈地走到发呆的鲁梦扬面前，冲他撅撅嘴，"瞧你那样儿，傻了？"

鲁梦扬这才回过神儿来，脱口而出："你真美！"

祝丹骄傲地扬着头，"那还用你说！"

鲁梦扬傻傻地一笑，两个人并肩走下石桥，沿着运河边的长廊漫步。由于心情紧张，鲁梦扬看上去很局促，一时不知道该说什么。他做贼似的偷偷瞟了祝丹一眼，祝丹正侧脸望着运河上的风景，留给他一个美丽的、引人遐想的侧影。

鲁梦扬忽然想起自己不久前刚刚做过的一个关于"梁祝"的节目，里面的很多内容还装在他的脑袋里，第一次约会，聊聊这个凄美的爱情故事，似乎是个很应景的话题。

鲁梦扬："你知道吗？梁祝的故事就发生在我们这个地方。"

祝丹回过头来看着鲁梦扬，"听说过，不过具体情况不太清楚。我听说梁祝的传说有好多呢，到底哪个是真的呀？"

鲁梦扬笑了，"呵，你们女孩子就喜欢问真的假的了。既然是个爱情传说，就无所谓真假。千百年来，梁祝的故事感天动地，深入人心。人们都愿意相信它是真的，而且就发生在自己的身边。所以，就我了解全国至少有七个地方有此传说，包括我的老家河南汝阳。"

祝丹眼睛放光，"呀，这么多！你知道的真多。那咱们鲁宁这个传说是啥时候的？"

鲁梦扬："据前些年出土的墓碑记载，咱们这个地方自明代就有这个传说了。至少六百多年了。"

祝丹："那石碑呢？"

鲁梦扬："这不，又埋回去了，为了保护文物。"

祝丹有些遗憾地说："真可惜，不然可以亲眼看看了！"

鲁梦扬安慰她说："没关系，我刚刚做过一期关于梁祝的节目，整个故事都在我的脑袋里呢，我讲给你听，好不好？"

祝丹欣喜地点着头答应。鲁梦扬壮着胆子，拉起祝丹的手，在路边的长椅上坐了下来。祝丹没有挣脱，而是小鸟依人般地靠在鲁梦扬的身边，就像幼儿园里乖巧的小女孩，专心地听老师讲故事。

"祝英台跟梁山伯是同乡，都是邹县，也就是今天的微山县人，孟子的故乡。梁山伯的真名叫梁城。他们一起在峄山读书三年，梁山伯都不知道祝英台是女扮男装。直到后来，祝英台回家后，梁山伯到她家中

第六章　假作真时真亦假

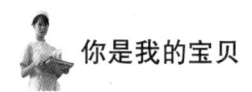

拜访，才得知真相。但祝英台已经许配给马家。梁山伯死后，马家到祝家来迎亲，祝英台却因为思念梁山伯，悲痛而死。当地的开明士绅有感于梁祝爱情惊天动地，于是就将两个人合葬在一起。"

祝丹："那两个人后来有没有变成蝴蝶呢？"

鲁梦扬："在我们本地的传说里，没有祝英台出嫁途中跳入梁山伯坟墓，后来两个人羽化成蝶的情节。不过，在两个人的故乡至今还有梁、祝、马三姓不通婚的风俗。"

祝丹若有所思地点点头。

鲁梦扬："据说，唐初武德年间（公元618～626年），邹县的马坡就有梁祝合葬墓和刻有'梁山伯祝英台之墓'字样的墓碑。不过，这块碑早已经失踪了。元代，邹县峄山上有梁祝的石像，现在也找不到了。

"明正德十一年（公元1516年），正德皇帝派钦差大臣、南京工部右侍郎崔文奎在邹县马坡重修梁祝的墓祠，并立了刻有'梁山伯祝英台墓记'石碑。这就是刚才跟你提到的那块碑。万历年十六年（公元1588年），邹县县令王自谨题写'梁祝读书洞'、'梁祝泉'，刻在峄山大石上，现在仍然清晰可辨。明代的张岱在《陶庵梦忆》这本书里提到，他到曲阜的时候拜谒孔庙，看到一块匾，写着'梁山伯祝英台读书处'，非常诧异。"

祝丹感到很惊讶，"这么说来，梁祝的故事肯定是发生在我们这里了，有这么多线索可以印证呢！"

鲁梦扬讲得很投入，没有理会祝丹的打岔，"那块石碑虽然现在看不到，但碑文我还记得其中一部分。'在昔济宁九曲村，祝君者，其家钜富，乡人呼为员外。见世之有子读书者，往往至贵，显耀门闾，独予无子，不贵其贵，而贵里胥之繁科，其如富何？膝下一女，名英台者，聪慧殊常。闻父咨叹不已，卒然变笄易服，冒为子弟，出试家人不认识；出试乡邻不认识。上白于亲：毕竟读书可振门风，以谢亲忧。时值暮春，景物鲜明，从者负笈，过吴桥数十里，柳荫暂驻，不约而会邹邑西居梁太公之子，名山伯，动问契合，同诣峄山先生授业。昼则同窗，夜则同寝，三年衣不解，可谓笃信好学者。一日，英台思旷定省，言告归宁。俟经半载，山伯亦如英台之请，往拜其门。英台肃整女仪出见，有类木兰将军者。山伯别来不一载，疾终于家，葬于吴桥迤东。西庄富室马郎亲迎至期。英台苦思：山伯君子，吾尝心许为婚，第无父母之命，媒妁之言，以成室家之好。更适他姓，是异初心也。与其忘初而爱生，孰若舍生而取义，悲伤而死。少间，愁烟满室，飞鸟哀鸣，闻者惊骇。马郎旋车空归。乡党士夫，谓其令节，从葬山伯之墓，以遂生前之愿，天理人情之正也。'"

长长的碑文，鲁梦扬全凭自己的记忆一字不差地背诵了出来。祝丹佩服得五体投地。姐妹两个人中，祝英读书比较用功，记忆力也好，祝丹相形见绌。鲁梦扬博闻强记，祝丹只有敬仰的份儿了。

听鲁梦扬讲完本地的梁祝传说，祝丹的眼神忽然黯淡下来，出神地望着河面，不知在想些什么。鲁梦扬觉得有些奇怪，小声地问道："你想什么呢？都走神了！"

祝丹像是在回答他的问题，又像是在自言自语，"梁祝的故事很美，也很凄凉。你说……"祝丹犹豫着，不知道该不该说出心中不祥的预感。

鲁梦扬追问着："怎么了？"

祝丹："我们将来会不会像他们那样，没有结果呢！"她知道，自己顶替妹妹祝英，骗得鲁梦扬的好感，这件事情迟早要露馅。如果鲁梦扬非常在意他跟祝英的初次相逢，会不会继续与自己的关系，就很难说了。

第六章　假作真时真亦假

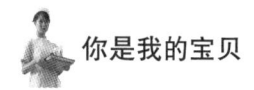
你是我的宝贝

鲁梦扬并不知道祝丹心中的顾虑，但被她忧伤的情绪感染，轻轻地抚摸着祝丹的秀发，柔声说："不管发生什么事情，我都会跟你在一起。就算老天爷从中作梗，我也要跟他争一争。"

祝丹感激地一笑，转换了话题，以缓解有些沉重的气氛。"梦扬，我后天休假，你有时间吗？"

鲁梦扬抱歉地说："小丹，对不起，后天我要去鱼台采访，路远回来也得天黑了。恐怕没有时间陪你了，你别生气啊！"

祝丹大方地说："没事的，男人应该以工作为重，我不会怪你。"

鲁梦扬："小丹，你真是个通情达理的好女孩。"

祝丹忽然想起什么来，眼珠转了转，想好该怎么跟鲁梦扬说："梦扬，小绿快要结婚了，就是我同班组的护士呀！"

鲁梦扬："哦，是她呀，哪个帅哥那么有福呀？"

祝丹："倒也不是帅哥，四十多了，是医药公司的老板。据说，婚礼筹备得可气派了！你知道，小绿的老公常常要在全国各地跑，怕小绿无聊，特地送了她iphone4手机，还说当作'爱的陪伴'。你说，酸不酸呐？不过，你知道，那可是我们护士两个月的工资呀，谁舍得呀！小绿是我们科里头一个……"

鲁梦扬明白了祝丹的意思。他心里多少有些不舒服，没想到第一次约会，祝丹就会向他要这么贵重的手机。可是，爱情的力量是强大的，可以让一个人无限地包容对方的缺点。"小丹，我最近手头有点紧，河南老家……我妈最近不小心把脚崴伤了，动了手术……"

看鲁梦扬为难的样子，祝丹有些尴尬，掩饰说："我也没说让你现在就买呀，其实我们每天忙得脚打后脑勺，用的时候也不多。再说护士工作时也不让用。"

鲁梦扬慷慨地说："我一定给你买！天上的星星咱够不着，这手机还不是小菜一碟，大不了……我最近多搞几个选题拍，争取在央视上一条。"

祝丹高兴地点点头:"我就相信你的能力。"说罢,顺势依偎到鲁梦扬的怀里。

第六章 假作真时真亦假

# 第七章　阴差阳错

　　一位老医生因为过度检查被媒体曝光，在如何处理的问题上，引起了不小的争议。金赣不讲情面，作出了辞退的决定。鲁梦扬将一部崭新的 iphone4 手机交到了祝英手上，本来是打算送给祝丹的，真是一笔糊涂账。

正在北京 301 医院参观学习的金赣和随行的几个人刚刚走出医院大门，手机铃声就响了起来。金赣接通电话，问道："什么事儿？"

电话那端传来院办袁主任有些犹豫的声音，"金院，我是袁宏伟呀！有一个……不太好的消息向您通报。"

金赣很反感这种含糊其辞的说法，不客气地说："好就是好，不好就是不好，什么叫不太好？"

袁主任："我们医院被鲁宁电视台曝光了。有一个老干部带孙子看病，说咱们过度检查乱收费。"

金赣的眼睛睁大了，"啊？"

这件事在医院内部也掀起了轩然大波，新生儿监护室的两位负责人——周巧红和顾圣婴也卷了进去，立场针锋相对。主任办公室里，周巧红和顾圣婴正在激烈地争论着。

顾圣婴提高了嗓门，说："我反对，你这是在袒护自己人。"

周巧红耐心地解释道："本来是件小事，全面检查也是为了对孩子负责。万一孩子真有问题呢？不做全面检查能查出病因吗？何况，秦老师在医院工作了一辈子，从来没出过任何纠纷。又要处罚又要曝光，这样的处理，对他来说打击多大！"

顾圣婴固执地坚持着，"他的做法不符合医院的原则……"

周巧红也有些急了，"原则是人定的。如果可以大事化小，直接找到患儿家属解决不更好？"

顾圣婴："我的周大主任，事情哪有那么简单？"

第七章　阴差阳错

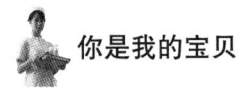

周巧红:"这件事,换个角度处理……"

顾圣婴直截了当地打断了她的话,"怎么换角度?我们已经被曝光了。如果不及时作出回应,院领导要背黑锅不说,还会让患者失望的!"

周巧红:"秦老师为医院贡献了一辈子,临了还闹个晚节不保,院长开会征求意见时,你应该为老师说话。"

顾圣婴叹了一口气,说:"其实你也知道,院长一言既出,驷马难追,覆水难收了!"

周巧红沉默了,无言以对,转身走到窗边,看着远方摩天大楼上的灯火。

顾圣婴走到周巧红的身边,亲昵地搂住她的肩膀,安慰说:"巧红,我们都想治病救人,我们也都害怕出去被患者指着鼻子骂。可我更加知道,医院是一个大家,个人得失是小,医院得失才是最重要的。"

周巧红点点头,"你说得对,医院得失才最重要。这件事我们都有责任,这件事再次给我们敲了警钟:患者无小事。"

顾圣婴:"嗯,我们医生和医护之间也要互相提醒着点,互相帮助啊。"

周巧红心情稍感轻松了一些,故意缓和气氛说:"那你和安大夫也要加强团结呀。周末同学聚会,一起唱歌,去团结一下吧?"

顾圣婴马上恢复了一贯的冷傲,"哎,时间到了,我先去开会了。你别迟到了。"

周巧红在她背后提醒道:"喂,等等。过些天就是小七(弃婴的床位号成了他的代号)满月了。你如何表示下?"

顾圣婴不耐烦地说:"这事我记着呢!"说罢,便匆匆走掉了。

上楼的时候,顾圣婴在角落里看到一个熟悉的身影,正是被媒体曝光的当事人,医院的一位老教授——秦老师。那个身影看上去疲惫、苍老，透着沮丧和无助。顾圣婴心头涌起一阵心酸，她何尝不想帮这位为医院奉献了毕生心血的老医生一把，可是，很多事情都是不以人的主观愿望为转移的。

鲁梦扬带着摄影师张明再次来到鲁宁市第一人民医院，采访医院过度检查乱收费的问题。他本来不想接受这个采访任务，毕竟祝丹是在这里工作，身为她的男友，对医院的问题进行曝光，会让祝丹的处境比较尴尬。可是，台领导觉得他正在做弃婴的专题，熟悉医院的情况，做这个节目有优势，硬是把采访任务塞给了他。没有办法，鲁梦扬硬着头皮进了医院。

不过，为了哄祝丹开心，让她谅解自己，鲁梦扬是有备而来，一走进医院，他就四处搜寻祝丹的身影，想早点把准备好的礼物送给她。鲁梦扬相信，这件礼物一定可以让祝丹笑逐颜开，不再计较他对医院过度检查进行曝光的事情。

医院的花园里，鲁梦扬正在采访前来就诊的患者。祝英恰好从这里经过，看到鲁梦扬，连忙低头避开，想躲过去。可是，已经晚了，鲁梦扬发现了不远处掉头就走的祝英，把她当成了祝丹，赶紧追了上去。他连喊了几声，祝英装作没听见，脚下加快了步伐。鲁梦扬还以为是祝丹知道了自己此行的目的，想避而不见呢，心里更加着急，冲到祝英的面前，一把拉住了她。祝英抬起头，愕然地看着鲁梦扬，担心他发现两姐妹之间的秘密。

鲁梦扬才和祝丹见过几面，从外表上根本分辨不出两个人来。不过，两姐妹的眼神、表情、气质截然不同，鲁梦扬的直觉非常敏锐，马上感觉到了。他愣了一下，觉得今天的祝丹好像什么地方不对劲儿，但鲁梦扬马上想到，可能是因为自己特殊的来意，让祝丹有了误会，感觉才与往日不同。他连忙解释道："小丹，我还想着一会去找你呢！要不

第七章　阴差阳错

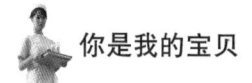你是我的宝贝

中午吃饭时你来花园找我,我要给你一个惊喜!"

祝英想蒙混过关,"啊?惊喜?啊,中午我没空,不过……"

鲁梦扬见祝英推脱,更加确信自己的猜测,认定她是想跟自己拉开距离,以免因为曝光的事情惹祸上身。鲁梦扬不容置疑地说:"那就现在,你等我一下啊!"说罢,掉头跑回去拿放在花坛上的拎包。

呆在原地的祝英心情很纠结,用脚尖在地上划着圈,不知道究竟是该留还是该走,走了,怕鲁梦扬误会祝丹;留下来,又怕鲁梦扬识破自己的真实身份。

鲁梦扬一手提着包,一手拉着祝英,走到花丛旁,从包里拿出iphone4手机,在祝英眼前晃了晃。"看,这是什么?"

可是,祝英并没有像他想象中那样欢呼雀跃,而是眼神茫然地看着拿在他手上的簇新的手机盒子。鲁梦扬还以为是自己的礼物送得太唐突了,祝丹一时没有反应过来,干脆将手机盒子塞到祝英的手上,"给!"

祝英连忙推脱,"啊?什么意思?"

鲁梦扬奇怪地问:"这不是你一直梦想的嘛!"

祝英:"这,我不能收。"

鲁梦扬耐着性子说:"你别担心,钱我是先和哥们儿借的,我等不及下个月了。不过等我现在这个专题做完,马上就有奖金了。"

祝英更着急了,"借钱?那我更不能收了。"

鲁梦扬不由分说地拆开包装盒子,直视对方的眼睛,坚定地说:"不能拒绝,这是我'爱、的、陪、伴'。"

祝英被鲁梦扬赤裸裸地表白搞得很不好意思,羞涩地低下头。鲁梦扬匆忙把手机塞给祝英,叮嘱道:"里面有我照片。我要工作了,拜拜。"

祝英捧着装着手机的盒子,呆了半晌。远处的鲁梦扬已投入采访中,祝英痴痴地看着他,不知道该怎么办。鲁梦扬发现祝英还呆在那里,冲她挥挥手,祝英叹了一口气,掉头走开了。

第七章 阴差阳错

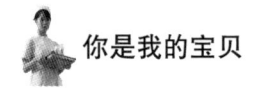 你是我的宝贝

　　护士宿舍内，祝英坐在床上，借着台灯柔和的灯光，翻看iphone4里边的照片。每张照片都从不同的角度呈现出鲁梦扬阳光灿烂的笑脸，俊朗的面孔让祝英怦然心动。她知道自己不该偷看本该送给祝丹的手机，可是，在强烈的好奇心的驱使下，祝英还是没能控制住自己。

　　一只手突然伸过来，从祝英的手中抢走了手机，祝丹下夜班回来了。翻看着手机，祝丹奇怪地问："iphone4？谁的？我前几天……鲁梦扬的照片？手机是他送的？前几天他还说他手头紧，闹了半天是送给你了！"祝丹气呼呼地说着，马上就要开始发飙了。

　　祝英连忙解释道："姐，别庸人自扰好不好！你先听我说完啊……"

　　祝丹根本不容她分辨，"你是我妹妹，他是我的男朋友啊！怎么能接受鲁梦扬的礼物？"

　　祝英也急了，"姐，你别忘了，他把我当成你……不，把你当成我了……哎呀，我咋就和你说不清了呢？反正是你冤枉我了，我没和你抢……"

　　看祝英着急的样子，不像是在说谎，而且她从来就不是说谎的人。祝丹冷静下来，哄妹妹说："其实，我知道你一直都喜欢他。可他现在喜欢的是我啊！再说天涯何处无芳草，我最近发现他身上毛病也挺多的，家是河南农村的，人口多，家庭负担太重……"

　　祝英有些不满地说："姐，你别忘了你自己也是农村的。"

　　祝丹循循善诱，"所以呀，你看小绿也是农村的，找的老公……"

　　祝英提醒道："姐，你可不能再像上回似的三心二意，待人家不干了，你又伤心的死去活来。"

　　祝丹一边看着手机，一边问道："咋，要是再有一回，你是心疼我还是心疼人家？"

　　祝英："就没个正经的时候，还姐姐呢！"

祝丹:"想造反啊!大两分钟也是终生为姐。长女为母啊!"她凑到祝英的面前,挑衅性地说。

祝英捶打着姐姐,"要死吧你!看我告诉妈不撕烂你的嘴。"

祝丹:"对了,梦扬还说啥了没?"

祝英:"说了,这是他和哥们借钱买的。姐,你不应该这样……"

祝丹不悦地说:"他和你说这些干吗?"

祝英纠正道:"你别搞错,那,不,是,我,是你!"

祝丹拍着自己的脑袋,"我老忘这茬儿!他一定还说啥了!"

祝英:"鼻子下长嘴,自己不会去问?"

祝丹撒娇似地纠缠着祝英,"我的好妹妹,姐求你了。"

祝英无奈地说:"他说这是什么'爱的陪伴',就跑了。"

祝丹满意地点点头,"这说明他是爱我的。"

祝英:"姐,爱不爱和手机不相干。"

祝丹:"这是我俩的事,你不懂瞎掺和什么?这才是考验第一关。"

第七章 阴差阳错

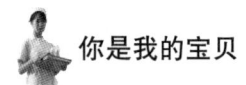

你是我的宝贝

祝英:"好,我不掺和,卸磨杀……驴,没良心的!姐,我现在只关心你啥时把窗户纸捅破,不然咱俩都累,我可没功夫陪你演戏,搞不好鸡飞蛋打,可别说我事先没提醒你啊!"

祝丹:"我心里有数,这事不能急了。将错就错,等生米做成了熟饭……"

祝英吃惊地望着祝丹,"姐,要死了你!你不会想未婚先……"

祝丹不以为然,"瞧你吓的,你姐我有那么蠢吗?"

祝英困了,打着哈欠说:"反正我弄不明白你了,那么多鬼心眼儿!我洗洗睡了。"说罢,祝英拿起脸盆毛巾准备出门,忽然想起什么来,回头对祝丹说:"姐,你别提那个捡来的'小七'有多可爱了,大家买了好多礼物准备给他过满月。他好像明白似地,高兴的手舞足蹈……"

祝丹仍在摆弄手机,没听清祝英在说什么,反问道:"啥,你说啥?小七怎么了?"

祝英生气地用力关上门。

> 我的宝贝宝贝,
> 给你一点甜甜,
> 让你今夜很好眠。
> 我的小鬼小鬼,
> 捏捏你的小脸,
> 让你喜欢整个明天。
> 哇啦啦啦啦啦我的宝贝,
> 倦的时候有个人陪;
> 哎呀呀呀呀呀我的宝贝,
> 要你知道你最美。
> ……

新生儿监护室里，祝丹和祝英姐妹俩正一起照顾着小七，祝丹用鲁梦扬送给她的手机给孩子播放着张悬的《宝贝》。小七很有音乐细胞，在歌声中手舞足蹈，不亦乐乎。姐妹俩被他逗得笑个不停。

祝丹将孩子从暖箱中抱出来。现在小七已经可以吃奶了，而且胃口很大，看上去总是一副饥饿难耐的样子，只要是送到嘴边的东西，他都要吃下去，好像是要拼命补充自己的能量，好让自己活下来。这是婴儿发育情况良好的迹象，说明孩子有着顽强的生命力，让大家都非常振奋。

祝丹抱着孩子，祝英把奶瓶送到小七的嘴边，小七马上紧紧地咬住奶嘴，"咕嘟咕嘟"地吮吸着，吃的非常香甜。早上因为事情多，祝英没顾上吃早饭，看小七吃的这么香，祝英的食欲大开，情不自禁地咽着口水。祝丹笑着骂道："瞧你那副馋样儿，想跟小七抢奶吃啊？"

祝英不好意思地抹抹嘴，解释说："我没吃早饭，看他这么个吃相，自己就感觉饿了！"

祝丹端详着小七吃奶的样子，两只小手攥住了奶瓶，小腿在空中用力地蹬着，使出浑身的力气吮吸奶嘴儿。祝丹自言自语地说："我现在知道什么叫使出吃奶的劲儿了！"

给小七喂完奶，祝丹直起身子，捶着发酸的腰，说："好妹妹，替我顶一会儿，早上到现在我还没坐下过呢！"

祝英一边替小七裹上尿不湿，一边说："你去休息会儿，这里有我呢。手机留下。"

祝丹警告说："不许偷看我的短信啊！"

祝英："别啰嗦，走吧！"

祝丹走了，祝英继续跟着手机哼唱着，把小七抱在怀里，摸摸他的小脸，亲亲他的小手指，捏捏他的鼻头，爱不释手。来医院采访的鲁梦扬刚好走了进来，看着充满了爱心的祝英，忽然想起第一次与她相逢时

第七章　阴差阳错

的情景,当时祝英熟练地抢救中暑晕厥的老大爷,满怀的关爱溢于言表,就像现在这个样子。

后来,他跟祝丹交往时,察觉到她并不是像自己想象中那样纯洁、善良,而是有些虚荣、自负,跟他的第一印象无法吻合到一起。这让恋爱中的鲁梦扬多少有些失望,但爱情还是冲昏了他的头脑,义无反顾地跟祝丹交往下去,对她身上的缺点选择直接无视。今天,看到祝英怀抱小七时陶醉的样子,鲁梦扬又找回了初逢的感觉,欣喜不已。

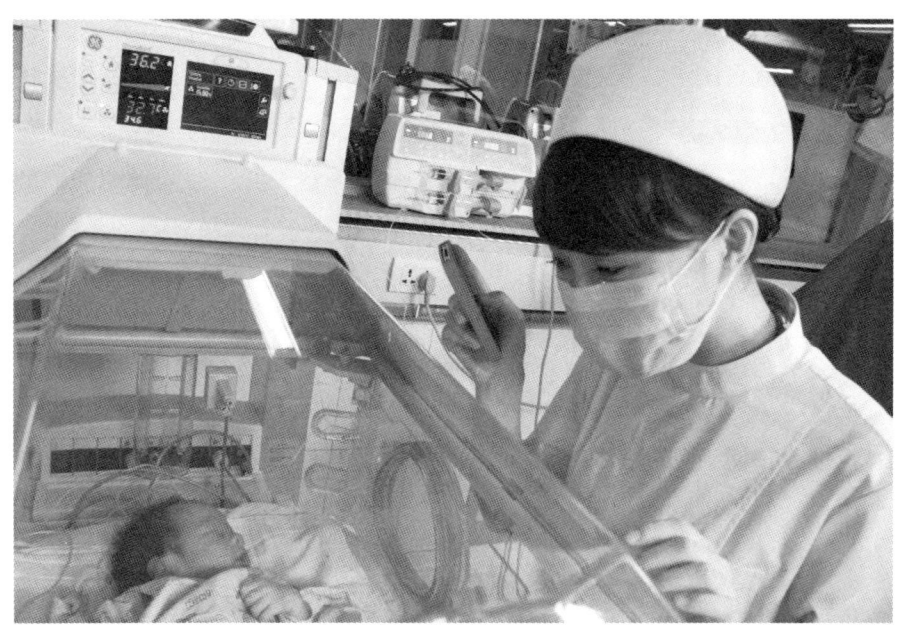

祝英把孩子放回温箱里,一转身,发现鲁梦扬正目不转睛地看着自己,被吓了一跳。鲁梦扬很奇怪,他从祝英眼睛里看到的不是意外和惊喜,而是诧异和担心。"难道她有什么事情瞒着我?"鲁梦扬心里嘀咕着,嘴上问道:"这是什么歌?真好听。"

祝英知道他又把自己当成是祝丹了,只好帮助姐姐把戏演下去。心里多少有些埋怨鲁梦扬的粗心,至今还分不清姐妹俩谁是谁。"是张悬的《宝贝》,电脑上下载的。小七也特别喜欢,一听就不哭了。"

鲁梦扬："小七？"

祝英指指婴儿的床位号，说："他的床位是七号，所以我们都管他叫'小七'。"

鲁梦扬笑了，问道："这两天小七怎么样？"

祝英："恢复的挺好，可以吃奶了，而且胃口不错，现在喂两瓶奶都不够。"

鲁梦扬放心地说："那就好，很多观众都牵挂着小七呢！这回大家可以放心了，小七没事了。"

祝英看了一眼鲁梦扬，提醒说："还不能高兴得太早，还有第二次手术呢！他的肠子虽然放回去了，但不知道会不会再次感染，要等第二次手术，打开腹腔的时候才知道。"

鲁梦扬又紧张了起来，"万一肠子感染，那不是很危险吗？现在没办法检查一下吗，一定要等到第二次手术的时候吗？"

看他大惊小怪的样子，祝英笑了，"放心吧，从孩子现在吃奶的情况看，问题应该不大。如果肠子有感染，会影响他的食欲，表现得很难受"。

听祝英这么一说，鲁梦扬才松了一口气。从他情绪的变化中，祝英能够感觉到，鲁梦扬是一个热心肠，而且心肠很软、心地善良。她对鲁梦扬的好感不知不觉地生长着，有些发呆地看着对方。鲁梦扬觉得祝英的眼神不太对劲儿，还以为自己脸上粘了什么东西，摸了一把，什么也没有，奇怪地问道："你怎么这样看着我？我哪里不对劲儿吗？"

祝英猛醒过来，连忙转移了视线，心里一阵慌乱，暗自责怪着自己，"我这是怎么了？他现在可是姐姐的男朋友，我怎么能喜欢他呢？"可是，爱情的种子一旦埋下，就会生根发芽，顽强地从心底钻出来，茁壮地成长，这不是人力所能控制的。一个人越是想压抑自己的感情，反弹就会越强烈，爆发起来更加猛烈。

为了掩饰自己的情绪，祝英连忙转移了话题，说："你别看他现在

第七章 阴差阳错

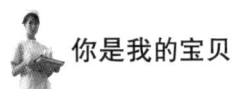
你是我的宝贝

能吃能睡,情况挺好的,可是这个过程中他吃了多少苦啊!能有今天真的不容易。"

鲁梦扬点点头,"是啊!"

祝英有些心疼地说:"他刚做完手术以后非常疼,我把手放他旁边,他就紧紧地抓我的手,我觉得他真顽强。"

鲁梦扬:"你的手去抓他的小手?"

祝英:"对。我想给他一股力量,让他加油。希望他以为妈妈就在身边。"

鲁梦扬感动地望着祝英,"他有什么反应吗?"

祝英用右手握着左手的拇指,模仿者小七的动作,说:"他就抓,抓你抓得非常紧,然后就用双眼看着你,就是一种很痛苦的样子,要告诉你,我非常的难受。"

说着,祝英鼻子发酸,声音发颤,眼眶湿润了。鲁梦扬走上前,伸出手臂,想将祝英揽入怀里。祝英吓得赶紧躲到了一边,惊慌地说:"我还有事儿,你忙你的。"说罢便夺路而逃。

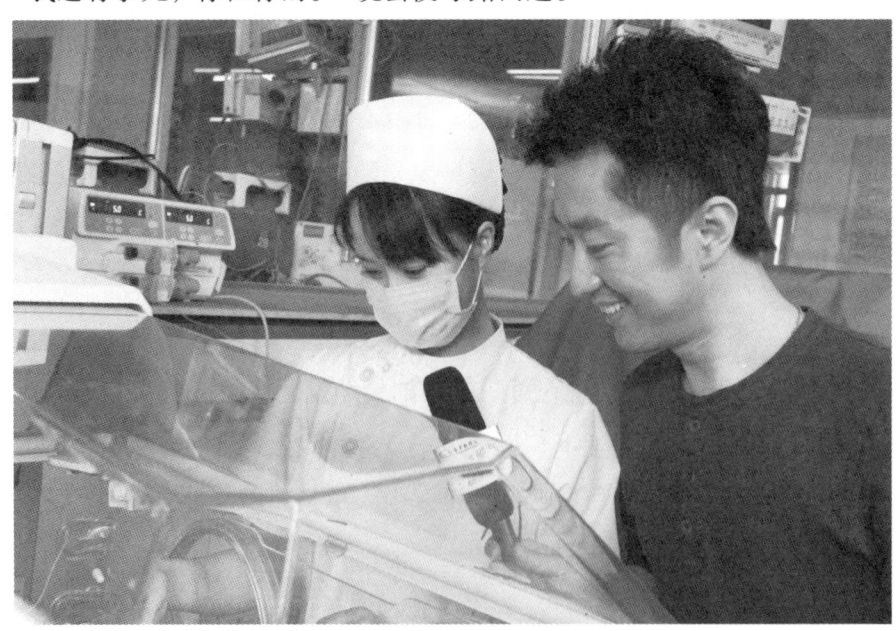

# 第八章　宝贝，你叫"新奇"

弃婴"小七"感染肺炎，还好有惊无险。在他满月的日子，大家为他起了一个好听的名字——新奇，新生儿的奇迹。顾圣婴与丈夫安东的关系有了缓和的迹象，新奇的到来在悄然地改变着一切。

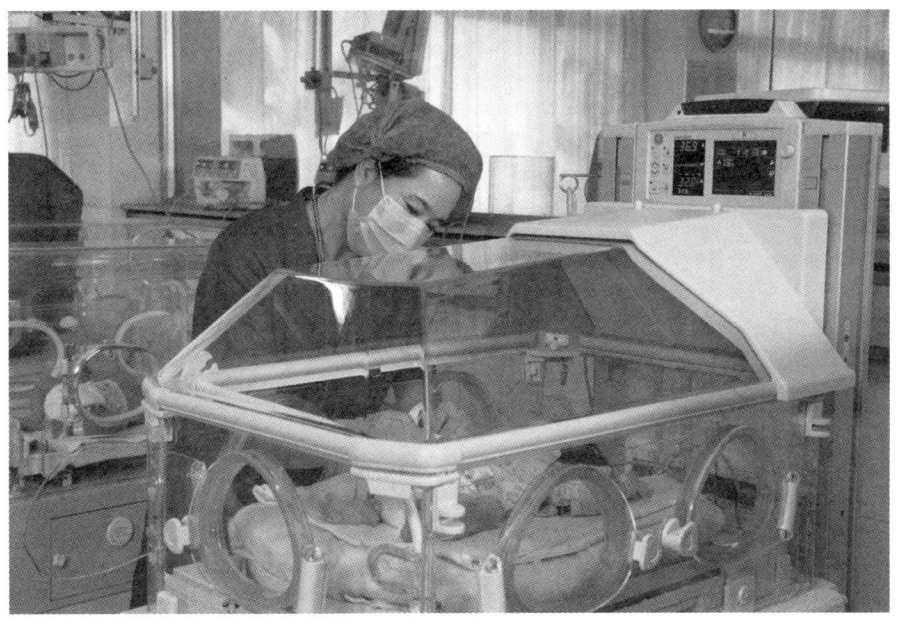

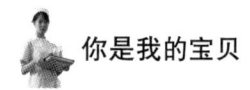
你是我的宝贝

    医院礼堂内，台上台下坐满了人，主席台上方悬挂着醒目的横幅——"我院刘学宽教授从医五十年报告会"。白发苍苍的老教授和章书记、金赣等院领导坐在上面，面对着台下几百名医护人员。

    章书记正在做总结发言，"刚才我听了我院全国著名神经外科教授刘学宽同志的发言，深受感动。刘教授从医五十年，工作兢兢业业，生活两袖清风。值得我们在座的每一个医护工作者学习。"停顿了一下，章书记接着宣布："另外，我还要告诉大家一个好消息。我们全院今年截止到十月份创下了历年最好的效益。医院党委研究决定，十一、十二两个月免除全部患者看病的挂号费！回馈全社会对我们第一人民医院的

支持和厚爱。"

此言一出，台下响起一片"嗡嗡"的议论声，很多人交头接耳，对院里的这个决定多少感到有些意外。章书记做了一个向下压的手势，会场重新安静下来。他语重心长地说："大家也清楚，按照我院现在每天的门诊量，一天下来挂号费至少是六万元，但是我们要向前看（挥直手臂），而不要只是向钱看（用手做着捻钞票的动作，引起一片笑声）。我们公立医院当然要讲政治，讲政治就是为公利民。不说空话假话办实事，人民医院为人民。"

在一片热烈的掌声中，章书记结束了自己的讲话，"下面请金院长讲话"。

金赣起身走到麦克风前面，俯瞰着自己麾下的这支队伍。今天是个高兴的日子，但他的心情有些沉重，因为医院过度检查滥收费的事情刚刚被媒体曝光。身为院长，他觉得这就是在打自己的脸，如何能高兴得起来。

金赣："我下面要说的事既是坏事也是好事。为什么这么说呢？先说坏的。大家恐怕都已经知道了，就是鲁宁电视台曝光我们医院儿科医生涉嫌过度检查高收费的事儿。"

台下又开始了小声的议论。秦教授和周巧红、顾圣婴坐在一起。他接到了开会的通知，自己深陷泥足，走到哪里都觉得背后射来一道道怀疑的目光，他本不想来参加会议，可是转念一想，逃避不是办法，自己今后还要在医院里立足、工作，还要面对上上下下的领导和同事，矛盾良久，最后他还是按时来到了礼堂。走到礼堂的大门口，老教授又有些怯了，躲在角落里抽烟，不敢走进去。

周巧红和顾圣婴恰好经过，发现了这位处境艰难的老医生。两个人走上前，虽然没有说话，但眼神中的鼓励和支持是分明的。老教授感激得险些落下眼泪。周巧红和顾圣婴一左一右地搀扶着老教授，走进了礼

第八章 宝贝，你叫『新奇』

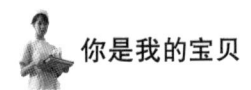 你是我的宝贝

堂,看到的人无不侧目,对新生儿监护室的两个主任表达了由衷的敬意。

金赣继续自己的发言,"这位德高望重的老同志,就坐在下面,我不点名大家也无人不晓。就在开会前,他还在跟我解释,都这会儿了,你还辩解?还感到委屈?孩子头晕,你怀疑是颅内出血,直接就让做CT。不量体温,不留置观察,也不和患者家属细致耐心地做解释工作。那不是等于给人家告你的理由吗?"

秦教授低着头,脸上火烧火燎,红一阵白一阵。坐在他两边的周巧红和顾圣婴对视一眼,心里都替他难过。但事已至此,只能咬着牙挺过这一关。周巧红伸出手,在老教授的手背上拍了拍,传递着自己的劝慰。老教授再也无法控制自己的情绪,肩膀耸动着,老泪横流。

这一幕被台上的金赣看在眼里,他的心里同样难过,让一个在医院工作多年的老医生如此难堪,金赣也于心不忍。但职责所在,身为院长,这些伤人的话只能由他来说,他不借这个机会给全院上下敲敲警钟,又能把这个棘手的差事交给谁呢?

金赣横下一条心,接着说:"这件事也给我们这百年老医院提了个醒,无论是人还是医院都不能倚老卖老,店大欺客。要时时处处替患者着想,换位思考。他们是弱势群体,我们不能让他们满怀希望而来却失望而归,甚至还跑到报社去告我们,而不是去点击设在主楼大厅的'文明服务缺陷管理意见征询系统'。这说明人家还不完全信任我们的自查机制。同志们呐!这难道还不值得我们深刻反省和深思吗?通过这件事我们被击中了痛处,长了教训,坏事变好事。这就是前面我为什么说又是坏事又是好事了。我的话完了。谢谢大家!"

新生儿监护室病房里,气氛凝重。周巧红、顾圣婴、盛美丽、祝丹和祝英和其他能抽出身的医护人员都赶来了,小七的情况有了变化。儿

内科的医生正在做检查，祝英介绍着情况。"我今天给小七喂奶的时候，发现他咳嗽，而且呼吸急促，感觉有点不太对劲儿，所以就报告了周主任。"

儿内科的专家眉头紧蹙，做完检查后，语气沉重地说："初步诊断是小儿肺炎！"

病房里一片安静。周巧红打破了沉默："小七真是苦命，娘胎里带出来的毛病还没治好，现在又感染了新病。一定要把肺炎治好，病情一旦恶化，会引起心衰，那就危险了。"

专家安慰大家说："大家不要太担心，幸亏你们的护士细心，发现得早。及时治疗的话，病情就会得到控制。等进一步的检查后，确认是肺炎，就采取雾化吸入疗法，将药液以气雾状喷出，由呼吸道吸入，消除炎症。"

下班后，祝英没有离开，留下来跟祝丹一起值班，守护在小七的身边。经过治疗，小七的肺炎症状得到了控制，看上去没那么难受了。虽然已经是深夜了，祝英仍然坐在暖箱旁边，专注地看着已经入睡的小七，观察他的呼吸节奏。

祝丹走了进来，"你去休息会儿吧，总不能在这里坐一宿吧！我看着小七就行了。"

祝英摇摇头，"现在就是回去，我也睡不着，小七现在还很脆弱，一不留神儿就可能出现危险。我要看着他好起来才放心"。

祝丹叹口气，"不是你亲生的，你都这么操心；将来有了自己的孩子，你得累成什么样儿？"

祝英白了她一眼，把注意力重新集中到暖箱里的小七身上。过了一会儿，祝英问道："你跟那个记者进行得怎么样了？"

祝丹在暖箱旁边走来走去，踌躇满志地说："见了两次面，感觉还不错，现在要继续考验他对我的真心。能配得上我祝丹的男人，当然要

第八章 宝贝，你叫『新奇』

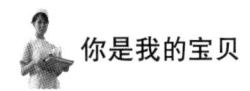 你是我的宝贝

德才兼备,全面发展,各方面都要是最优秀的。"

祝英:"你真当自己是天使啊!干脆去嫁个神仙吧,只有神仙才没有缺点,符合你的要求。"

祝丹倒背着双手,一步三摇地说:"我就是白衣天使啊,要是真有神仙,也会被我的魅力倾倒的。"

暖箱中的小七在睡梦中发出一声轻微的咳嗽,祝英紧张得马上站了起来,趴在暖箱上观察着。小七恢复了安静,呼吸看上去也正常,祝英悬着的心才放了下来。祝丹嗔怪地说:"你都快神经了!不要草木皆兵,把我都吓了一跳。"

她们都没有注意到,病房窗外出现了一个高大的身影。院长金赣正隔着玻璃窗静静地看着两姐妹守护多灾多难的婴儿。今天,他本来是到新生儿监护室第三次抽查值班情况的,可是,看到两姐妹辛劳的样子,金赣改变了主意,决定不打扰她们,悄然地离开了。他背着手,轻轻地穿过走廊,嘴角浮现出一丝笑容。

新生儿监护室。今天是小七满月的日子,病房简直成了儿童乐园。祝丹祝英姐妹正在鼓着腮帮子,拼命吹气球,吹好一个就放飞一个,一个个气球飞上房顶,在空中飘浮着,五颜六色。七号婴儿的暖箱上方吊着几个塑料充气娃娃,有的憨态可掬,有的活泼可爱,有的扮着鬼脸。年轻的护士们围着小七的暖箱,想尽各种办法,逗孩子开心。暖箱里,小七手舞足蹈,脸上乐开了花。被这么多人围观,孩子显得很兴奋。小七满月成为整个新生儿监护室的节日。

周巧红和顾圣婴走了进来,大家都安静下来。周巧红走到小七的暖箱旁边,望着孩子天真无邪的笑脸,母性顿时溢满全身。她朝暖箱里的小七挥挥手,小七蹬着腿儿,小手在空中抓捏着,像是要跟周巧红握手一样。周巧红和身边的顾圣婴都笑了出来。

周巧红转向大家，作为主任，今天她有必要跟大家说几句话，"今天是小七满月，也是我们大家全体、儿科大家庭的节日。为什么这么说呢？一个本来和我们非亲非故的孩子像天使一样降临到我们身边，而他又是那么病弱无助，需要我们的帮助。我们轮流给他治疗，喂奶，洗澡，亲眼看着他在我们手中一天天渐渐长大，我们每一个人都体会到了做一个母亲的辛劳和幸福，包括还没有做过母亲、还没有结婚的护士们。所以说，今天小七满月就是我们大家的母亲节"。

大家激动地鼓掌。顾圣婴连忙示意大家轻一点，不要惊扰了其他婴儿。

周巧红脸上泛起兴奋的红晕，说："你们应该为今天无私的奉献而骄傲，你们将永远是伟大的先驱者南丁格尔的追随者！我们大家每天正在做的事，看似平凡，其实奇迹就在我们身边发生——小七从一个弃婴到新生儿的奇迹。我建议今天给小七起个名字。大家说叫啥呀？"

大家你看看我，我看看你，都习惯管这个孩子叫小七了，还真没想过给他起一个正式的名字。周巧红笑眯眯地看着大家，启发着大家的灵感。

祝英的脑子里灵光一现，提议道："叫'新奇'怎么样？他是我们新生儿监护室的孩子，而他能活下来，是个真正的奇迹，所以叫'新奇'。"

周巧红眼睛一亮，"好啊！新奇——新生儿的奇迹。从此，我们家的小七就在第一人民医院安家落户了！"暖箱里的新奇好奇地看着周围的一切，那是一张张笑脸汇成的欢乐的海洋。

一个富有磁性的、雄浑有力的声音在门口响起。"好名字！新生儿的奇迹，非常贴切，寓意深远。"章书记和金赣、袁主任出现在病房门口。

周巧红和顾圣婴迎了上去，"院长、书记，你们也来了！"

第八章 宝贝，你叫『新奇』

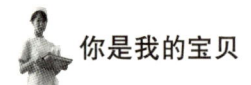 你是我的宝贝

章书记和蔼地笑着,说:"你们过节,我们当然要来凑凑热闹了!"

金赣纠正道:"不对,不是她们过节,是我们鲁宁第一人民医院的节日,我们一起过节。在场的人都是医院这个大家庭的一员,还有新奇!"

章书记对周巧红说:"周主任,你在会上说过要创造奇迹。我当时就肯定了你的决心和必胜的勇气,敢打硬仗,敢接受挑战。看看现在,我们果然创造了奇迹,这一仗我们打赢了!当然,这是阶段性的胜利,还有第二次手术,不能松懈,要打起精神,一鼓作气,再接再厉!"

周巧红信心十足地说:"请书记、院长放心,我们一定打个大胜仗,让新奇健健康康地活下去。"

金赣走到孩子的暖箱旁边,笑眯眯地看着新奇。可是,新奇对他的面孔感到陌生,马上露出了一个难看的苦脸。章书记一把将金赣拉到旁边,指指周巧红、顾圣婴和在场的护士们,说:"哄孩子,她们是专家,我们还是靠边站吧,免得弄巧成拙。"金赣不好意思地笑了。

一回头,金赣看到躲在角落里的盛美丽、祝丹和小绿,她们被金赣批评怕了,见了院长就胆怯,所以金赣一进来,三个人就缩到一边,希望不要引起金赣的注意。

金赣看穿了她们的心思,主动走了过去。三个人见院长找上门了,心里直打鼓,根本不敢直视金赣,低着头,祝丹躲到了盛美丽身后,小绿又躲到她身后。金赣忍不住笑了起来,"你们见了我怎么这副表情啊?我是吃人的老虎吗?"

盛美丽傻笑了一下,壮着胆子说:"院长,我们几个犯过错误,不好意思见您。"

金赣:"知错能改善莫大焉!犯了错误就改嘛,还能一辈子抬不起头来!我说过,还要来检查,可是最近比较忙,一直没顾上来……"他没说出自己前些天偷偷来过的事情。

祝丹从盛美丽身后露出脸来，一脸的无可奈何，"还要检查？"

金赣点点头，"对，我说到做到，从来不说空话！"

三个人像泄了气的皮球，不知道院长什么时候才能高抬贵手，放自己一马。金赣恶作剧似地笑了起来，看上去很开心，把三个人都笑愣了。止住笑声，金赣说："今天就是检查，根据你们三个人的表现，我宣布：你们改进了为患者服务的质量，有很大进步，过关了！"

盛美丽和祝丹、小绿高兴得欢呼起来。

顾圣婴回到家的时候，已经是深夜，房间里悄无声息，丈夫安东和儿子安小宁已经入睡。顾圣婴担心惊醒他们，没有开灯，换上拖鞋，蹑手蹑脚地走进书房，打开了电脑。她把数码相机里的照片拷进电脑，上传到自己的QQ空间里。

欣赏着这些照片，回味着为新奇过满月的场景，顾圣婴的脸上露出了甜蜜的微笑。这种感觉已经很久没有过了，繁忙的工作、冷漠的丈夫、麻烦不断的孩子、濒临破碎的家，耗尽了她全部的精力，难得享受片刻轻松愉快的时光。她本是一个情感细腻、内心丰富的人，但生活的坎坷不断地刺激着她的神经，她不得不强迫自己变得麻木和冷漠，如果一直敏感下去，顾圣婴担心自己有一天会精神崩溃。

于是，在医院里，她成了一架从不停歇的工作机器；在家里，她则是一个不负责任的母亲和妻子，随波逐流，破罐子破摔。只是今天，为了庆祝新奇满月，她得以重新体验家庭的温馨，内心温暖而柔软的一面再次被唤醒。丈夫、儿子、一家三口其乐融融的时光从尘封的记忆中浮现出来，搅动着她敏感的内心世界，"如果能回到过去，那该多好啊！可是，还回得去吗？我们已经走出了这么远，朝着相反的方向！"

或许是太疲惫了，顾圣婴感觉脑袋发胀，她使劲儿地揉着太阳穴，然后趴在键盘上打字，写着今天的日志。"这是'我家'宝贝，一个被

第八章 宝贝，你叫『新奇』

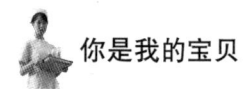 你是我的宝贝

爹妈遗弃的苦命的孩子,但他又是一个幸运的孩子,在我们新生儿监护室有了这么多'妈妈'。今天他满月了,有了一个好听的名字——'新奇'。瞧,新奇穿上新衣服,笑得多开心啊!"

敲完日志,已经是凌晨一点了,顾圣婴活动着发酸的肩关节和颈椎,希望能让自己舒服一点。一双厚重有力的手掌搭在她的肩膀上,替她按摩着,节奏不紧不慢,力度不大不小,刚好合适,顾圣婴顿时觉得轻松了很多,她知道,丈夫安东醒了。很久之前,每天下班后回到家里,吃过晚饭,入睡前他们都会这样替对方按摩,缓解一天的疲劳。次数多了,熟能生巧,节奏和力度拿捏得恰到好处,效果立竿见影。这是外面专业的按摩师都做不到的。

顾圣婴的心头涌过一阵暖流,忽然觉得对不起丈夫安东和儿子小宁,夫妻之间的隔膜她要负很大的责任。或许今夜,就是现在,是弥补自己的过错,一家人重归于好,恢复昔日的融洽的最佳时机。顾圣婴握住了丈夫搭在肩上的手,久久无语。

客厅里,台灯橘黄色的灯光照亮了茶几附近一小片地方。顾圣婴环顾四周,房间里一片凌乱,已经很久没有收拾过了,这都是她这个做妻子的失职。安东端了两杯牛奶过来,"喝杯牛奶吧!促进睡眠。"

顾圣婴接过牛奶,望着日渐苍老的丈夫和他脸上疲惫的神色,内心充满了愧疚。

"今天七号床的孩子满月?"安东寻找着适合的话题,其实,在顾圣婴的QQ空间里,他什么都看到了。

顾圣婴:"嗯,本来想邀请你的,可是你今天有手术。"

安东喝了一口牛奶,说:"这个孩子现在是全院的焦点,每个人都牵挂着他的安危。他在改变着周围的很多东西,就说你们新生儿监护室吧,大家的心气儿和精神面貌都不一样了。"

顾圣婴深有同感,"是啊!他真是个小天使,把我们大家的爱心和干劲儿都激发出来了。一个受难的小天使,带给我们的却是爱、快乐"。

安东朝儿子房间撇撇嘴,说:"这还有个麻烦的大天使呢,也需要你的关心。"

顾圣婴不好意思地笑了,"是我没尽到做母亲的责任,疏忽了小宁,以后我会注意的"。

顾圣婴的反应让安东很意外,以前每当两个人触及这个话题的时候,都是毫无例外的争吵和相互指责,把责任推给对方。这么痛快地认错和承担责任,对于顾圣婴来说还是第一次。安东注视着自己的妻子,岁月在她的脸上已经留下了无法磨灭的痕迹,她身上早已没有当年恋爱时那种逼人的青春气息,看着让人心疼。

尽管有过无数次的争吵、相互之间的伤害,安东不得不承认,自己一直爱着妻子。只是心湖上的冰层太厚、太结实,把这份爱封闭在心底,即便是想把它释放出来,也是有心无力。在这个新奇满月的日子,这个特殊的夜晚,冰层似乎在融化,出现了少有的缝隙,被压抑许久的爱意流溢出来,在两个人的心里,在周围的空气里蔓延。

顾圣婴明显感觉到了房间里气氛的微妙变化,脸上泛出了一片羞涩的红晕,神态有些忸怩不安。安东了解自己的妻子,从她神情的微妙变化中就可以准确地判断出她现在的想法。他站起身来,走到妻子旁边,把顾圣婴扶了起来,牵着她的手,走向自己的房间——两个人分居已经有一段时间了。

卧室里的灯灭了。

第八章 宝贝,你叫『新奇』

# 第九章　生活就是沟沟坎坎

盛美丽与钱永富的试管婴儿再次失败,钱永富在医院里大闹一场;安小宁离家出走,被安东在火车站截住,顾圣婴虚惊一场。

鲁宁市第一人民医院妇产科走廊上,钱永富站在楼道口吸烟,今天他跟盛美丽来看试管婴儿的结果。前面两次都已经失败了,所以钱永富心里七上八下,那种感觉就像在牌桌上赌钱,把全部家当都压上了,马上就要翻开底牌,知道结果。钱永富没有勇气去直接面对结果,让盛美丽一个人进去问了,自己躲在外面吸闷烟。盛美丽进去已经有一会儿了,钱永富一根接一根地抽着烟,地上扔了一片烟头,楼梯口烟雾缭绕。

经过的病人和家属都捂着鼻子,厌恶地看着钱永富,小声嘀咕着:"这人,怎么这样?在医院里还吸烟,太不自觉了!"

钱永富就当没听见,依旧吸个不停,夹着烟卷的手指在微微发抖。这些年,由于婚后一直没有孩子,传宗接代的重担压得他喘不过气来,亲友邻里背后的闲话更是让他无法忍受,只好把气撒在了盛美丽身上。虽然他这些年做生意赚了一些钱,可是试管婴儿高昂的费用还是让他割肉一样的疼。

一个戴红袖箍的中年妇女走了过来,看了一眼钱永富,没说话,蹲在地上数烟头。"刚好10个,一个五十,总共五百!"

钱永富瞪大了眼睛,吼了起来,"什么,抽根烟要罚五百,我说,你干脆去抢银行算了!"

中年妇女指指自己的红袖箍,"我执法,不犯法。你不是抽一根烟,而是十根,按照规定,五百"。中年妇女口气坚决,没有任何商量的余地。

第九章 生活就是沟沟坎坎

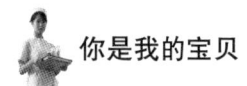你是我的宝贝

钱永富现在只想早点知道结果,没有心思跟她纠缠,掏出钱包,抽出五张百元大钞,扔在了地上。中年妇女毫不在意地拣了起来,一边数着一边美滋滋地走开了。冲着她的背影,钱永富狠狠骂了一句,"想钱想疯了!"

盛美丽从医生的办公室里走了出来,钱永富骂骂咧咧地迎了上去。他盯着盛美丽的眼睛,满怀希望地问:"结果出来了吗?怎么样?"

盛美丽望着丈夫那期待的眼神,于心不忍,犹豫着不说话。钱永富急了,"你倒是放个屁啊!想急死我啊!"

盛美丽难过地摇摇头,"还是不行"。

钱永富的眼睛瞪得像两个鸭蛋,叫了起来,"不行,不行?这是第三次了!"

盛美丽害怕得向后缩着身子,愧疚得无地自容。钱永富暴怒地发作了,突然把手中的矿泉水瓶狠狠地摔在了地上,水溅洒在周围人的身上,招致一片责骂,盛美丽连忙给大家赔不是。

钱永富带着哭腔骂道:"五万块啊,又打了水漂!你这败家的娘们儿!干施肥不长庄稼的东西!"

钱永富闹得不可开交,周围的人纷纷驻足观望。顾圣婴恰好从这里路过,见这么多人围观,便走了过来,拨开人群一瞧,原来是盛美丽两口子。钱永富没脸没皮地数落着盛美丽,顾圣婴有些看不下去了,毕竟盛美丽是这里的职工,也是自己的下属,这样闹下去,还不颜面扫地,以后怎么工作啊?

顾圣婴走过来,对钱永富说道:"老钱,亏你还是个爷们儿,你懂点科学不?再说,美丽她容易吗?你在这医院大吵大嚷的,不嫌丢人啊?你怎么不找找自己的问题?"

钱永富被顾圣婴连珠炮似的问题搞得瞠目结舌,索性蹲在地上抱头

大哭,"人人都知道我不生养,我钱永富只是个开鱼馆的,从来没做过伤天害理的事,为什么老天要让我们老钱家绝后啊?……我们钱家的香火,不能够断在我钱永富手里呀!"

看他悲痛欲绝的样子,顾圣婴一时无语。见顾圣婴数落自己的丈夫,盛美丽不高兴了,质问起她来,"顾圣婴副主任,你也管得太宽了吧!都管到我们家里来了!"

顾圣婴辩解道:"美丽,我这都是为你好啊!"

盛美丽根本不领情,"谢谢你的好意。我母鸡不下蛋让我男人骂几句,我心甘情愿,心里舒服,不然他还不憋闷死!轮不到你来说闲话!"

顾圣婴一副难以置信的表情,"你……你这不是……不识好人心吗?"她本来想说"狗咬吕洞宾",可是想想自己的身份,还是没能说出口,知识分子的自尊让她无论如何说不出粗话来。"我真是自讨没趣儿",顾圣婴掉头离开。昨晚与安东重归于好,她今天的心情本来是阳光明媚,可是经盛美丽两口子这么一闹,情绪又变得糟糕起来,心里甭提多懊丧。

盛美丽冲着气呼呼远去的顾圣婴喊道:"我就是狗,不识好歹,到处乱咬。"喊罢,她终于憋不住,蹲在地上哭了起来,钱永富这时反倒过来安慰她,二人相拥在一起,又掀起新一轮嚎啕。这始料不及的结果引逗得围观的人都笑了。

顾圣婴坐在办公室里生着闷气,盛美丽推门走了进来。顾圣婴瞟了她一眼,没有说话。盛美丽小心翼翼地走到顾圣婴的面前,"顾主任,刚才对不起啊!试管婴儿又没结果,我和老钱心情都不好,所以顶撞了您,您别往心里去。我知道您是为我好,您说得对,我'狗咬吕洞宾,不识好人心'。"

顾圣婴依然沉默着没有说话,但脸上的神色已经缓和了下来,心软

第九章 生活就是沟沟坎坎

113

你是我的宝贝

了。盛美丽揪扯着自己的衣角,低声说:"顾主任,您这个人看上去挺冷的。其实,我知道,您是面冷心热,人挺正直的,有自己的原则。虽然我们两个一直不太对付,可是我从心眼里佩服您这样的女强人。至于我嘛,不是那块料儿,也就不敢说向您学习了,反正就是心里很尊重您这样的人。我就是这张嘴不老实,说话老得罪人,以后我会注意的。"

盛美丽说出自己的心里话,顾圣婴不好再继续端着架子。她站起身来,牵住盛美丽的手,"美丽,同事这么长时间了,我还不了解你吗?刀子嘴豆腐心,心直口快,虽然说话难听点,但你不是坏人。当时我可能会生气,发脾气,但过后我不会放在心里的。以后我们好好相处,相互帮助、相互支持。至于孩子的事情,虽然你不让我管,我还是要管,我找找我的同学,帮你问问,看有没有更好的办法,早点了结你们夫妻俩的心愿。"盛美丽感激地握着顾圣婴的手,眼中泪光闪闪。顾圣婴没再多说什么,揽过盛美丽的肩膀,把她抱在怀里。

结束了一天的工作,顾圣婴拖着疲惫不堪的身体回到家,两条腿就像灌了铅一样,几乎迈不动步了。进了门,房间里一片漆黑,悄无声息,她知道安东今天值夜班,"小宁怎么还没回来,又去哪疯了?"顾圣婴没有力气多想,踢掉高跟鞋,站在拖鞋里,把包扔在沙发上。沙发上堆满了厚厚的《实用新生儿学》等医学书籍资料,几件凌乱的外套也扔在上面。

顾圣婴随手扒拉开一堆资料,把自己扔进了沙发,揉了揉太阳穴,眯着眼,释放着浑身上下的疲惫。时钟已指向九点了。顾圣婴站起身,走到冰箱前,拉开门,拿了一包泡面出来,要填填空空如也的肚子。就在她到处找水的时候,手机铃声响起。

顾圣婴从包里摸出手机,接通了电话,"哪位?"

电话那端传来一个陌生的声音,"我是小宁的班主任"。

第九章 生活就是沟沟坎坎

顾圣婴:"哦,老师您好。"

老师试探着问道:"顾医生,你家小宁在家吗?"

顾圣婴:"不在家啊!可能……什么?小宁出走了?"顾圣婴的嗓门一下子拔高了。

老师:"他给我留了一条短信,我才发现,现在就转发给你。"

顾圣婴机械地答应着:"好,好……"实际上已经魂不守舍,脑子里一团混乱。

手机屏幕在黑暗中闪亮,提示有短信——"各位老师,各位同学,我放弃一切,和小薇私奔了。感谢老师多年来的关怀和帮助,祝同学们考上重点初中!我实在没办法面对爸爸妈妈的期盼和压力,也没办法和大家解释。安小宁鞠躬。"

顾圣婴焦灼地满屋子乱转,忽而跑进儿子的房间,忽而又冲进客厅,根本不知道自己该做什么。在客厅中央站了一会儿,她忽然疯子一

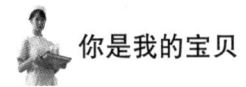 你是我的宝贝

样冲出了家门。

这个时间,大街上只有稀稀落落的几个行人,顾圣婴跌跌撞撞地奔跑着,头发凌乱,满脸泪痕,一身的职业套装和脚下的拖鞋搭配在一起,不伦不类。顾圣婴一边在大街上茫然寻着儿子,一边不断地拨打安东的手机。大街上回荡着一个母亲凄厉的呼喊声,令人心碎,"小宁,小宁,你在哪?你回来,你给妈回来啊!"

安东的电话终于打通了,顾圣婴冲着电话吼了起来,"喂,安东,你咋才接电话啊!……小宁,小宁离家出走了……"正在她对着电话语无伦次地讲述事情经过的时候,一个黑影从后面冲了过来,一把抢走了她的手机。

顾圣婴追了几步,拖鞋跑掉了,愣在原地,随即蹲在地上嚎啕大哭。

路边的一个二十四小时店里,已经是清晨了,顾圣婴在这里等着安东。她的面前放着一杯咖啡,顾圣婴两眼盯着桌面,目光呆滞,无意识地搅动着已经放凉的咖啡,连一口都没喝。店里的侍应生有些不安地看着她,担心她是一个精神受了刺激的疯子。

安东走了进来,发现了呆若木鸡的顾圣婴,在她对面坐了下来,脸上的神色同样疲惫。他的到来没有引起顾圣婴的任何反应,两个人就这样沉默着,一言不发。

安东终于忍不住了,质问道:"你别不说话,小宁到底怎么了?"

顾圣婴的声音缓慢而机械,就像鬼魂一样,"你不是都知道了吗?离家出走。"

安东急躁地说:"我是说,发生了什么事,非要离家出走?"

顾圣婴的语气依然麻木,"你问我,我问谁去?不知道。"

安东发怒了,"你这妈是怎么当的?他不是你生的啊?"

顾圣婴忽然发作起来,"小宁是我生的,可我也不能二十四小时看着他啊!"

安东颓然地陷在沙发里,"真不知道你是怎么管教他的!打架、闹事、早恋、私奔!这是一个十二岁孩子该做的事吗?"

顾圣婴结结巴巴地解释着:"我这一段有点疏忽了,医院事情特别多……没时间。"语言苍白得连她自己都觉得无味。

安东:"医院哪天有清闲的时候?这都是借口!你就是个不负责任的工作狂!不负责任的母亲!你顾得上那么多别人的孩子,却唯独顾不上自己的孩子!"

顾圣婴不甘心地反击,"你也是医生,你也是父亲,这教育孩子什么时候成了我一个人的责任了?孩子离家出走,你就没有责任吗?"

安东出了一口粗气,斜了一眼顾圣婴,"你自己看看你现在的样子,还像个女人吗?"

顾圣婴凌厉地说:"我什么样儿用不着你来贬损我!"她霍然站起身,"嗳!我找你到底干什么来的?你不去找小宁,我自己去!"

安东坐着没动,"省省吧你,我已经在火车站把他们截回来了……"

顾圣婴愣住了,旋即质问道:"那你为什么不早说?"

安东:"早说!你伶牙俐齿的容我说话吗?"

顾圣婴如释重负,一下子瘫坐在沙发上。安东站了起来,准备离开,"昨晚上他们在外头折腾了一宿儿,这会儿准在家蒙头大睡呢!我也得眯一会儿,下午还有两台手术呢!"一只脚已经迈了出去,安东又犹豫了,走到顾圣婴的身边,拍了拍妻子的肩膀,算是一种安慰。他把一个旧手机放在桌子上,"暂时先用这个吧!这还是我出国的时候给你带的,都七八年了,还能用,原来的号。亲情号码1就是我的手机号,没变。等空了再去买个新的。"

第九章 生活就是沟沟坎坎

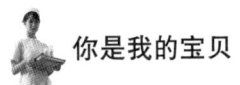 你是我的宝贝

安东的身影消失在门外。顾圣婴把头深深地埋了下去,肩膀抽搐着,哽咽不已。不知过了多长时间,桌子上的旧手机震动起来,顾圣婴拿过手机,是安东发来的短信——"要把偏离方向的生活轨迹扳回正轨,是需要一个过程的,我们一起努力,别灰心。我对你的感情就像这个旧手机一样,一直没变。"

看着短信,顾圣婴忍不住失声痛哭。

周巧红就住在附近,刚从附近的早市采购回来,从轿车后备箱里拎起大包小包的蔬菜水果,偶然一抬头,正好瞥见安东从24小时店里推门而出。她注意到坐在落地玻璃窗里面的顾圣婴。虽然不知道发生了什么事儿,看顾圣婴哭的很伤心,周巧红不知道自己该不该现身。顾圣婴与安东感情不和的事情,周巧红很清楚,她也不止一次地旁敲侧击,试图劝和两个老同学,可是没什么效果。"这个时间,他们两个在这里闹什么?难道……"人遇到事情的时候习惯于往坏处想,周巧红猜测是不是两个人在谈离婚的问题。

正在她胡思乱想的时候,手机铃声响起来,周巧红马上退到轿车另一侧接电话。电话那端传来周巧红丈夫的声音。虽然丈夫只是一个药厂工人,两个人的身份地位有着很大的差距,但周巧红对丈夫一直非常尊重,对瘫痪在床的婆婆也是极尽孝道,不管是亲友、邻里还是同事之间,都是有口皆碑。

周巧红:"老公,啥事儿?菜我都买好了……制氧机的棉芯?不是上周才换的吗?什么?被你洗坏了?你不看说明书啊,不能用力搓……"

丈夫在电话的另一端解释着,周巧红答应着:"那好吧,还需要什么?"

周巧红老公:"导尿管的导管都老化了……"

周巧红:"行,我明白了,我这就去买。"

周巧红老公:"医疗用品一条街便宜。"

周巧红嗔怪道:"真啰嗦!我还不知道!妈今天怎么样?"

周巧红老公:"我刚给妈洗了澡,现在坐在轮椅上晒太阳呢!我把汤炖好了,等你回来喝。"

周巧红:"别等我了,我下午还要顶个班,放下东西就走,拜拜!"结束通话,周巧红向二十四小时店里望了一眼,决定还是不要贸然介入为好,坐进车里,驱车离开了。

第九章 生活就是沟沟坎坎

# 第十章　将错就错

盛美丽捅破了点醒了梦中人鲁梦扬，他跟祝丹、祝英姐妹间的窗户纸被捅破了。祝丹软硬兼施，强迫鲁梦扬留在自己身边。鲁梦扬和祝英彼此钟情，中间却隔着姐姐祝丹这座大山。

新生儿监护室。盛美丽值班，新奇刚刚睡醒，盛美丽小心翼翼地把他抱了起来，揽在臂弯里轻轻地摇晃着。不管是在医院还是朋友家里，每当看到母亲抱着自己的孩子，幸福地逗弄着，盛美丽都羡慕得流口水。新奇的到来给了她一个难得的机会，暂时扮演着母亲的角色，享受着一个女性特有的甜蜜。

新奇睁大了眼睛，望着直勾勾地看着他的盛美丽。新奇清澈的眸子像一潭一眼可以望到底的碧水，盛美丽忍不住把嘴唇贴上去，想吻一下新奇的额头。她还未能如愿，新奇就嚎啕大哭起来，把实习母亲盛美丽吓了一跳，赶紧想办法哄他。可是，不管她怎么做，新奇就是哭个不停。盛美丽急得在病房里团团转，束手无策。

正在她抱着新奇转圈的时候，忽然胸部有一种异样的感觉。盛美丽低头一看，新奇的小手抓住了她的乳房，小嘴马上凑了上去，隔着衣服使劲地吮吸着。那种痒痒的感觉像是电流一样传导到她身体的每一个部位。盛美丽"哎哟"一声，顿时就羞红了脸，连忙拿开新奇的小手，把衣服从他的嘴里拽了出来。新奇又开始放声大哭。盛美丽胸前的衣服上留下一片水渍。

正在盛美丽窘迫得不知如何是好的时候，周巧红走了进来，连忙从盛美丽的手里接过新奇，用责怪的眼神看了看盛美丽。

盛美丽红着脸解释道："你看，他这是干什么？"

周巧红失声笑了出来，"他这是饿了，小孩子都这样。"说着，从自己白大褂的兜里拿出一个奶嘴，放在新奇的嘴里。新奇马上含住，使

第十章 将错就错

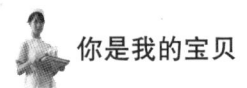
你是我的宝贝

出吃奶的劲儿吮吸着,也不再哭了。"你看,这样不就好了!"

盛美丽挠挠头,尴尬地笑着:"还是周主任有办法!"她忽然反应过来,看了看自己胸前的水渍,"我怎么出去见人呐?"

周巧红:"他呀,这是把你当作妈妈了。妈妈自己想办法哦!"

周巧红也就是随口一说,但在想孩子都快想疯的盛美丽听来,却是震撼性的。她愣住了,定定地看着周巧红,把周巧红看得心里发毛。周巧红小心地问道:"你这是怎么了,傻了?怎么用这种眼神看着我。"

盛美丽喃喃地说:"妈妈?你说,他把我当作妈妈了?新奇把我当妈妈了!我……我要去告诉老钱,不是我们自己的孩子,也可以把我当妈妈的!"

盛美丽像是着了魔一样,扭头跑出了病房,去给钱永富打电话了。周巧红被撂在病房里,望着盛美丽一溜烟消失的背影,无奈地笑了笑,自言自语说:"有的人生了孩子狠心丢掉,有的人想要孩子却怎么也要不到,命运怎么就这么不公平啊!"

盛美丽在电话里激动地对丈夫讲述着,钱永富正在招呼满屋子的客人,没时间跟她闲聊,不耐烦地回了一句——"想要孩子就自己生,别抱着别人的孩子穷乐呵!"便挂断了电话。盛美丽的满腔喜悦被无情地泼了一盆冷水,非常扫兴,闷闷不乐地走回病房。

经过走廊的时候,她不经意地往外看了一眼,发现下面的花园里,鲁梦扬正拦着祝英说什么,祝英躲躲闪闪,想要走开,鲁梦扬拉着她的手,不肯罢休。盛美丽是少数几个能一眼分辨出祝丹和祝英的人,虽然隔着一段距离,但她确信花园里的人是祝英。她忽然想起,前几天就在花园里撞见过鲁梦扬纠缠祝英,好像还送了礼物给祝英,远远地看着像是一部还没开封的手机。

盛美丽靠在窗前,看着花园里的两个人"老鹰捉小鸡",脑子里全是问号。"鲁梦扬不是跟祝丹谈恋爱吗?怎么又缠着祝英不放呢?他想干什么?莫非……"盛美丽很酷地打了一个响指,"一定得搞清楚是怎么回事儿!想在我的地盘上胡来,没门!"

祝英终于摆脱了鲁梦扬。在走廊里,盛美丽拦住了她,神秘兮兮地问道:"小英,我有话问你。"

祝英:"美丽姐,我去外科有急事,有啥事回头再说好不……"

盛美丽坚决地说:"不行,这事比啥都要紧!刚才我看到鲁梦扬来找你了。"

祝英点点头,"嗯,咋了?"

盛美丽被祝英的漫不经心惹火了,"咋了?我还看到过他送你一个手机。"

祝英不明所以地说:"是啊!"

盛美丽:"那小子不是在和你姐姐谈恋爱吗?"

祝英:"是啊!"

第十章 将错就错

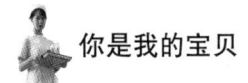

盛美丽直视着祝英的眼睛,像是要看穿她的内心,"你也喜欢他?"

祝英为难地不知道该如何说,她不想撒谎,也不想承认自己对鲁梦扬有感觉。"美丽姐……我,我比我姐还早就认识他了。"

盛美丽:"我是过来人,我早看出来了,这小子有事没事往咱科里跑,还想一脚踩两只船!"

祝英这才明白盛美丽误会了鲁梦扬,着急地说:"你胡说什么呀!"

盛美丽对自己的判断非常自信:"我没胡说,这号的,他一撅腚我就知道他拉几颗粪蛋儿!"

祝英跟盛美丽说不清楚,徒劳地替鲁梦扬辩解着:"人家不像你说的那样!"

盛美丽不屑地说:"那哪样啊?啊!是不是前人栽树后人乘凉啊?难道你姐跟你抢,然后你跟他又藕断丝连。你姐那脾气我还不知道,凡是好东西都要跟你抢,就知道欺负你这个妹妹,一点都没有当姐的样儿!"

祝英低头不语,她知道盛美丽已经钻进自己画的圈里,一时半会儿还真没法把她拉出来。

盛美丽像福尔摩斯探案一样,继续按照自己虚构的线索进行分析,"我就觉得这里面有点蹊跷,你祝英不是那号人啊!老实巴交的孩子,从来不乱来!"

祝英没有理睬她,陷入自己的烦恼中,下意识地说出一句软弱无力的话来:"我只希望我姐姐能得到幸福!"爱情是自私的,谁愿意别人抢走本该属于自己的幸福。

盛美丽急得直跺脚,"那你到底喜不喜欢他?"

祝英犹豫不决,"可是美丽姐,我姐也喜欢他呀!"

盛美丽:"那总有个先来后到吧!你凡事总是替别人着想,处处让着别人,傻丫头,这是终身大事,过了这个村就没这个店啦!别像我后悔一辈子。人活一辈子看上去挺长,可关键的地方也就几步,错过了,哭你都找不着调门儿!你总要为自己争一回吧。那小子,叫……鲁……梦扬的,他怎么说?"

祝英:"他……他什么都没说。其实我们之间不像你想的那样……"

盛美丽火爆脾气,一点就着,咬牙切齿地说:"这个混蛋,我找他去!"说罢,掉头就走。

祝英高声喊着:"美丽姐,你误会了,他……"话还没说完,盛美丽就如同旋风般远去。祝英一跺脚,"唉!这不是添乱嘛!"

鲁梦扬刚刚结束采访,正收拾东西准备回台里。盛美丽像一阵风似的冲到了他面前,"小鲁,你先等会儿,我有事要问你。"

鲁梦扬一边收拾东西一边问道:"美丽姐,什么事?"

盛美丽绷着脸说:"你能先停会儿吗?"

第十章 将错就错

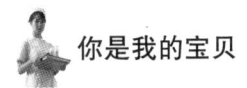 你是我的宝贝

鲁梦扬连忙放下手里的东西,迭声说:"哎,哎,盛护士长,您吩咐。"

盛美丽一脸的厌恶,说:"就讨厌看到你这油嘴滑舌的。平时看你和姑娘们说说笑笑,没人拦你,都是年轻人嘛!科里一半护士还没对象呢,这都正常……"

鲁梦扬非常不解地望着盛美丽,问道:"护士长,您想说什么呀?我可没……"

盛美丽直接打断他,质问道:"我问你,你今天找姐姐谈情,明天又给妹妹送礼的,什么意思?"

鲁梦扬根本不知道她在说什么,茫然地问道:"美丽姐,什么姐姐妹妹的?您这话是从何说起呀?"

盛美丽完全把鲁梦扬当成了装傻的感情骗子,恶狠狠地说:"要想人不知除非己莫为。你们这些读书人,别跟我这大老粗打哑谜,我虽然是没念过几天书,可也看得出来。你说,祝丹祝英这姐妹俩,你到底喜欢谁?今天你必须选一个。只能选一个!否则犯法。"

鲁梦扬云里雾里,"祝丹、祝英?犯法?这什么乱七八糟的!护士长,您说啥呀?"

盛美丽气乐了,"看你这小伙子仪表堂堂的,还真就想不到拿你老姐打岔啊!好,我跟你去台里,找你领导说道说道去。"

鲁梦扬连忙拦住作势欲走的盛美丽,"哎,大姐,美丽姐,您先别急嘛!我这脑子是一团雾水。您刚才说什么祝丹,那……那……哪还出来个祝英啊?"

盛美丽:"你是不见棺材不落泪呀!我问你,你是不是和祝丹谈恋爱?"

鲁梦扬坦然地说:"是啊!"

盛美丽:"那为什么又送东西给祝英?我是亲眼看见的,就在后花园。"

鲁梦扬:"没错,送东西不假。我是送东西给祝丹啊!手机。"

盛美丽意识到什么地方出岔子了,试探着问道:"你真的不知道祝丹还有个妹妹叫祝英,也是新生儿监护室的。"

鲁梦扬懵了,"我真不知道!美丽姐,不然你给我八个胆儿也不敢啊!怎么回事呀,这是?"

盛美丽恍然大悟,拍着巴掌笑道:"哈哈,祝丹和祝英是双胞胎,也难怪,连同事都经常认错人。不过,你这孩子看着挺机灵的,怎么能连自己女朋友都搞错呢?"

鲁梦扬被这突如其来的变化搞得失魂落魄,喃喃自语:"怪不得,最近我也有点儿画魂儿,总像是在梦里似地,有点异样的感觉,可就是不知道哪出了问题。"他揪扯着自己的头发,好像要把自己从梦里拽出来一样。

盛美丽叹息着说:"你这孩子谈恋爱都谈傻了!"

鲁梦扬不满地说:"可是我还没明白,那她们为啥不说呀?只把我一个人蒙在鼓里。"

盛美丽欲言又止,一时不知道从何说起,索性把这团乱麻推给了鲁梦扬自己,"这你可得自己亲自去问问她们了,解铃还需系铃人啊!"

鲁梦扬的怒气无法克制地膨胀起来,"不行,我得先去问问这姐妹俩。这不成了冒名顶替了嘛!"他把一摊子器材丢在一边,直奔新生儿监护室。张明在后面叫着他的名字,鲁梦扬就跟没听见一样。

望着鲁梦扬远去的背影,盛美丽内心很得意,觉得自己做了一件大好事。

第十章 将错就错

祝丹和祝英都不在新生儿监护室。小绿告诉鲁梦扬,姐妹俩可能回宿舍了,今天该她们休息。鲁梦扬二话不说,直奔护士宿舍。刚刚走到病房楼的门口,一直阴沉的天终于开始发作了,暴雨倾泻下来,把鲁梦

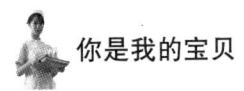 你是我的宝贝

扬堵在了病房楼里。鲁梦扬咬咬牙,一头扎进了雨雾中。

宿舍里,祝丹和祝英正在闲聊,忽然,门被人一把推开了,淋成落汤鸡的鲁梦扬赫然站在门口,望着房间里几乎一模一样的双胞胎姐妹。尽管他已经知道祝丹和祝英的秘密,但第一次同时看到两个人,还是被惊呆了。他没想到,世界上竟然有长的这么相像的人。

鲁梦扬惊诧得不知该说什么,"你们……"

祝丹没想到鲁梦扬从天而降,被吓了一跳,但很快冷静下来,平静地问:"梦扬?你怎么突然来了?"

鲁梦扬猜测着,"你是祝丹?"祝丹点点头。"那你是祝英?"祝英低着头不说话。鲁梦扬质问道:"那天在医院门口救人的是谁?祝丹?祝英?"

祝英想站出来承认,可是看看姐姐,又放弃了,转过脸去,望着窗外还在狂泻的暴雨。祝丹昂着头,盯着鲁梦扬说:"你问这个干吗?"

鲁梦扬吼了起来,"告诉我,那天我遇到的是谁?"

祝丹也生气了,霍然站起身,说:"是我妹妹,怎么了?有什么问题吗?"

鲁梦扬诧异地望着祝丹,"你一开始就知道我搞错了,是吗?"

祝丹心里一阵难受,但倔强的个性依然支撑着她不肯认错,照旧昂着头,说:"是!"

鲁梦扬悲哀地说:"那你为什么不告诉我?"他转向祝英,"你为什么将错就错?你们姐妹把我当猴耍呀!"

祝丹:"这能怪我吗?当初是你在楼梯口叫住我,是你非让我留电话给你,是你……说你喜欢我的!"

鲁梦扬辩解道:"可我当时以为你是你妹妹!"

祝丹伶牙俐齿,倒打一耙:"我妹妹?她和我是两个人!我们谈那么久了,你连这都分不出来?"

鲁梦扬气馁了,低声说:"我后来……是觉得感觉怪怪的,像梦游一样,好像在和一个影子谈恋爱……"

祝丹见鲁梦扬的态度软了,发起飙来,"你啥意思?你是不是想甩掉我,玩腻了?"

鲁梦扬痛苦地说:"小丹,我不是……"

祝丹根本不容他分辩,咄咄逼人地说:"那你是什么?那你这算什么?这都是借口!你说,是不是想移情别恋了,还把责任推给我?你还算一个男人吗?"

鲁梦扬结结巴巴地说:"我……我……祝丹,你听我说,其实我一开始……我喜欢的就是你妹妹。"

祝丹发狠说:"鲁梦扬,好,现在全医院上上下下都知道你鲁梦扬在和我谈恋爱,你有种不怕我跳大运河,敢在全院人面前大声说你认错人了!泼出去的水你有本事收回去,我就答应你分手。"说着眼泪就流

第十章 将错就错

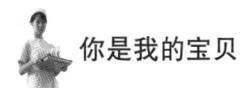 你是我的宝贝

了下来,哭得梨花带雨,楚楚可怜,"再说了,我没告诉你我有妹妹,一方面我一直没找到机会;另一方面,更重要的是因为我爱你。难道,我爱你,这有错吗?有错吗?"祝丹靠在床上,放声大哭。

鲁梦扬心软了,劝解说:"小丹,你别这样,你听我说,那天我……"

祝丹:"梦扬,你移情别恋,我不怪你,我知道,小英比我可爱。没关系,我等你回心转意。"

鲁梦扬无可奈何地看着两姐妹,"我……小丹,感情这东西它是勉强不得的啊!"

祝丹的眉毛竖了起来,又恢复了起初的泼辣劲儿,冷笑着说:"我知道你想说,你喜欢她!哼,你喜欢她?你问问小英,她喜欢你吗?"

祝英被夹在中间,进退两难,双手紧紧地握着桌角,泪水在眼眶里打着转。

祝丹就像演员一样,又换上一副可怜兮兮的表情,柔声说:"梦扬,我那么那么爱你,你就这么忍心,为了一个不喜欢你的人,而抛弃一个把心都全部给你、爱你的人吗?何况,就算医院这边我都替你担了,我自认倒霉,在台里你说的清吗?领导说你鲁梦扬是来工作的,还是把医院当成大观园了?你在台里还能混下去吗?"她的声音虽然温柔,但一番话软中带硬,威胁着鲁梦扬。

鲁梦扬没想到祝丹竟然是一个如此有心计的女孩,竟然能说出这种话来,张口结舌,好像根本就不认识自己曾经的恋人了!他希望自己的恋人单纯、善良,而不是虚荣、阴险,但事情到了这一步,完全出乎他的意料,鲁梦扬不知道该何去何从。祝丹的这番话钻进祝英的耳朵里,让她这个做妹妹的也很意外,她知道祝丹爱慕虚荣,但没想到她会用这种手段来留住自己喜欢的人。祝英替鲁梦扬不平,但又不知道该怎么做。

祝丹见自己的话起作用了,拉起梦扬的手放在心口,柔情似水地说:"梦扬,这是一颗为你跳动的心,不要伤害它,好吗?"

祝英含着眼泪,尴尬地跑了出去,鲁梦扬想追出去,但手背祝丹紧紧地抓住,挣脱不了。祝丹望着祝英远去的背影,嘴角露出一丝得意的笑容,手仍然像铁钳一样扣住了鲁梦扬。

直到祝英在雨中不见了踪影,祝丹才松开手,擦擦眼泪,说:"梦扬,我不为难你,我走了,你扪心自问,拍拍良心好好想想吧!"说罢,她抓起门后的雨伞,走出房间,把呆若木鸡的鲁梦扬一个人撂在房间里。

## 第十章 将错就错

祝英跑进医院花园的亭子里,靠在冰冷的柱子上喘气,浑身上下都已经湿透了。她的心一阵阵绞痛,身体虚脱无力,摇摇欲坠。祝英没有想到局面会突然变成这样,更没想到鲁梦扬会坦率地说出喜欢的人是自己,最出乎她意料的就是姐姐祝丹的态度,为了留住鲁梦扬的人,竟然

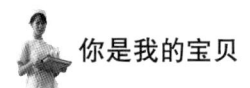 你是我的宝贝

不择手段。"她这么做，就算留住了鲁梦扬的人，能留住他的心吗？将来能幸福吗？用强迫手段得到的爱情是爱情吗？"祝英忍不住地胡思乱想。

一只手搭在祝英的肩膀上，祝英被吓了一跳，回头一看，是姐姐祝丹。祝丹从容地望着妹妹，"祝英，我早就问过你喜不喜欢鲁梦扬。你还记得吧，是你主动退出，把他让给我的。所以，今天你不能反悔，要对自己的决定负责，明白吗？"

祝英迎着姐姐的目光，像是在看一个萍水相逢的陌生人，她印象中的姐姐不该是这样的！祝丹没有理会她奇怪的眼神，拍了拍祝英的肩膀，撑起雨伞，飘然地走出了凉亭。她并不觉得内疚，而是把这陡然的变化看成是爱情路上的考验，她很骄傲，凭着自己的手腕、头脑还有魅力，终于力挽狂澜，扭转乾坤，一切都在掌握之中。

祝英正在凉亭里发呆，绝望的情绪一波波地冲击着她脆弱的神经，让她想找个地方躲起来，谁也不见。可她不知道该去哪里，只好留在这个孤立在风雨中的凉亭里，任凭裹挟着雨丝的冷风吹打自己瑟瑟发抖的身体。好在，这里很安静，没有别人打扰她，看到她悲痛欲绝的样子。每个人都想把自己的伤口掩盖起来，不想成为别人的笑柄，祝英也一样。

可是，老天爷偏偏要捉弄她，连这份仅剩的安宁都要夺走。一个人影冲进了凉亭，躲避外面的风雨，一边收起雨伞，一边嘟囔着："这雨真大啊！"他回头一看，认出了倚在柱子上的祝英，诧异地问道："你不是新生儿监护室的……祝丹还是祝英来着？"

祝英睁开眼睛，愕然地发现站在面前的是院长金赣。金赣一手提着雨伞，一手攥着一卷图纸，瞪大眼睛望着祝英，"这么大的雨，你怎么跑这儿来了？也不打个伞，都湿透了。你脸色怎么这么差，生病了？"

金赣关切地问道。

祝英勉强地一笑，说："我是祝英。没事儿，出门的时候忘了带伞，被堵在这儿了。"

金赣："你这样很容易生病的，你们科室的工作量很大，大家本来就很辛苦，更要注意自己的身体，知道吗？"

正在伤心的祝英被金赣短短的几句话打动了，差点哭出声来，可是，姐妹间的感情纠葛怎么好对院领导说呢？而且，也不是一句两句话能说清楚的。她注意到金赣手里的图纸，好奇地问道："院长，您拿的是什么东西啊？"

听他这么一问，金赣得意起来，放下手里的伞，展开手中的图纸给祝英看。"你瞧，这是我们的院徽，感觉怎么样儿？按照我的思路设计的，刚打的彩样儿。"

祝英凑过来一看，是一个蓝白相间的圆形图案，蓝色的圆环上有鲁宁市第一人民医院和英译的字样；白色的圆心上有一根手杖，上面缠着一条蛇，手杖的顶端还有一个金色的王冠。周围环绕着沸腾的浪花和高扬的风帆，下面是两条平行的波浪上面嵌入了"1896"几个阿拉伯数字。

金赣问道："能看懂是什么意思吗？"

祝英接过图纸，仔细端详着，娓娓道来："1896是我们的建院时间。喔，这个蛇杖我知道是什么意思。古希腊的神医阿斯克勒庇俄斯在行医的时候就拿着一根蛇杖，他可以妙手回春，所以蛇杖后来成了行医者的象征，现在很多国际卫生组织都用蛇杖作为自己的标志。这个风帆，还有这个王冠，应该是说我们医院要乘风破浪，直挂云帆济沧海！"

金赣满意地频频点头，"说得好！你很聪明，也很好学，要好好努力，我相信你将来一定可以有所成就。"

第十章　将错就错

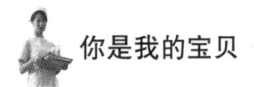 你是我的宝贝

祝英不好意思地笑了,"谢谢院长!"

金赣接过图纸,继续为祝英解释院徽的含义。"你看,下面这两条粗的波浪线和上面的浪花,代表着微山湖和大运河,这可是我们鲁宁的骄傲啊!里面这个粗的蓝色圆环,寓意是我们医院要立足鲁宁,辐射全国;外面这个窄的圆环则表示我们走向世界的雄心!这不是痴心妄想,医院现在跟美国、日本、荷兰、加拿大、澳大利亚、瑞典、新加坡、马来西亚等国家的同行都有业务交流,跟我国台湾地区的彰化教会医院结成了姊妹医院,不就说明我们正在一步一个脚印地辐射全国,走向世界嘛!"金赣有些激动,声音变得高亢起来。

祝英被金赣火热的激情所感染,坚定地说:"院长,您放心,我们一定跟着您好好干,让鲁宁市人民医院走向全国,走向世界!"

金赣看着祝英,欣慰地点点头,说:"好!医院的未来要靠你们这些年轻人,医院的明天是属于你们的。好好干吧!"看看外面的雨小了一些,金赣撑开雨伞,对祝英说:"跟我一块走吧!这里冷飕飕的,小心着凉!"

祝英乖巧地一笑,钻到雨伞下面,跟金赣一起踏入风雨中。她心里默默地想着,鲁梦扬跟祝丹已经走到了现在这一步,让他跟姐姐分手,跟自己谈恋爱,还不成为全院的笑话。"算了,由他去吧!或许我跟他之间真的没有缘分,不管怎样,我都不想成为'姐妹俩抢男朋友'的笑柄。感情并不是生活的全部,我还有自己心爱的医护事业,跟着这样一个有魄力、又赏识自己的领导,一定能干出一番成绩来!努力,祝英!"

祝英不知道的是,离开宿舍的鲁梦扬正站在远处望着凉亭上发生的一幕。祝英跟金赣在一起开心的样子,让鲁梦扬心里酸溜溜的,虽然他知道自己是以小人之心度君子之腹,但就是无法驾

驭自己的情绪，嫉妒像一条顽固的虫子在啃噬着他的心。更让他难过的是，刚刚在宿舍里发生了那么不愉快的事情，祝丹就像一座大山一样拦在他跟祝英之间，可是，祝英现在依旧阳光灿烂，这说明她根本就不在乎自己，不喜欢自己，自己对祝英来说什么也不是。

鲁梦扬绝望地仰起脸来，任由雨水冲刷着自己的面颊，内心发出一声无助的哀鸣。"既然是这样，就顺其自然吧！跟祝丹走到哪一步算哪一步！"命运就是这样喜欢捉弄人，用一个个意外的巧合将人们的生活引向谁也无法预料的地方。

# 第十章 将错就错

# 第十一章　问题少年在成长

　　安小宁到医院来找顾圣婴,无意中看见了新奇,满怀怜惜之情,问题少年在悄然成长。顾圣婴与周巧红因为护士夜班费的问题大吵一架,两个人的丈夫——安东与老穆幕后调解,化干戈为玉帛。

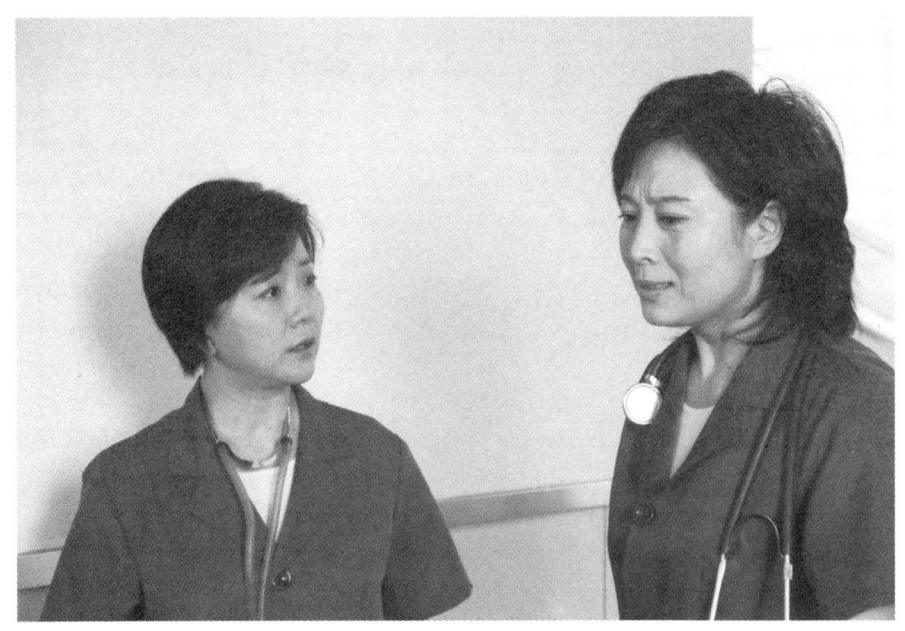

新生儿监护室。周巧红正在办公室里整理文件，敲门声响起，"请进！"周巧红头也不抬地说了一声，继续忙碌着。

安小宁出现在办公室的门口，腼腆的样子一点都不像一个麻烦不断的问题少年。他小心翼翼地问道："周阿姨，我找不着我爸。你知道我妈在哪么？今天上学忘记拿钥匙了，回不了家。"

周巧红撂下手里的文件，高兴地说："呀，这不是小宁嘛！周阿姨好久都没见过你了。你都长这么高了啊！"她走到安小宁面前，亲热地摸着孩子的头发。

安小宁不习惯地往后缩着，重复问道："我妈现在在哪？"

周巧红和蔼可亲地说："你妈在病房呢！我带你去找她吧。"说罢，便牵着安小宁的手走出办公室，安小宁本想挣脱，可是犹豫了一下，还是放弃了，跟着周巧红向病房走去。

新生儿监护室的病房里，顾圣婴正在给身边的护士讲解护理新奇的注意事项。新奇还需要第二次手术，所以，在过渡期间有很多问题需要格外注意，顾圣婴耐心细致地讲解着，生怕漏掉某个环节。

安小宁换上一身隔离服，走进了病房。这身奇怪的衣服让他很不自在，不时地扭着身体。透过一扇玻璃窗，安小宁看到了神情专注、一丝不苟的顾圣婴。在家里冷漠、烦躁的顾圣婴此刻完全变了一个人，对自己的工作倾注了全部的精力和热情，脸上神采奕奕，充满了自信和骄傲。

安小宁呆呆地看着顾圣婴，他很少到医院来，从来没有见过母亲工

第十一章　问题少年在成长

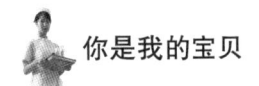
你是我的宝贝

作时的样子,对于顾圣婴身上隐藏着的另一面感到新鲜和陌生,同时充满了好奇。暖箱中的新奇忽然躁动起来,身体扭动着,咧着嘴放声大哭。护士们被这突如其来的变化搞得手足无措,目光都投向了顾圣婴,把希望寄托在她的身上。

顾圣婴冷静地下着命令,有条不紊地指挥着身边的护士,在她们的配合下很快就让小新奇安静了下来。护士们钦佩地望着顾圣婴,顾圣婴欣慰地笑了。安小宁趴在玻璃窗上,出神地看着里面的一举一动,他被眼前的场景感染了,当新奇最终安静下来的时候,安小宁的嘴角浮现出一丝笑容。

顾圣婴一回头,看到了窗外的安小宁,神情非常诧异,连忙走了出来,拉着安小宁来到外面的走廊上。"小宁,你怎么到这儿来了?"

安小宁恢复了往日沉默和麻木的表情,低着头说:"我忘了带钥匙了!"

顾圣婴拿出自己的钥匙,塞到儿子手里,"小宁,妈妈还有事情要做,你先回去,好吗?"

安小宁挣脱母亲的手,头也不回地离开了。望着儿子的背影消失在走廊的尽头,顾圣婴的心里一阵失落,她不知道,自己跟儿子之间的感情是从什么时候起变得这么淡漠,一点母子之间温暖的感觉都没有了,就像两个萍水相逢的陌生人一样。如果说跟安东之间的矛盾还可以把一部分责任推给对方的话,跟儿子之间的疏远就再也没有任何借口了,只能一个人默默地咽下苦果,独自反省作为母亲的失职。

顾圣婴心事重重地往病房走,经过护士站的时候,无心地听到两个护士在悄悄地议论着什么。她本想径直走过去,但"夜班费"几个字钻进了耳朵里,让顾圣婴不由自主地停了下来。

护士甲:"这两个月的夜班费怎么还没发啊?"

护士乙:"大家累死累活的干,总不能全是义务劳动吧!"

护士甲:"我听说,周主任好像没报夜班费。"

护士乙诧异地问:"怎么可能啊?夜班费怎么能不报呢?那可是大家的血汗钱!"

护士甲撇撇嘴,"她想在院领导面前表现呗,看我们新生儿监护室多有奉献精神,不计较个人得失,任劳任怨。领导一高兴,明天还不提她当副院长!"

护士乙气愤地说:"真是吸血鬼,踩着大家的肩膀往上爬。平时看她挺和气的,也能为大家着想,没想到是个笑面虎,背地里玩这种花样。要是拿不到夜班费,我们就到院领导面前去闹,看她怎么收场!"

护士甲连忙劝阻道:"你傻啊,闹有用吗?没听说过'官官相护'吗?院领导还能为了你个小护士,就去处置一个中层领导?"

护士乙:"金院长不是铁面无私吗?上次秦教授的事情,处理起来可一点不手软啊!秦教授跟院长的交情不一般呢!"

护士甲:"那是事情闹大了,媒体都曝光了,不处理不行。他是为了医院的形象,也是为了自己的前程,你真以为他是包青天啊?别做白日梦了!"

顾圣婴听不下去了,快步从护士站走过,两个护士发现了她,不安地彼此看了一眼。

医院走廊上,周巧红一边走一边看着手里的文件,顾圣婴追了上来,冷不丁地一把拉住她,面带愠色。周巧红被顾圣婴的样子吓了一跳。

周巧红:"你干嘛呀!差点被你吓出个好歹来。"

顾圣婴气呼呼地质问道:"你说,夜班费你给报到财务处了没有?"

周巧红:"报啦!"

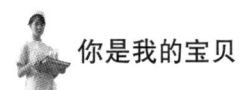 你是我的宝贝

顾圣婴的嗓门提高了,"报了?这都两个月没发夜班费了。你老人家不是不知道吧?"

周巧红也提高了嗓门,不悦地说:"我说报了就报了!"

顾圣婴拿出为民请命的劲头来,义愤填膺地说:"自打新奇来医院后,科里的病人数量是只增不降。护士们忙,她们忙了,累了,迷糊了,那只是个体的事,我们可以管理、调节。你要忙,可不能犯迷糊。你的行为可是要对全科室的人负责的!"

周巧红甩开顾圣婴的手,高声说:"我当然负责!"

顾圣婴:"那你为什么不把夜班费报上去?"

周巧红气愤难当,冲顾圣婴喊了起来,"我说报了就报了!你别跟我嚷嚷"。

顾圣婴毫不示弱,"你也别嚷嚷,现在科室里的所有护士们都是在超负荷工作。祝英更是两周没休息过,有时候还主动要求加班。你可不能当周扒皮!"

周巧红:"你这话怎么说的?"

顾圣婴冷笑了一声,说:"周主任,我告诉你,别让我发现你是为了邀功领赏……"

周巧红感觉不对劲儿,质问道:"我邀什么功请什么赏了?你今天必须把话说清楚!这夜班费我是每月定点上报,保证误不了。我把话撂这了,你爱信不信!"

顾圣婴:"是么?那我也告诉你,我已经问过财务了,没报就是没报。不信你自己问问?"

周巧红:"问什么问。报了就是报了!"

顾圣婴掉头就走,撂下一句话:"我告诉你了,爱报不报。夜班费少了,等别人问你要时,面子难看,别冲我喊!"

周巧红满腹委屈,站在走廊里,不知道该怎么办。附近的病人和医

护人员纷纷驻足张望,想知道这两个医生到底在吵什么。周巧红走到旁边的椅子前,疲惫地坐了下来,过了一会儿,她脑子冷静下来,想了想,掏出手机,拨通了财务的电话。

下班后,周巧红约了安东在附近的拱桥边见面,找老同学诉诉苦。已经是黄昏时分,一辆辆自行车从街上悠然地飘过,结束了一天的工作,人们带着轻松惬意的表情赶回家里,附近的居民楼上飘来饭菜的香味,让人垂涎欲滴。

周巧红:"我不是挑圣婴的毛病,可是,有什么话咱们私下里好好说,没人的时候,你嚷两句也没什么。当着那么多人的面,大吵大嚷,说什么我扣大家的夜班费,邀功请赏,搞得我多下不来台啊!当时真想找个地缝钻进去。"

安东苦笑着安慰道:"圣婴的性格你又不是不知道,脾气上来就不管不顾了——直!张开嘴从这头就能看到那头。"

周巧红被他这个夸张的说法逗笑了,说:"我知道,咱们是老同学了,我不跟她一般见识。换了别人……你也知道我的脾气!"

安东耐心地说:"她这一阵儿内外交困,小宁也越来越不听话,你看在我的面子上,多担待点!"

周巧红释然地说:"我就是心里堵得慌,没个人说,只有你当我的垃圾桶了。得,我还得赶紧去买菜呢,老公还等米下锅呢!唉,我今天找你说的话,你可别跟你老婆吹枕边风啊。"

安东:"啰嗦,我心里有数。"

两个人挥手告别,各奔东西。下班回来的顾圣婴刚好走上拱桥,恰好看见二人分手的一幕。她马上明白了是怎么回事儿,心里有些不舒服,周巧红跟自己闹矛盾,却跑来跟自己的丈夫告状,"这算什么事儿啊?"她的嫉妒心又在蠢蠢欲动,明知是自己想的太多,可是那种酸溜溜的感觉就是不受控制,在心头蔓延。

你是我的宝贝

餐厅里,热腾腾的饭菜已经端上了桌,香气扑鼻,勾着安东肚子里的馋虫往外爬。今天在医院里,小宁冷漠的神情刺痛了顾圣婴作为母亲的心,下班后,她特地到菜市场买了很多菜,亲自下厨做了一顿丰盛的晚饭,要给小宁一些家庭的温暖。这些天来,她跟安东之间在逐渐回暖,现在是时候做做小宁的工作了,顾圣婴盼着这个家早点恢复昔日的欢声笑语、全家和睦。

顾圣婴和安小宁在餐桌前坐下,准备吃饭。安东坐在客厅的沙发上假装看报纸,眼睛却不时地瞟着餐厅的方向,等着顾圣婴叫自己。看到都快开吃了,但是顾圣婴还没叫他,安东自己没趣地放下报纸,起身走到餐桌旁边坐下,小声地埋怨道:"吃饭了,怎么都不叫我?"

顾圣婴瞟了安东一眼,没搭理他。安东看了看桌上的菜,"喂,我喜欢吃的九转大肠没有么?"顾圣婴当然记得安东最喜欢吃的菜,也从菜市场买了回来,可是刚才看到他跟周巧红在一起的一幕,心里不痛快,索性将九转大肠丢到了冰箱里,故意不给安东吃。

对于安东的抱怨,顾圣婴选择不予理睬,转脸对小宁说:"来!儿子,快吃!今天可要全吃完哦,妈准备了很久了。"

安小宁坐着没动,两只手揪扯着自己的衣角,好像有什么心事。

顾圣婴奇怪地说:"怎么啦?今天的小宁是怎么了?咋不吃东西呢?"

小宁继续沉默着,一言不发。安东做了一个事不关己的表情,毫不客气地抄起筷子,自个大吃起来。顾圣婴瞪了安东一眼,"就知道吃,儿子也不关心了。"

安东有些幸灾乐祸地说:"我跟你说话,你不理不睬;你向儿子献殷勤,儿子不领情。这就叫报应哦!"

顾圣婴伸手去夺安东的饭碗,安东眼明手快,侧身躲了过去。过了一会儿,小宁终于抬起头,望着顾圣婴,小声问道:"妈,在医院暖箱里闹腾的那个小孩是谁?好可怜啊!"

顾圣婴醒悟过来,"哦!你说新奇啊!他是医院里面刚收治的弃婴。生出来的时候,肚子没长好,本来应该长在肚子里的东西都在外面挂着。"

小宁眼睛一亮,"他就是电视上说的那个新奇么?"

顾圣婴点点头,"嗯"。

小宁追问道:"他的病能治好么?"

顾圣婴:"已经做了一次手术了,好多了。这里面有你爸的功劳。"说着,看了一眼安东,眼神很柔和。

小宁转脸看看自己的爸爸。安东得意地朝小宁耸耸眉毛,筷子根本没停,嘴里塞得满满的。顾圣婴被他的样子气乐了,盛了一碗汤放在他的面前,"就知道吃,也不怕噎死!"安东含含糊糊地说着什么,可是嘴里的饭菜太多,根本听不清。

小宁忧心忡忡地问:"新奇会死么?"

顾圣婴被儿子的问题弄愣了,停顿了一下,坚定地回答道:"不会,大家都在全力救治他。"

小宁如释重负,"哦"。他这才拿起碗筷,开始吃饭。

顾圣婴脸上露出了笑容,高兴地说:"嗯!先吃饭,咱不说这个了。"

顾圣婴自己也端起碗筷吃起来,边吃边看身边的小宁。她觉得儿子今天有点反常,跟以往不太一样,但又说不清是哪里反常。就像"润物细无声"的春雨一样,新奇的出现在悄悄地改变着周围的一切、每一个关注他的人,和顽强地活着的新奇发生了某种关联后,小宁的心理也在不知不觉中发生变化。

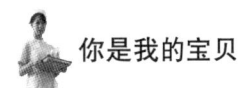 你是我的宝贝

卧室里,安东躺在床上看书。顾圣婴洗完澡走了进来,钻进被窝,背对着安东,一言不发地关了自己这侧的床头灯。

安东合上书本,看了看妻子,问道:"圣婴,你今天是不是和周巧红闹别扭了?"

顾圣婴还是不说话。安东:"她今天可找我告你的状了,说你像个张飞似的!不是我说你啊,你们俩在重点科室一正一副,可不能离心离德。都是老同学了,而且一起工作这么多年,相互之间还不了解吗?周巧红是什么样的人,你应该很清楚,她会做那种事儿吗?你就是太冲动了,遇到不公平的事情就控制不住自己,发起火来不管不顾,根本不会冷静下来判断一下事情的真伪。以后可别这样了,你说的那些话挺伤人的,毕竟她是主任,被你搞得这么没面子,以后怎么领导你们科室?"

安东探头观察了一下妻子的表情,调侃着说:"你今晚就真的不想再和我说点什么吗?气大可要伤身啊!"

顾圣婴用被子蒙住了头,表示自己不跟丈夫说话的决心。安东不以为意地笑了笑,把自己这一边的灯也关掉了。窗外的月光洒进卧室,房间里朦朦胧胧,静得没有一点声息。顾圣婴拉开被子,透过窗户望着天上的一轮明月,想着安东刚才说的话。

冷静下来之后,她也举得自己今天的做法有些过分了,不分青红皂白地指责周巧红。现在想一想,事情根本没有落实,事实可能完全不是自己想的那样,而是在某个环节出了差错。可是,话已经说出口了,怎么收回来呢?顾圣婴又被烦恼包围了起来。她轻轻地叹了一口气,"这生活怎么就没有风平浪静的时候呢?不是这里出问题,就是那里惹麻烦?究竟是我自己的原因,还是生活的本来面目就是这样坎坎坷坷呢?"

床另一侧的安东听到妻子的叹息声,无声地笑了。他了解顾圣婴的

性情，冲动的时候可能会犯错误，可是她并不是一个执迷不悟、不讲道理的人，冷静下来之后，她自己会反省、纠正自己的错误。安东闭上眼睛，准备睡一个安稳觉了。

同一时间，周巧红的家里，安顿好瘫痪的婆婆，周巧红走进卧室，丈夫正在洗脚。周巧红拿过毛巾，替丈夫擦拭着脚上的水。丈夫笑着说："我又没瘫痪，自己来吧！"

周巧红摸着丈夫脚上的老茧，说："没事儿，你在工厂一天站到晚儿，流水线上的活最累了，我这个当妻子的不伺候你，谁伺候你。"

丈夫有些感动地说："你在医院就轻松啊！你们科室的情况我又不是不知道，人少活多，一个人顶两个人用，尤其是你这个当主任的，身体累，心更累，几十号人，不好管啊！"

迎着丈夫理解的眼神，周巧红觉得自己所有的委屈都烟消云散了。丈夫伸出粗糙的手掌，摸着周巧红眼角的皱纹，说："我们家真是上辈子积了阴德了，娶了一个你这么贤惠的媳妇。换作别人，妻子是医院领导，丈夫是个普通的药厂工人，地位这么悬殊，妻子还不踩到婆家头上去。别说伺候婆婆、丈夫了，我们全家伺候你还差不多！"

周巧红端起洗脚水往外走，一边走一边说："我是那种人吗？"

等她回到床上，丈夫关心地问道："巧红，你今天回来，我看你神情好像不大对，是不是院里有什么事儿啊？新奇的情况有变化吗？"

周巧红一边钻进被窝，一边琢磨着该不该把与顾圣婴的不愉快告诉丈夫。"也没什么大事儿，就是跟老顾吵了一架。是场误会，解释清楚就没事儿了。"

丈夫："老顾这个人啊，人不坏，就是炮筒子脾气，跟她生气犯不

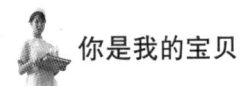 你是我的宝贝

着的。你们俩从同学到同事,加起来快三十年了吧,还有她丈夫安东,比认识我的时间都长。这叫什么?缘分啊!都说百年修来同船渡,三十年的缘分,这要修上多少年啊!所以人得珍惜缘分,善待身边的人。"

周巧红推了一把丈夫,"这个道理我还不懂吗?可能是工作太累了,大家心里都烦,吵一架也算是一种宣泄吧!正常的心理调节程序"。

丈夫:"我就佩服你这点儿,心宽,再大的事儿也想得开。"

周巧红偎依在丈夫的怀里,呢喃着说:"这还不是跟你学的。要说福气,找到你这样一个厚道丈夫,我才是有福之人!"

# 第十二章　宝贝闯过第二关

新奇的第二轮手术成功,转危为安。身在外地的金赣欣喜若狂,拉着自己的同事在小饭馆里畅饮。祝丹逼迫态度冷漠的鲁梦扬结婚,爱情的列车脱轨,冲向悬崖。

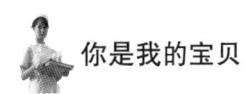 你是我的宝贝

新奇第二次手术前的会诊正在进行中。安东、周巧红、顾圣婴、急诊科李凌主任、麻醉中心赵主任、心内科刘斐主任和神经外二科陈剑飞教授参加了会诊。投影仪上播放着新奇的大幅幻灯片，大家神情严肃地讨论着第二次手术的注意事项。但会议室的气氛比第一次手术已经轻松多了，大家对这次手术更有信心，胜利指日可待，成功拯救一个小生命的喜悦感染着在座的每一个人。

作为主刀医生，安东首先发表自己的看法，"已经三个月了，根据新奇的恢复状况，我们认为他可以做第二次手术了。"

周巧红谨慎地问道："那么，这次手术有什么风险吗？难在哪里？"

安东："第二次手术的风险，主要是怕补片和肠管黏连，在分离的时候出现肠管破裂。再一个就是孩子太小，容易出血，出血太多就会造成失血性休克。"

急诊科李凌主任："那么，第二次手术我们要达到什么效果？"

安东推了推眼镜，说："第二次手术主要是取出补片，缝合腹壁，给孩子一个较完整的腹壁，基本达到正常人的水平。"

顾圣婴看着丈夫，问道："手术有多大把握？"

安东自信地说："没问题。"

周巧红振奋地说："那好，这次我们请媒体全程记录。这也是院里希望的，给大家一些压力，提高医疗透明度。"

顾圣婴担心地说："摄像机带入手术室会增加污染机会，要严格消毒。而且……"

安东抢过话头："而且，手术室里人越少越好。"

周巧红不以为然地说："现在好多孕妇分娩不都可以拍摄记录吗？"

顾圣婴："那可不一样，手术级别不同。"

周巧红："人不能多，好办，就请电视台派一个人去。消毒嘛，请护士们认真些就行了。"

顾圣婴没话说了，看着安东，希望他作为主刀医生坚持自己的立场，安东无奈地笑了笑，没继续反对记者进入手术室。顾圣婴不高兴地白了安东一眼。

周巧红主任代表家属在手术文件上签了字。此时，新生儿监护室上上下下的人早已把自己当成了新奇真正的母亲，其他人也有同样的感觉，大家达成了一种默契，由她们签字顺理成章，天经地义。

周巧红与顾圣婴并肩走向新生儿监护室所在的病房楼，会议室里的分歧并没有影响到两个人的情绪，对新奇第二次手术的关注掩盖了一切不愉快，而且，经过上次夜班费的事情，两个人都学会了自制和妥协，更加珍惜这份来之不易的缘分和感情。

顾圣婴自言自语地说："希望这次手术之后，新奇能像一个正常的孩子一样健康地成长，快快乐乐地生活下去。这孩子吃了多少苦啊，能撑到今天真不容易，生命力很顽强，硬是从鬼门关里跑了出来。"

周巧红注视着前方，感慨地说："是爱，是大家的爱和关心救了他，把他从鬼门关里拉了出来。作为医护工作者，最重要的就是一颗至诚的仁爱之心，有爱就可以创造奇迹。"

祝丹正躲在角落里给鲁梦扬打电话，两个人几天没有见面了，每次给鲁梦扬打电话都是无人接听。祝丹知道，鲁梦扬是有意回避自己，但事情到了现在这一步，她已经没有退路，必须让鲁梦扬作出选择。

鲁梦扬的手机仍然无人接听，祝丹想了想，给鲁梦扬发了一条短

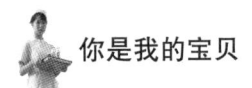 你是我的宝贝

信——"梦扬,给你打电话总没人接,我很担心你,下班后我到电视台去找你,你在吗?"短信发出后,祝丹得意地冷笑了一下,旋即又是一脸的凄苦。虽然跟鲁梦扬、祝英三个人之间,从一开始就是在走钢丝,注定要有一个悲剧的结局,可是,她沉溺于这个游戏的惊险与刺激,从来没有想过将来如何收场。

等窗户纸被捅破,局面变得无法收拾的时候,祝丹才发现,自己已经站在了悬崖边上,争强好胜的个性和过盛的虚荣心逼迫她继续往前走,明知是一道深渊也要跳下去。现在认输退出,把鲁梦扬让给祝英,成为全院上下茶余饭后的谈资,这是祝丹想都不敢想的。抢来的爱情不会幸福,建立在这个基础上的婚姻也将是无尽的折磨,但她别无选择。

等了几分钟,鲁梦扬还是没有来电话,祝丹沉不住气了,再次拨打鲁梦扬的手机。电话那端响过几声后,终于接通了,但是双方都保持着令人难以忍受的沉默。祝丹在等待着,可是鲁梦扬一言不发,似乎下定了决心,以这种冷漠的态度来逼退祝丹。愤怒在祝丹的胸腔里膨胀着,她脸上的表情阴森得可怕,头皮一阵阵发麻,有种把手机摔烂的冲动。

不知过了多长时间,祝丹终于打破了沉默,率先开口了。她觉得这是一种无法洗刷的耻辱,她要让鲁梦扬付出代价——"梦扬,我们结婚吧!"说罢,祝丹掐断了通话。

握着手机的鲁梦扬傻了。祝丹高傲地昂起头,努力保持着自己被人践踏的自尊,向病房楼走去。走廊里,祝丹和祝英迎面撞见,祝英想躲开,却被祝丹叫住了,"祝英……"祝丹的语气生硬,冷冰冰的,又不容拒绝。姐妹之间的亲热和温情在这一刻消失得无影无踪。

祝丹径直走到祝英的面前,直视着祝英的双眼,以命令的口气说:"我准备跟鲁梦扬结婚了,马上就会跟家里说。你是我妹妹,我从来没有求过你什么,可是,在这个节骨眼上,你别坏我的事儿。否则的话,就算是妹妹,我也六亲不认。"说罢,祝丹快步向病房走去,完全不理

会遭到重击、神情呆滞的祝英。

按照规定，手术前要禁食。新奇饿得哇哇直哭，周巧红、顾圣婴、盛美丽、祝丹和祝英几个人都留了下来，打算陪新奇度过这个难熬的漫漫长夜。

病房里，祝英把新奇抱在怀里，不停地晃悠着他小小的身体，希望能让他忘记饥饿。挨饿的滋味祝英知道，实在是太难受了。小时候，有一次她在姐姐的怂恿下偷了家里的钱，跑到外面去买零食，结果被严厉的父亲发现了，罚她一天不准吃饭。虽然主意是祝丹出的，但祝英咬紧牙关，没有出卖祝丹，一个人受罚。父亲也不相信一向老实听话的祝英会做出这种事儿来，一直用怀疑的眼神看着祝丹，可是两姐妹都不肯说出真相，让父亲也无计可施。

祝英被父亲关在房间里，饿得哇哇直哭，可是房间里连一点吃的都没有，最后她把一管牙膏吃了下去，那是祝英记忆中最好吃的东西了，从那时起，她才知道原来牙膏是可以吃的。虽然她后来再也没吃过牙膏，可是，每次在超市里看到各种品牌、琳琅满目的牙膏，祝英还是会回想起第一次吃牙膏时的味道，甚至有种再品尝一下那种美味的冲动。刷牙的时候，有时不小心把牙膏咽到肚子里，祝英非但不觉得恶心，还很享受。这都是很久前那次挨饿留下的刻骨铭心的记忆。

现在，看到新奇挨饿的样子，祝英感同身受，心疼得不得了。她已经抱了新奇两个小时了，周巧红本想替她抱一会儿，可是祝英不肯；盛美丽要替换她，祝英还是摇摇头。她的双臂已经没有了感觉，但还是不肯把孩子放下来，让自己休息一会儿。顾圣婴走了进来，责怪道："祝英，你这样要把自己累病的，你如果病了，谁来照顾新奇啊？"

祝英眼里含着泪花，望着顾圣婴，低声说："我看他太难受了，自己心里更难受。就让我抱着他吧，感觉好一点。"顾圣婴张张嘴，不知

第十二章　宝贝闯过第二关

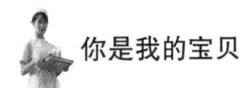

*你是我的宝贝*

该说什么。在场的每个人都跟小新奇休戚相关，孩子的痛苦她们谁会感受不到呢？

一直冷眼旁观的祝丹走了过来，不由分说地从祝英怀中接过新奇。祝英怔怔地看着姐姐，没有抗拒。周巧红走过来，扶着祝英坐下来，祝英感到一阵晕眩，身体摇晃了一下，差点跌倒。幸好有周巧红和顾美丽在身边，把她扶住了，身体才没有失去平衡。周巧红柔声说："你站的太久了，休息一会儿就好了。别担心新奇，你姐照顾着呢！"她看了看祝丹的背影，说："还是姐姐心疼妹妹啊！毕竟是同胞姐妹。"

周巧红的话钻进祝丹的耳朵里，让她心头一动，脸上的表情尴尬地僵住了，无意间，她内心深处一个非常柔软的部位被人碰了一下，姊妹亲情在悄然苏醒。但倔强的祝丹一时还转不过弯儿来，放不下一直端得高高的架子，仍然背对着正望向自己的祝英，借哄新奇来掩饰着自己的感情。

盛美丽用托盘端着几杯热牛奶走了进来，"来！喝点牛奶，补充下能量。新奇不能吃奶，咱们替他吃，这样哄孩子才有劲儿啊！"大家都被她逗笑了。

手术即将开始，新生儿监护室的医护人员将孩子护送到手术室。大家围在手术室门前，有几个护士探头探脑地往里看，祝英被挤到了最外面。祝丹走过来，看到在外圈急得团团转的祝英，一把拉住她，用力扒开其他人，不理会别人责怪的眼神，拖着祝英挤到了最前面。

周巧红和顾圣婴站在手术的门口，眼巴巴地望着躺在手术台上的新奇，脸上焦急和担忧的神情跟等待孩子手术的亲生父母没有任何不同。主刀的安东于心不忍，说："要不你们进来等吧！"

周巧红摇摇头，说："今天我们是家属，不能进去，我们在外面等。"

顾圣婴调侃道:"手术室的人越少越好,防止污染,这不是你说的吗?"

安东笑了笑,正准备关上手术的门,鲁梦扬提着摄像机匆匆赶了过来,"等一等!"几个大步冲到了门口。其实,他早就到了,之所以一直不出现,就是不想跟祝丹见面,不给祝丹说话的机会。可是,在手术室门前,他还是看到了祝丹和祝英两姐妹,三个人都怔住了,一时不知如何是好。

细心的周巧红察觉到三个人的神情有些异样,虽然不知道是为什么,但她猜测其中一定有蹊跷。只有盛美丽在旁边得意地望着鲁梦扬和祝丹、祝英,欣赏着自己点醒梦中人的杰作。见大家的目光都集中在自己身上,祝丹故作镇定地说:"祝英,这是你未来的姐夫,打个招呼!"

周围一片惊叹号。盛美丽更是张大了嘴巴,她没想到会是这种结果,张嘴结舌地说:"你们,你们……"

顾圣婴问道:"你们打算结婚了?"

祝丹点点头,"等和双方的父母商量好具体的日子,就告诉大家。对不对,梦扬?"她脸上在笑,可笑的非常苦涩,看上去很别扭。

鲁梦扬用难以置信的眼神看着祝丹,一脸冰霜,哪里像个热恋中的未婚夫。他无论如何也想不到祝丹会使出这一招,不经他的同意,当众宣布两个人要结婚的消息。祝英支持不住了,低头从人群中钻了出去。鲁梦扬推开想亲昵地拉住自己的祝丹,走进了手术室。祝丹尴尬地被关在门外,自我解嘲说:"这个工作狂,忙起来就什么都不管了。"可是,没有人回应她,大家都觉得什么地方不太对劲儿。

手术室内,无影灯亮起,护士和助手们紧张而有序地做着准备工作。鲁梦扬架起摄像机、调试话筒,准备全程报道。小儿外科主任安东、麻醉科赵主任穿上手术服,进行消毒,讨论着手术的细节。这是一

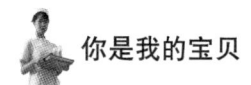 你是我的宝贝

台特殊的手术，手术室里的气氛与往日不同，紧张着透着兴奋。

赵主任叮嘱道："开始后我先进行全身麻醉，婴儿太小，不敢麻醉太久，只有两个小时，请安大夫把握时间了。"

安东点点头，说："好，两小时已经够了。大家准备好了吗？"护士和助手们点头答应着，一切准备就绪。

安东深吸了一口气，就像一位即将带领着士兵们冲锋陷阵的将军，迎接大战开始的一刻，"好，现在手术开始！"

……

手术在紧张地进行着。

护士甲："安大夫，患儿失血过多。"

安东头也不抬地下达指示，"准备输血"。

护士乙："患儿血管太细不好找。"

护士甲："患儿血压一直往下掉。"

安东沉着地说："大家稳住，他是我们的宝贝，我们一定会救活他。"在手术台上，安东一直充满自信，他相信自己的医术，这是他的舞台，一切尽在掌握之中。

护士丙："安大夫，患儿呼吸困难，心率增快。"

安东中断手术，检查着新奇的心跳情况。

参加手术的神经外二科陈剑飞教授有些紧张地说："心率开始往下掉了，是心脏初期衰竭。"

安东开始抢救，心脏指示仪上的数字一个劲儿地往下掉，大家的心在随之往下沉。

……

手术室外，正在等待的周巧红和顾圣婴盯着新生儿监护室的医护人员，大家的心都被揪紧了。手术已经进行了一个多小时，谁也不知道里面的情况，每个人都在为新奇的安慰祈祷着。祝丹站在人群外面，靠着

走廊的墙壁,脸上没有任何表情。她的心被撕成了几块,一块为新奇祈祷,一块为鲁梦扬跳动,一块又牵挂着祝英,还有一块是留给自己的,系着她看不到的希望,一片漆黑的未来。

祝英则躲在远远的角落里,张望着手术室的方向。刚才在手术室门外,祝丹竟然当着大家的面让她叫鲁梦扬姐夫,出乎祝英的意料,她是有意张扬与鲁梦扬的关系,造成既成事实。祝英现在明白,祝丹当初说的"生米煮成熟饭"是什么意思了,尽管这锅米还是夹生的,可她硬是要用急火将它煮熟。现在,三个人被绑在同一根绳子上,掉进了泥潭里,谁也逃不出去了。祝丹已经失去理智,不顾一切地要占有鲁梦扬。她历来争强好胜,怎么会在这种时候输给妹妹,主动退出呢?那岂不是颜面扫地?

祝英轻轻地叹了一口气,尽量把注意力集中在正在接受手术的新奇身上,不去想那些烦心事儿。手术室门口,周巧红和顾圣婴的手紧紧地攥在一起,相互鼓励着。

终于,手术室的门打开了。额头上满是汗水的安东摘下了口罩,一脸掩饰不住的轻松和喜悦,大声对等候的"母亲"们说道:"新奇的手术非常成功,谢谢大家。"

掌声、欢呼声响成了一片。人们三三两两地拥抱在一起,周巧红搂住了顾圣婴和盛美丽,每个人的眼睛中都闪烁着喜极而泣的泪花。远离人群的祝丹也被这种情绪所感染,仰起脸来,看着房顶,尽量不让自己的泪水涌出眼眶。她回头看了一看祝英,祝英正在擦拭着喜悦的泪水,发现祝丹正在望向自己,犹豫着该不该走过去跟姐姐一起庆祝,最后还是放弃了,两姐妹远远地相互笑了笑,分享着此刻的喜悦。

拖着行李箱的金赣和袁主任正在路边等候出租车,他们刚刚参加完一个会议,正准备赶回鲁宁。金赣知道今天是新奇第二次手术的日子,

第十二章 宝贝闯过第二关

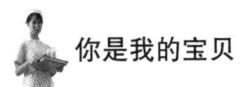 你是我的宝贝

本来想在手术前赶回去,听大家汇报手术的准备情况,给大家打打气,嘱咐几句。可是,机票偏偏卖完了,下一班飞机要等到明天,这让归心似箭的金赣非常生气,不能见证这个"新生儿奇迹"的实现,对他来说是一个无法弥补的遗憾。

金赣埋怨着袁主任,"你怎么这么粗心,机票怎么不提前预定呢?这回可好,要错过新奇的手术了,多遗憾啊!"

袁主任委屈地说:"现在不是旅游旺季,我以为机票随时可以买到,没想到这一班偏偏全部卖完了,可能是被什么单位集体预订了。真是倒霉啊!"

一辆出租车在他们面前停了下来,金赣和袁主任钻进出租车,"去火车站!"

火车站战前广场上,好像是故意跟金赣作对,晚上的火车票也全部预售完了,袁主任为了弥补自己的过失,在广场上找票贩子买高价票。金赣站在远处,来回踱着步,心里想着新奇手术的情况,"顺利吗?不

会出什么岔子吧？千万别出意外，新奇承担不起，医院承担不起，我这个院长也承担不起啊！"

正在这时，口袋里的手机忽然响了起来，把全神贯注地惦记着新奇的金赣吓了一跳。他摸出手机，一看是周巧红的号码，连忙接通。

电话另一端，周巧红的声音激动得颤抖着，"金院长，报告你一个好消息，新奇的手术刚刚结束，非常成功！请领导放心。"

金赣攥着手机，连声说："好！好！好！"结束通话，喜悦之情迅速地溢满全身，金赣仰起头，望着天上的明月和稀疏的星星，星空似乎格外美丽诱人。心情稍稍平静下来，金赣向周围张望着，终于在人群中找到了正在和黄牛讨价还价的袁主任。他冲了过去，把正准备付钱拿票的袁主任一把拉了出来，袁主任被金赣兴奋不已的样子搞懵了，诧异地问道："院长，你这是怎么了？"

金赣有些哽咽地说："新奇……新奇的手术成功了！"

袁主任也激动起来，两个大汉相拥在一起，分享着发自内心的喜悦。金赣拉着袁主任，在火车站附近找了一家小饭馆，要了几盘菜和一瓶酒，庆祝新奇手术成功。跟在金赣身边这么长时间，袁主任从来没有见过这个自律甚严的院长喝酒，这是第一次，而且喝的很猛，一口菜没吃，几杯酒就已经下肚了。金赣的脸上泛起红光，眼睛兴奋得发亮，目光如炬，炯炯有神。

袁主任劝阻道："院长，我知道你高兴，这酒该喝，但也别喝的太猛了，否则一会儿该难受了！"

金赣用力地挥挥手，"今天喝多少都没关系，再难受也值，真喝多了就不走了，找个旅馆住下，高兴！"停顿了一下，金赣动情地回忆起自己的往事。"我自小六岁就没有了母亲，所以特别渴望母爱。刚才周巧红主任打来电话，说小新奇手术很成功，我一下子就控制不住了。可怜无助的新奇让我感同身受，但他比我幸运。我的童年困苦无助，因为

家庭出身不好,净受欺负,在学校啥好事都轮不到我头上。父亲是文革前的大学生,一路坎坷,从市防疫站最后沦为乡村医生,连亲戚对面相逢都躲着走。当然,越是在那样的环境下才越发显得真诚的可贵,有谁拉我一把,我终生不忘……"

袁主任被金赣掏心掏肺的话所感染,端起酒杯,一饮而尽。柔和的灯光照亮了小饭店窗外的一片地方,映出两个人的身影,欢声笑语一直传出很远。

# 第十三章　抢手的宝贝

包括盛美丽在内，很多人都希望抱养新奇。而周巧红和祝英却在憧憬新奇长大后留在她们身边的幸福画面，太美的东西往往是不真实的。

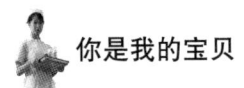 你是我的宝贝

在一家高档饭店的包房里,坐满了第一人民医院的十几位医生,周巧红、顾圣婴、安东都在场。今天,是不久前因过度检查被媒体曝光的秦教授的生日,这位在第一人民医院工作了大半生的老教授即将离开医院,鉴于事件造成的影响,院里作出的处罚决定是非常严厉的,金院长挥泪斩马谡,将老教授辞退了。

尽管是喜庆的生日宴,但包房里的气氛怎么也轻松不起来,大家心里都觉得很别扭,坐在那里浑身不自在。周巧红觉得这样下去不是办法,主动站出来,带头活跃一下气氛,"大家别闷着啊!来,今天是个好日子,我们秦教授六十六岁大寿,六六大顺,我们一起祝他老人家福

如东海，寿比南山，有一个幸福美满的晚年生活"。

其他人纷纷站起来附和，老教授脸上挂着牵强的笑容，接受大家的道贺，一杯酒咽下去，说不出的苦涩。他连忙转过脸去，用餐巾纸擦拭着嘴角，趁人不注意，抹了一下眼角。其实，每个人都注意到了他红肿的眼睛和疲惫的神色，医院的处理对老教授的打击实在太大了，他为之奋斗了一生的事业就这样骤然终结了。就算是一个意志如钢铁般坚强的人，也无法坦然面对、若无其事。

老教授双手抱拳，说："谢谢大家，你们的这份心意我明白，也会永远记在心里。都说患难见真情啊！一个人风光的时候，别人趋之若鹜；但一个人落魄的时候，大家通常都避而远之，在这种情况下还惦记你、关心你的人，就是真正的朋友了。人情冷暖、世态炎凉，这份友情难能可贵。老朽再次谢过在座的各位同仁！"说罢，老教授又满饮了一杯酒。

看着老教授难过的样子，顾圣婴心里也是一阵阵酸楚，"秦老师，您别太难过了。这次的事情是谁也预料不到的，谁也不想看到这样的结果。虽然院里对您……可是，您为医院奉献了大半辈子，从风华正茂的青年到满面风霜的老人，您的功绩是任何人都抹杀不了的。金院长之所以这么做，也有他的苦衷。现在医患关系紧张，一触即发，医院和医生被舆论妖魔化了，一点小事儿都可能引起轩然大波，成为攻击医院的借口，对医院声誉和形象的打击是致命的。这次的事情谁也不怪，怪就怪现在的大环境就是这样，事情不是发生在您身上，也会发生在我们当中某一个人身上。所以，秦老师，您别有什么精神负担。忙碌了一辈子，正好休息一下，轻轻松松地过晚年。以后，有什么事情的话，只要我们能帮得上的，您说句话。"

老教授重重地点点头，脸上终于有了释然的笑容。周巧红正要招呼大家再次为秦教授祝酒，包房的门忽然被推开了。金赣和袁主任出现在

第十三章 抢手的宝贝

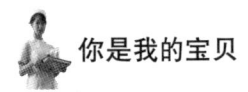 你是我的宝贝

门口，两个人手里还提着行李箱，一副风尘仆仆的样子。包房里的人愕然地纷纷站起身，老教授也很诧异，看着突然出现的金赣，不知如何是好。

金赣揉了揉布满血丝的眼睛，冲大家笑了笑，说：“我这个不速之客，大家欢迎吗？”

老教授心头百味杂陈，机械地说着：“欢迎，欢迎！”

金赣将行李箱放在门边，拽了一把椅子，在老教授身边坐了下来。袁主任趁机在老教授耳边低声说了几句，老教授眼神复杂地看着金赣，"金院长，听袁主任说，你坐了一整天火车硬座赶回来，就是为给我过生日。我受之有愧呀！"

金赣斟满一杯酒，感慨地说：“您是我的授业恩师，一日为师终身为父。又恰好赶上六十六大寿，我这不才的后生赶回来敬您一杯酒是天经地义的。”说罢，金赣将杯中酒一饮而尽，绷着嘴唇，压了压酒劲儿，接着道：“老师，我知道您心里不痛快，如果您想骂我这个学生就骂。做决定的时候我是院长，今天给您祝寿，我是学生，老师骂学生，天经地义。事情发展到今天这一步，我心里一样难受，谁想背上一个拿自己老师开刀的罪名啊！”金赣的声音发颤，一字一句发自心底。

秦教授被感染了，动情地说：“不要说了，我理解，我都理解。我犯的错误，我承担责任，给医院造成了这么大的负面影响，理应受罚。工作了几十年，连这点都想不通，那不是白活了。金院长，不，金赣，你不要有什么负担。老师不理解自己的学生，谁还理解啊！不用为我担心，要说不难过，那是假话。但我没有归咎于你，也没有归咎于医院和患者，要怪就怪我自己，几十年小心谨慎，没出过什么差错，有些自满有些懈怠，结果一不留神，铸成大错，悔之晚矣！不过，都过去了，我现在无官一身轻。今天是个高兴的日子，让我们痛痛快快地喝上几杯。”

老教授的宽宏大量令金赣和在场的人由衷地钦佩。金赣再次举杯,"今天借着老师这杯酒,学生斗胆说几句,也是掏心窝子的话。其实,在某种程度上咱们当大夫的也是弱势群体,也有许多难言的苦衷。但在百姓的利益和生命面前,我们不敢有任何借口和敷衍。这就好比打仗,没有条件好讲,只有牺牲和担当。"

第十三章 抢手的宝贝

老教授:"金院长,如果说今天之前我心理上多少还有些想不通,委屈。今天听了您这一番话,我心服口服。您来咱们医院这一年多,我眼看到咱全院上上下下好像变戏法儿似地换了一个样儿。我这当老师的得甘拜你这学生为师了。真是活到老要学到老啊!为了咱医院美好的未来,我高高兴兴地走,来,大家干了这杯。"

包房里响起了一片敬佩的掌声,大家纷纷举杯。

新奇的事情经过电视台的连续报道,已经是满城风雨,尽人皆知,

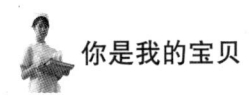 你是我的宝贝

成为了大家议论和关注的焦点话题。虽然孩子的父母一直杳无音讯，但是自发来医院探望新奇的热心人络绎不绝，他们给新奇带来了衣服、玩具、奶粉和各种婴儿需要的东西。小新奇改变的不仅仅是一家医院的氛围，他还唤醒了一座城市的爱心和热情。

今天，顾圣婴的朋友——一对结婚后一直没有生育的夫妇到医院来探望新奇。对于他们的来意，顾圣婴一清二楚，此前已经有很多市民表达过类似的愿望了。被亲生父母抛弃的新奇现在有无数双手、无数个家庭在等待着接纳他。

这对夫妇在新生儿监护室的病房里徘徊了很久，一直围着暖箱转来转去，对新奇看个不够，眼神里流露出无限的怜爱。直到顾圣婴催促他们，夫妇二人才恋恋不舍地离开了病房。在顾圣婴的陪伴下，夫妻俩往医院大门走，三个人都没有说话。顾圣婴双手插兜，若有所思。朋友夫妇相互使了一个眼色，渐渐落后两步，两个脑袋凑到一起嘀咕了两句，点点头，随即紧赶两步，追上顾圣婴。

朋友妻旁敲侧击地说："圣婴姐，这孩子好可爱啊！"

朋友夫附和着说："是啊！是啊！看起来一点不像有病的样子。"

朋友妻继续试探着，"我们一直在看电视台的跟踪报道，孩子家长还没找到？"

顾圣婴停住脚步，说："到现在为止还没任何线索啊！"

朋友夫妇同时问道："那我们能不能领养呀？"

顾圣婴想了想，"这个……不好说。说实话，想领养孩子的人都已经挤破头了。"

朋友妻有些难为情地说："圣婴姐，你看我们结婚都6年了，还没有自己的孩子，你也是当妈的，你能体谅我的心，是吧？"

顾圣婴："这我知道。如果孩子父母最终没有下落，领养对孩子来说总比送福利院强。"

朋友夫："那是，那是！那圣婴姐，我们就全拜托你了，到时候……"

顾圣婴："我知道，我会及时联系你们的。但丑话说在前头，一切要按国家的规定走，手续得你们自己办。"

看着顾圣婴远去的身影，朋友夫妇面面相觑。沉默了一会儿，朋友夫冒出一句，"这个老顾，还是那个拗脾气，一点情面都不讲！"

朋友妻有些抱怨地说："我看啊，她不应该当医生，应该去当法官，铁面无私，准是个'包青天'。"

同一时间，盛美丽也在办公室里纠缠着周巧红。她已经说服了钱永富，一心想领养新奇。钱永富对试管婴儿不再抱什么希望，只能接受这个折中的办法，而且从电视上和在医院里见过新奇几面之后，钱永富也喜欢上了这个活泼可爱又经历坎坷的孩子，觉得这个孩子与众不同，福大命大，将来一定有出息，所以他才同意领养新奇，"大难不死，必有后福！"

周巧红正忙着整理文件，盛美丽像跟屁虫一样追着她，唠叨个不停。"周主任，周姐，你一向最体谅我了。这么多年了，我从来没向你提过任何要求，医院里被领养走那么多婴儿，我可从来都没有提过要求。可新奇跟我有缘，我喜欢这个孩子，想要这个孩子。你也知道我家老钱那个老脑筋儿，认准了孩子要自己生的，这次可是破天荒同意领养新奇了，过了这村可就没这店了。您可一定得帮我把握这个机会啊！"

周巧红被她缠得实在没办法了，转身说："美丽，你就甭在我这磨叽啦！我还不知道你？论工作，你是我多年的护士长；论私交，你跟我十来年了，我私心也是这么想的。"

盛美丽眼睛眼睛一亮，仿佛看到了希望的曙光。可是，周巧红话锋一转，就把她满眼的肥皂泡戳破了。"可但是，但可是，你，我，现在都不能这么做。"

第十三章 抢手的宝贝

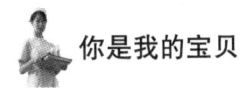
你是我的宝贝

盛美丽着急地说:"周姐,为啥呀?"

周巧红耐着性子跟她解释:"第一,院里有内部规定先不说;第二,最重要的,孩子的生母没找到之前,一切念头都为时尚早;第三,抱养孩子国家是有相关规定的,你必须要走程序。别说是我,就是金院长也帮不上忙。"

盛美丽低头擦擦眼角,心有不甘地说:"那就是说……"

周巧红打断她说:"我要去主楼开会。"她一边往外走,一边话里有话地说:"你和顾大夫今后要好好配合,让咱们新生儿监护室更上一层楼。重在表现呦!"尾音拖得长长的,以点醒盛美丽。

盛美丽呆在原地,琢磨了半晌,似乎明白了什么,双手合十祷告。

新奇越来越大了,体重由原来的7斤增加到12斤,小小的暖箱已经盛不下他了。新生儿监护室的医生和护士一起凑钱,为新奇买了一辆手推车。在繁忙的工作中,大家轮流照顾着新奇,每天上班后的第一件事情,就是跟新奇打个招呼,问候下"自己"的孩子。已经三个月大的新奇开始黏人了,希望有人抱有人哄,如果身边没有人的话,他就大哭大闹。工作繁忙的"母亲们"只好一手抱着新奇,一手照料其他婴儿,下班后不顾一身的疲劳,自愿留下来陪着新奇。

这个过程中,祝英的付出是最多的。一方面,她舍不得让新奇一个人孤孤单单地呆着,另一方面,她不想回到宿舍去,跟祝丹两个人呆在一起,谁也不知道该说什么,那种沉默令人尴尬,所以,她宁愿留在病房,陪伴新奇。

又到下班时间了,祝英没有离开,在病房里推着新奇转来转去。不知为什么,新奇又开始哭闹了,祝英连忙把他抱了起来。现在,她哄孩子已经有模有样了,就像一个真正的母亲,没有一点生疏的样子。"唔唔唔……新奇不闹,新奇乖,你现在已经是这个房间里的老大了,是大哥哥，要给其他小朋友做个榜样啊！所以，要听话，乖乖地，妈妈还要照顾其他小朋友呢，不能只顾你一个人啊！对不对？"

新奇好像真的能听懂她说话一样，眨巴着明亮、清澈如水的眼睛，止住了哭声，安安静静地躺在祝英的怀抱里，非常乖巧。祝英欣慰地笑了，想象着自己将来有个孩子，就像新奇一样可爱，那该多好！一想到恋爱、结婚，祝英的心事又沉重起来。她想到了祝丹和鲁梦扬两个人正在筹备婚事，可是，两个人的关系冷若冰霜，就像两个没有感情的机械人一样，按照设定好的步骤，一步步地走向最后的目的地。最后的结局令祝英不敢想象。

双方的父母虽然也察觉到两个人不太对劲儿，但又说不出什么来，盼着孩子成家的迫切心情让他们忽略了这种反常的现象，同意了两个人的婚事，紧张而快乐地忙碌着。祝英几次忍不住想把真相告诉两方的老人，可是一想到这样做的结果，她又却步了。她不想双方的父母伤心，更不想被姐姐祝丹看成是破坏她婚姻的仇人，但是，她的心一直悬着，这样的婚姻怎么可能幸福呢？不管是祝丹还是鲁梦扬，都无异于一场灾难。就这样看着他们往深渊里跳吗？祝英不知道该怎么做。

她也替自己担心。虽然从那天在宿舍被鲁梦扬撞破之后，祝英和他再也没说过一句话。可是，两个人的心是相通的，祝英能够感受到鲁梦扬的爱，也能感受到他的痛苦，因为她同样爱着对方。祝英明白，鲁梦扬之所以不拒绝和祝丹结婚，某种意义上就是在跟自己赌气，在报复自己，他不能原谅祝英和姐姐一起欺骗他、愚弄他。他的心在流血，祝英同样心如刀割，眼看着自己喜欢的人成为别人的丈夫，同时也就是自己的姐夫，自己却无能为力，那种滋味比坐在火炉上还要难受。

值班的周巧红走了进来，看着祝英在那里发呆，好奇地问："想什么呢？跟傻子一样！"

祝英猛省过来，不好意思地笑了，说："没什么，走神了！"

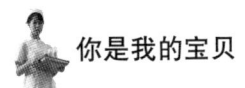
你是我的宝贝

周巧红关切地说:"你得注意休息,不能这样没日没夜地干。照顾新奇是大家的事儿,你一个人又要工作又要照顾他,怎么忙得过来啊?"

祝英不在意地说:"没事儿,我年轻,精力旺盛,多做一点没什么。"

周巧红:"你这个孩子,凡事总是替别人着想,麻烦总是揽给自己。为别人考虑没什么不对,但有时也要替自己想想。你姐马上要结婚了,你呢?也要赶紧给自己找个伴啊,再过几年,就成了剩女了,想找也难了。"

祝英苦涩地一笑,没说什么。周巧红把新奇接了过去,说:"晚上不能让新奇睡在病房里,这里晚上不关灯,二十四小时都是白天。在这样的环境下,对新奇的成长不好,影响他的生物钟。就让他在我的办公室睡吧,我把灯关了。"

祝英:"还是主任考虑得周到。新奇被抛弃在我们医院里,真是幸运,要是丢在路边,恐怕……"

周巧红感慨地说:"是啊!有这么多人关心他,爱护他,他一定能够健康快乐的。他是我们的爱心浇灌着长大的,就算是亲生父母,也未必能为他付出这么多啊!"

祝英若有所思地说:"你说,如果新奇的父母把新奇领回去了,或者被别人抱养了,他长大后还会记得我们吗?"

周巧红肯定地说:"记得,一定记得。他可是我们亲手养大的,救活的,怎么可能忘了我们呢?对不对,新奇?"新奇"嘿嘿"地笑着,仿佛在回答着周巧红的问题。

祝英:"真想新奇永远不要离开我们,永远呆在我们科室。"

周巧红望着窗外,意味深长地说:"我何尝不是这样想的啊!连做梦,我都梦见过新奇长大后的样子。"

祝英好奇地问:"您梦里新奇什么样?"

周巧红脸上浮现出甜蜜的笑容,说:"新奇长得又结实又漂亮,跟现在一样,人见人爱,小脸啊,就跟个红苹果似的,谁见了都想亲上一口。他会走路了,在病房里转悠着,摇摇摆摆,像个企鹅似的,别提多逗了。还能帮我们干活呢!我们忙不过来,就使唤新奇,'新奇,把奶瓶拿过来','新奇,把尿布拿过来'。他特别听话,一听招呼,立马就屁颠屁颠地跑过来了,要什么给你拿什么,而且从来不拿错,天生就是干我们医护这行的。"

祝英开心地笑了起来,笑得合不拢嘴,虽然是一场梦,但这样的梦是多么幸福,让人想一直沉浸在梦里,不要醒来。周巧红陶醉在自己的梦境里,出不来了。"后来,他到了上学的年龄了。我们一起送他上学,谁有时间谁就去接送。新奇很听话,放学后从来不在外面淘气,出了校门就直奔医院。每到那个时间,我们科室的门铃声就响了起来,'谁啊!''新奇!''噢,进来吧!'"周巧红说着自己就笑了起来,眼里含着幸福的泪花。

第十三章 抢手的宝贝

晚上,祝英做了一个同样的梦,梦里新奇在花园里追着她跑,阳光洒满了花园,新奇的笑脸像阳光一样灿烂,一边追嘴里一边喊着:"英妈妈,等等我!"祝英笑醒了,倚在床头,在满屋的月光中甜蜜地回忆着梦中的情景。房间里静悄悄的,没有一点声息,祝英看了看对面床上睡着的祝丹,轻轻地叹了一口气。生活,就像一艘随波逐流的船,载满了欢乐与烦恼,谁也无法控制它的轨迹,一切都是命运的安排。

兴奋的情绪让祝英再也睡不着了,就这样一直坐到了天亮。她草草地洗漱了一下,就直奔病房,想早点看到新奇。经过花园的时候,五颜六色、争相绽放的鲜花让祝英的脚步慢了下来,在昨晚的梦中,她跟新奇就在花丛中嬉戏玩耍。早晨清新的空气糅合着花香,味道是如此甜

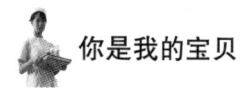 你是我的宝贝

美,祝英忍不住做了一个深呼吸,全身清爽。

她走到花坛旁边,伸出手想摘一朵花送给新奇,但娇艳的花朵让她不忍下手,正犹豫着,忽然想起鲁梦扬就是在同一个地方,把新买的iphone4塞给了她,过往的一切都像一场混乱的、荒唐的梦,变得遥远而不真实,梦中人现在就要跟另一个人走进婚姻的殿堂了。

祝英摇摇头,甩开这些不愉快的往事,终于狠下心来,摘了一朵最大、最美的花,快步向病房楼走去。

新奇的手推车旁边,已经围着几个早来的护士,大家正逗弄着新奇。祝英将鲜花戴在新奇耳边,"新奇,香不香,漂不漂亮?"其他人都惊呼着,"真好看!""新奇太帅了!""你是从哪里摘的?我们也去摘一朵吧!"

没过多久,新奇的耳朵、头顶甚至嘴巴里,都插满了鲜花。新奇瞪大了眼睛,看着周围的一张张笑脸,嘴巴也张得大大的,仿佛在问:"你们这是干什么呀?我是花瓶吗?"

# 第十四章 爱情急刹车

祝丹与鲁梦扬筹备婚礼,买婚纱、订婚戒指,但两个人之间的反感和敌意不断升级。就在结婚登记的前一刻,祝丹开车撞倒了一位老人。妹妹祝英却成了替罪羊,为了保护祝英,鲁梦扬被人打晕。看到这一幕,祝丹黯然退场,把那部iphone4手机还给了它本来的主人祝英。所有的事情都在回归正轨。

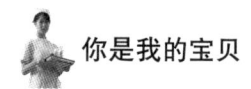 你是我的宝贝

横跨运河的拱桥上，祝丹和鲁梦扬正在拍婚纱照。祝丹身着一袭洁白的婚纱，远看如天使般圣洁、美丽，可是仔细观察，会发现她脸色苍白，眉宇间有遮掩不住的阴影；鲁梦扬穿了一身黑礼服，脸色阴沉，仿佛木偶一样，在摄影师的操纵下摆出各种姿势。祝丹强作笑容，只不过笑得有些夸张，表情僵硬、做作。她努力让周围的人觉得她是一个幸福的新娘子，可是，任谁都看得出来，一对新人之间相处的并不融洽。鲁梦扬干脆面无表情，对摄影师一再强调的要点不理不睬。

摄影师停止了拍摄，无可奈何地看着这对新人。旁边的助手小声嘀咕着："这俩人是怎么回事儿啊？别人都是高高兴兴的，就没见过这么灰头土脸的！"

祝丹克制不住满腔的怒火，转脸愤怒地盯着鲁梦扬，鲁梦扬避开她的目光，望着静静流淌的大运河，仿佛他是一个局外人，这一切跟他没有任何关系。摄影师问道："你们俩还拍不拍啊？这么浪费时间，我们可是要加钱的！"

祝丹怒吼道："拍！拍！拍！要多少给你多少，还不行吗？"婚姻筹备对于两个人来说已经是一种痛苦的煎熬，他们无法想象，将来的生活会是什么样子。不管是祝丹还是鲁梦扬，现在想的仅仅是快点结束这一切，至于将来怎么样，他们没有心思和精力去想。两个人都已经筋疲力尽了，眼看就要支撑不住，只是靠一种惯性的力量推动着，一步步向前走。

婚纱照终于拍完了，从摄影师难堪的表情上就可以看出来，效果究竟如何。两个人谁也没有去检查，要求重拍，而是沉默着匆匆换了自己的衣服，赶往珠宝店选订婚戒指。

珠宝店里只有稀稀落落的几个顾客，祝丹在柜台边上徘徊，鲁梦扬站的远远的，一副事不关己的样子。他是在以这种冷漠的态度发泄着满腹的怨气，是一种对祝丹霸道行径的消极抵抗，一方面，他借与祝丹结婚报复着祝英；另一方面，他又以自己的不合作伤害着祝丹。鲁梦扬恨自己，对自己残忍、卑劣的手段感到不齿，他没想到一贯以侠肝义胆、路见不平拔刀相助自许的自己，竟然会做出这种事儿来。可是，爱情就是一把双刃剑，运用不当，便会伤人伤己。现在，他就是在摧残别人的同时摧残着自己。

祝丹看中了一款戒指，转身望着离自己十来步远的鲁梦扬。鲁梦扬东张西望，假装看不到她。祝丹觉得自己就要被怒气胀破了，她担心自己突然之间崩溃掉，被巨大的心理压力搞得精神失常，像

第十四章 爱情急刹车

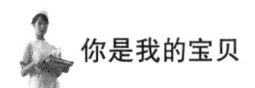
你是我的宝贝

在拱桥上拍照时那样歇斯底里地发作起来。所以,她拼命地压抑着心头的怒火,只是狠狠地盯着鲁梦扬,一言不发。两个人就这样僵持了足足有几分钟,鲁梦扬终于支撑不住让步了,慢腾腾地、极不情愿地朝祝丹走过来。

珠宝店的售货员被这种诡异的气氛吓到了,紧张地看着两个人,不知道他们究竟要干什么。鲁梦扬站到柜台前面,仍然不看祝丹,目光在一排排亮晶晶的戒指上游移着。祝丹像盯着仇人一样,凌厉的目光宛如匕首,刺向鲁梦扬的侧面。如果鲁梦扬跟她争吵,骂她甚至打她,祝丹都可以忍受,唯独这种麻木不仁、不声不响,让她忍无可忍。她用尽所有的手段,羞辱、刺激着鲁梦扬,希望他能有一点反应,可是,鲁梦扬就像行尸走肉一样,完全没有感觉。她不是在跟人结婚,而是跟一截木头。

祝丹用手一指,命令式地说:"这款!"

鲁梦扬看都不看,低着头问道:"多少钱?"

售货员报出价格,鲁梦扬也不讨价还价,掏出钱包,数出一沓钞票,放在了柜台上。售货员奇怪地望着祝丹和鲁梦扬,把戒指包好,放在了一个精致的手提袋里。鲁梦扬提起来就走,根本不理会身边的祝丹。出了店门,两个人各奔东西,形同路人,渐行渐远。走出一段距离,估计鲁梦扬已经看不到自己了,祝丹在路边的长椅上坐了下来,折腾了一天,她全身的精力都已经耗尽了,根本走不动了,随时都可能晕倒在路上。

祝丹俯在椅子的把手上,无声地哽咽起来,声音渐大,最后变成了旁若无人的号啕大哭,引起路人纷纷侧目。在鲁梦扬面前,她不肯有丝毫示弱的表现,硬着头皮跟鲁梦扬较劲儿,直到此时,她才将满腹的委屈和不甘释放了出来。

此刻,鲁梦扬同样坐在路边,脑袋深深地埋进膝盖里,双手抱头。

眼泪无法控制地涌出来，洒在装着订婚戒指的包装袋上。

快活林是老年人休闲的好去处，老年人们聚集在这里，聊天、下棋、打牌、练拳、跳舞，吹拉弹唱，优哉游哉。鲁梦扬按照台里的安排，来这里做一期节目。今天是他和祝丹约好的去结婚登记的日子，鲁梦扬本来可以请假，但他有意地忽略了自己的终身大事。一旦完成登记，两个人就成为了合法夫妻，再也没有回旋的余地了。不管他们将来是否生活在一起，夫妻的名分是改不了的。就算是离婚，彼此也是前妻、前夫。直到这一刻，鲁梦扬似乎才意识到问题的严重性，他站在了悬崖边上，再向前一步，就是万劫不复、粉身碎骨。

鲁梦扬再逃避，虽然他不知道能躲到何时，最终能否躲过去，"拖一天算一天，或许事情会有转机呢！"就连他自己都觉得希望渺茫。采访进行中，鲁梦扬显得魂不守舍，正在跟采访对象交谈，他自己却走神了。对方回答完问题，等待着他进一步提问，可鲁梦扬却眼神空洞地望着远处，不知道在想些什么。

"梦扬，做梦呢？赶紧继续啊！"摄影师张明急切地提醒着。鲁梦扬缓过神儿来，望着面前一位白发苍苍、和蔼可亲的老者，却不知道下面该问什么了。

老者饱经沧桑、阅人无数，一眼就看穿鲁梦扬有心事，体谅地说："年轻人，别着急，慢慢来！这是要上电视的，每个问题都得设计好，草率不得。你是不是太累了，或者家里有急事儿，那我们再约个时间也行，也不急这一时半会儿啊！"

鲁梦扬抱歉地笑了笑，"没事儿，可能是最近太忙了，精力有点不够用。您稍等一下，我洗把脸，清醒清醒"。他走到附近的水池边，撩起水来往脸上泼，想让自己清醒过来。老者望着鲁梦扬的背影，摇摇

第十四章　爱情急刹车

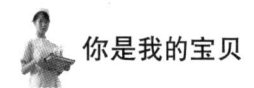
你是我的宝贝

头，说："剪不断理还乱，多半是感情问题啊！"

听了老者的话，张明似乎明白了什么。最近他就觉得鲁梦扬有点不太对劲儿，可是追问了几次，鲁梦扬都是顾左右而言他，让搭档云里雾里，不明所以。他猜测是鲁梦扬又忙工作又忙婚事，精力透支，所以才表现反常。经老者这么一提醒，张明忽然明白，或许鲁梦扬和祝丹之间发生了什么事情，要不怎么会把婚事筹备得跟丧事一样。

洗了把脸，鲁梦扬下意识地看了一下手表，他跟祝丹约定的时间已经过了半个小时了，口袋里的手机每隔几分钟就会震动一次。他知道是祝丹打来的，看都不看。

婚姻登记处，一对对喜上眉梢的新人进进出出，鲜红的结婚证捧在手里，就像一团团孕育着幸福和希望的火焰。人生即将翻开新的一页，每个人都在兴奋中期待着未来的生活。祝丹靠在两个人刚买的新车旁，烦躁地拨打着鲁梦扬的手机，一遍又一遍，就像得了强迫症一样，她想停也停不下来。

事情到了现在这一步，祝丹和鲁梦扬有同样的感觉，再向前进一步，一切都无法挽回了。但是，结婚是她主动提出来的，一直是她在推动着车轮向前转动，现在的一切都是祝丹一手造成的。房子、车子都买了，婚纱照也拍了，婚礼的请柬已经发了出去，尽人皆知。就算她懊悔，又能怎么办呢？现在想回头，似乎已经太迟了，只有强撑着往前走，但愿能迈过这道坎儿，结婚后随着时间的流逝，两个人之间的裂痕能够慢慢弥合，凑合着一起过日子。抱着这种侥幸心理，祝丹在强大惯性的支配下，沿着预定的轨道往前冲。

采访终于结束了，手机又震动起来，张明盯着鲁梦扬。刚才他一直听到鲁梦扬的手机不停地震动，但采访正在进行，鲁梦扬不方便接听电话，现在采访完了，再不接就不正常了。鲁梦扬为了掩饰真相，也只好故作姿态地掏出手机，接通了来电。

鲁梦扬装出一副若无其事的样子，平静地说："小丹，实在对不起。临时接到一个台长交代的采访任务，打你的电话一直不在服务区……别生气啊，我十分钟赶到。"他不希望自己跟祝丹之间的这笔糊涂账张扬到单位去，所以，就连张明这样的好哥们也瞒着。

电话终于打通了，鲁梦扬反常的口气让祝丹一愣。以往打电话，就算接通了，鲁梦扬也是一言不发，不管祝丹说什么，他都不吐半个字，祝丹一说完，他就挂断电话。这次竟然意外地主动讲话了，而且很客气地昵称"小丹"，肯定事出有因。不过，祝丹来不及多想，冲着电话吼叫起来，"你不用来了！姓鲁的，我已经在这儿傻呵呵等你一小时了。你敢耍我，有你好瞧的！"说罢，就掐断了电话。

她真想将鲁梦扬买给她的 iphone4 摔在地上，但还是有些舍不得。正犹豫着，手机又响了起来。祝丹看了看，是祝英打来的，"干吗！"接通电话，祝丹生硬地问道。

电话那端，祝英停顿了一下，问道："姐，你在哪儿呢？我在婚纱店等你半天了，就太白路把角的那家……"

祝丹不耐烦地说："知道了，知道了，就快到了。"她钻进车里，车子猛然启动。祝丹刚刚学会开车，动作一惊一乍的，一看就是个生手。

还在快活林的鲁梦扬被祝丹挂断了电话，冲着电话"喂，喂……"祝丹让他不要去登记处了，鲁梦扬如释重负，可是，当着张明的面儿，仍然要做做样子。

张明不明真相，打趣儿道："这下误了大事了吧。把祝奶奶惹翻了，你可是吃不了兜着走啊！赶紧哄吧！"

鲁没好气儿地说："不说话能死啊！"

张明翻翻白眼，"婚前焦虑！"

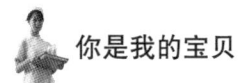 你是我的宝贝

　　祝丹把汽车油门当成了出气筒，使劲儿地踩着，不管不顾地向前冲去。她明知自己的驾驶技术不行，开快车危险，可是满腹的怨气、怒气让她无法保持冷静，车子就像旋风一般滑过街道，前面的车被她一辆接一辆地超了过去。被甩在后面的司机很不甘心，吹着口哨大声叫着："美女，真猛啊！""火气这么大，要不要哥陪你泄泄火啊！"

　　不堪入耳的话让祝丹更加烦躁，再次加大油门，风从车窗里"呼呼"地灌了进来，似乎这样可以将她内心的郁闷情绪吹散一些。一路上，手机不停地响着，祝丹看都没看，不知道究竟是祝英打来的，还是鲁梦扬。

　　祝英所说的婚纱店就在前面，祝丹正准备减速，前方的路面上忽然出一个老人的身影。祝丹惊慌失措，连忙打方向盘，可是距离太近了，车头一偏，还是将老人刮倒了。祝丹脑海里一片空白，竟然忘记了减速，车子继续向前飞奔。

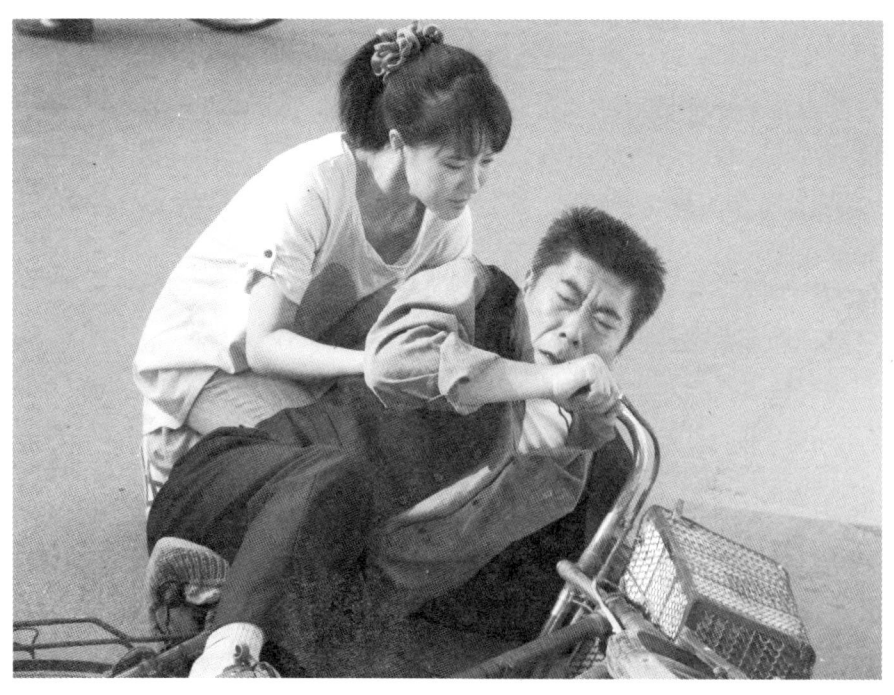

正在婚纱店门口等待祝丹的祝英目睹这一幕，也被惊呆了，反应过来，她急得直跺脚，连忙冲上去，查看老人的伤情。经过初步检查，老人只是被车刮了一下，摔倒时擦破了膝盖和手臂，并没有伤筋动骨，已经算是万幸。祝英轻轻松了一口气，扶着老人，拦住一辆出租车，前往第一人民医院做详细的检查。

祝丹的车在远处停了下来，她伏在方向盘上，惊魂未定，许久才抬起头来，向车祸现场张望着。眼看着祝英搀扶着老人离去，祝丹快要从胸腔里跳出来的心才稍稍平静下来。想了想，她摸起手机，拨通了鲁梦扬的电话。

医院急诊室，老人正在接受检查，祝英在走廊里转着圈，不安地等待着检查结果。鲁梦扬骤然出现在她的面前，祝英一愣，"鲁……梦扬，你咋来了？"

鲁梦扬看了祝英一会儿，才回答说："你姐给我打了电话。"

祝英急切地问道："那她人呢？"

鲁梦扬："她说她有些害怕，不敢来，让我先来看看……"

祝英嘲讽地说："希望你对我姐一直这么好啊！"连祝英自己都不知道为什么这么说，是因为吃醋，还是对鲁梦扬冷漠对待祝丹不满，为姐姐打抱不平？或许，两种矛盾的感情兼而有之，人的心理真是复杂啊！

鲁梦扬一时间不知所措，结结巴巴地说："不是，祝英……其实，我一直想对你说……"

祝英愠怒地打断了鲁梦扬的话，"有些话留给我姐说吧，我不想听……"

鲁梦扬还想继续解释，门口忽然传来一阵嘈杂。一群人在一名目睹车祸发生的路人指点下，冲进了门诊大厅，直奔祝英而来。为首的一个魁梧的中年男子指着祝英叫嚣着，"就是你这个小妮子啊！是你把我爸

第十四章 爱情急刹车

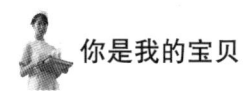 你是我的宝贝

撞倒的？你他妈找死啊！"说着，撸起袖子，就朝祝英扑了上来。他身后的男男女女个个凶神恶煞一样，将祝英和鲁梦扬围在当中，眼看着就要动手群殴，祝英免不了挨一顿暴打。

祝英被这样的场面吓得不知所措，说不出话来。鲁梦扬把祝英护在身后，慌乱地解释着，"你们误会了！"

"误会？还能有错，就是她。"

鲁梦扬："不是的，她是救人的，撞人的跟她长得一模一样，是她双胞胎姐姐！"

"扯什么淡啊！"

鲁梦扬的脸上挨了一拳，打了个趔趄，险些摔倒。祝英失去了庇护，暴露在众人的拳脚下。鲁梦扬顾不上脸上火辣辣的疼，再次扑了上去，挡在祝英面前，身上又挨了几记拳脚。他招架不住了，索性转过身，将祝英紧紧地搂在怀里，任由拳脚雨点般落在自己身上。

祝英被逼到了墙角，鲁梦扬用两只手撑住了墙壁，就像是为祝英撑起一把保护伞，身后的人再怎么凶猛，也伤不到祝英一根汗毛。祝英被鲁梦扬宽阔、厚实的胸膛压在下面，抬不起头来，也看不到鲁梦扬的脸。她只能在零距离的亲密接触中感受着鲁梦扬的体温和身体在拳脚下的震荡。那一刻，祝英忽然明白了一个道理——为什么说男人的胸膛就是女人的避风港。有这样一把保护伞罩着自己，就算外面是狂风暴雨、山崩海啸，也不需要担心，他可以把一切危险都替自己挡住。

鲁梦扬毫无还手之力，被暴打了几分钟的时间，脑袋上、后背上、双腿上挨了数不清多少拳脚，已经感觉不到疼痛了。胸腔里一阵翻涌，一股又咸又腥的味道冲到了嘴边，头上接着又挨了一拳，眼前无数金星乱蹦，随之是一片黑暗，身体软软地瘫倒在祝英的怀里。祝英紧紧地抱住鲁梦扬，忘记了恐惧，大叫着他的名字——"梦扬！梦扬……"鲜

血从鲁梦扬的嘴角和鼻子里流了出来。

带头打架的中年人愣住了,其他人也面面相觑,他们的目的是出气,如果真的出了人命,或者把人打成重伤,谁也担待不起。正在他们进退两难的时候,医院的保安带着警察冲了进来,将这些人带了出去。

祝英抱着昏迷中的鲁梦扬泪如泉涌,一声声呼唤着他的名字,围观的人无不为之动容。祝丹怀着忐忑不安的心情来到医院,被门诊大厅里混乱的场面吸引了过来,挤进人群,恰好看到这动人的一幕。羞愧如同潮水般将她淹没,迟疑中,医生和护士赶来,用担架抬着鲁梦扬去急救,祝英追着担架,声音渐渐弱了下去,但仍在不停地呼唤。祝丹没有上前安抚祝英,而是神情黯然地掉头离去。

第十四章 爱情急刹车

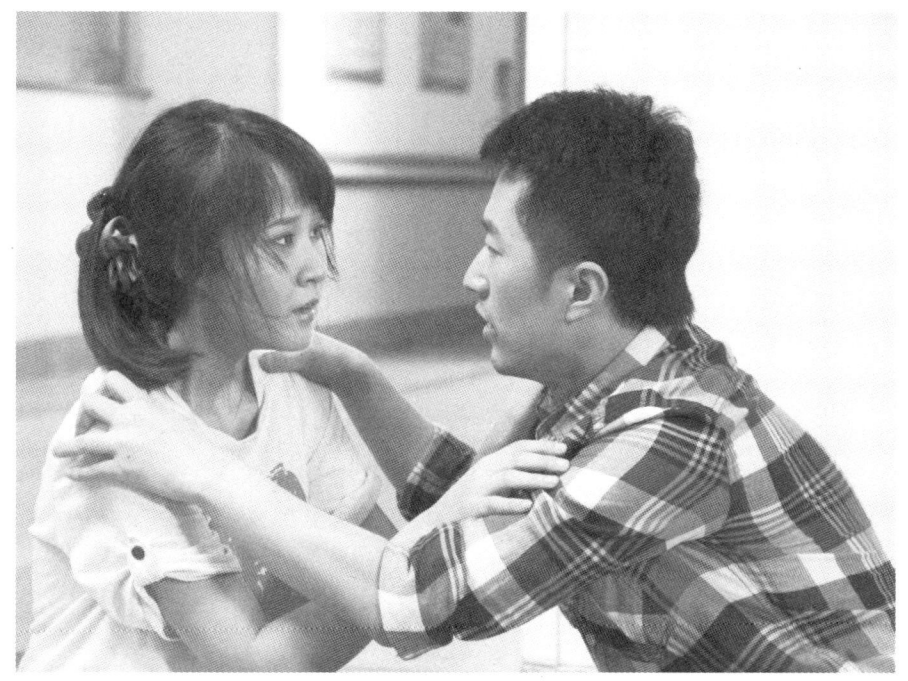

一周后,医院的花园里,身穿病号服的鲁梦扬在祝英的搀扶下,步履蹒跚地锻炼走路。鲁梦扬的额头上渗出了汗珠,祝英掏出手绢替他擦拭着,丝毫不避讳路过的同事诧异的眼神。门诊大厅里发生

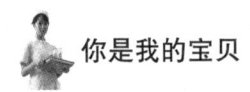
你是我的宝贝

的一幕早已在医院中传开,而鲁梦扬住院期间,身为未婚妻的祝丹不闻不问,跑前跑后的一直是祝英。同事们早就在议论纷纷,猜测其中的端倪。只有盛美丽暗自得意,觉得是自己一手促成了两个人的好事。

祝英将鲁梦扬扶到花坛边上坐下来休息。鲁梦扬用赤裸裸的眼神望着祝英俊俏的面庞,就像在欣赏一幅丹青高手的杰作。祝英不好意思,把脸扭了过去。鲁梦扬环顾四周,忽然想了起来,"这不是我送手机给你的地方吗?"

祝英责备地看了他一眼,"你是送给我的吗?"

鲁梦扬挠挠头,"是送给你的,但谁知道你有分身术啊!又变出个姐姐来,我哪搞得清楚!"

"属于你的东西,现在还给你。"祝丹不知从哪里冒了出来,把鲁梦扬和祝英都惊呆了。她走到祝英面前,把iphone4塞到妹妹手里,祝英不知所措地推动着。但祝丹的态度很坚决,硬是把手机还给了妹妹。她看了看同样不知所措的鲁梦扬,安抚道:"放心吧,里面该删的东西都删了,一点痕迹都没留下。就让一切都回到开始的地方吧!以后回归正轨,该怎样发展就怎样发展,不会再有阴差阳错的事情了!"

停顿了一下,祝丹有些吃力地说:"你们两个本来就该是天造地设的一对儿,只不过被我中间插了一杠子,才绕了这么大一个圈儿,走了这么多的弯路。我真诚地向你们说一声'对不起',属于谁的东西迟早要回到谁的手里,别人抢是抢不到的。这个道理现在我终于明白了。"这番话她在心里默默地说了无数遍,但真正说出来的时候,还是感觉那么艰难。

祝丹望着祝英和鲁梦扬,郑重地说:"我现在正式宣布,取消与鲁梦扬的婚约,同时,祝你们两个幸福快乐。"说罢,她猛地转身,大步离开，不想让鲁梦扬和祝英看到自己眼中几乎要控制不住的泪水。

祝英难过地叫了一声，"姐……"

鲁梦扬也下意识地呼唤着，"小丹！"

祝丹停住脚步，严肃地说："谁让你叫'小丹'的，没大没小，叫'大姐'。大两分钟我也是她姐！"

祝英破涕为笑，鲁梦扬脸上也露出了释然的笑容。背对着他们，祝丹也笑了，她终于放下了几乎要将自己压垮，也把鲁梦扬和祝英拖垮的心理包袱，现在，三个人都解脱了。正如祝丹所说的，"一切都回归正轨"。她一身轻松地朝病房楼走去。

第十四章 爱情急刹车

# 第十五章　何去何从

新奇由于缺乏专人照顾，智力发育迟缓。大家忧心如焚，周巧红决定寻找孩子的亲生父母。鲁梦扬提供了一条重要的线索——"新生儿出生缺陷登记系统"。

新生儿监护室，每天下午三点是家长接待时间。接待室里坐满了忧心如焚的家长，迫切地想知道孩子的病情。医生们翻出孩子的病历，耐心地为家长们讲解着。监护室里的孩子一遍遍地轮换着，稍微大一些的孩子就会被家长接走，或者转到其他科室。唯独新奇，一直留在了新生儿监护室。

顾圣婴正在接待一名新生儿的家长，到病历架上拿孩子的病历。偶然间，她注意到了放在病历架最下面的新奇的病历，心头猛然一动。每个孩子都有父母的关注，他们的病历都有亲人问津，唯独新奇，一直是被人遗忘的角落。孩子的亲生父母在哪里？电视台的节目播放了这么久，他们难道就没有看到吗？如果看到了，为什么不来找新奇呢？是因为内心的愧疚，无颜面对孩子和舆论的压力，还是怕承担法律责任，或者无力支付高昂的医疗费用？

种种念头在顾圣婴的脑海中电光火石般闪过。她轻轻地叹了一口气，拿着要找的病历朝翘首以盼的家长走去，一边走一边回头看着放在底层的新奇病历。一直以来，她觉得新奇虽然没有父母的照顾，但在科室里几十位母亲的关心下，照旧可以健康地成长。其他孩子拥有的东西，新奇一样也不缺。可是这一刻，她忽然觉得新奇很可怜，他欠缺的是一样最重要的东西，那就是真正的父母才能给的独一无二的关爱。

忙完了工作，快到下班时间了，顾圣婴走向新奇所在的病房，想在下班前再看新奇一眼。祝丹和祝英正在病房里哄着新奇。Iphone4 的手机里播放的还是张悬的《宝贝》，不同的是，现在手机的主人换成了祝英。

第十五章 何去何从

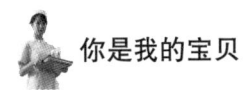

你是我的宝贝

  哇啦啦啦啦啦我的宝贝，
  孤单时有人把你想念。
  哎呀呀呀呀呀我的宝贝，
  要你知道你最美。
  哇啦啦啦啦啦，yeah……woo
  Yeah……woo

  顾圣婴的心再次被触动了，"茫茫人海中，有谁在想念新奇呢？我可怜的宝贝。"她在心底对自己说。新奇被祝英抱在怀里，祝丹忍不住低下头去亲了一下他的小脸蛋。"我的小乖乖，我的小心肝，叫妈妈，快点叫妈妈！"新奇被姐妹俩哄得开心，张大嘴巴，乐不可支，嘴里含糊不清地发出声音，俨然在咿呀学语。

  看到顾圣婴走进来，两姐妹停了下来，"顾主任，您还没走啊？"

  顾圣婴微笑了一下，"来看看新奇！"她把新奇从祝英的怀抱中接了过来，举在半空中，像祝丹一样，玩笑似地哄着孩子。"新奇，叫妈妈！叫妈妈！不然，顾妈妈以后就不喜欢你了。"

  新奇好像没听见顾圣婴的话，东张西望，反应冷漠。顾圣婴起初并没在意新奇的反应，故意装出一副生气的样子，说："这孩子，见着年轻的就高兴，看见我这个老太婆，就不理不睬。从小就不学好！"祝丹和祝英都被她逗笑了，只有新奇，仍然毫无反应。

  周巧红的声音从门口传过来，"那可不能怪我们新奇。谁让你平时那么严肃的，现在想扮慈祥的老奶奶，来不及了，最多是个狼外婆。"一圈人都笑得前仰后合。周巧红从顾圣婴的手中接过了孩子。

  "新奇，跟奶奶笑一个，奶奶最疼你了，不像她，总是吓唬人，对不对？"周巧红使出看家本事来哄新奇，连顾圣婴都搭上了，可是，新奇依旧不理不睬。眼睛"咕噜噜"地乱转，也不知道他在宽阔的病房里找什么。

顾圣婴终于找到了反击的机会。"我不慈祥，你慈祥，那新奇怎么连你也不搭理啊？哈哈！"顾圣婴像打了胜仗一样开心。斗嘴已经成了两个人生活的一部分，见面不吵上两句，彼此都觉得不正常。祝丹和祝英对两个领导的这种习惯早已经适应了，见怪不怪。

周巧红的神色严肃起来，似乎发现了很严重的情况。顾圣婴见她神色不对，试探着问道："你怎么了？生气了？随便说两句玩笑话，不至于吧？"

周巧红摇摇头，"不是，你不觉得新奇有些反常吗？按道理说，三个多月的孩子，熟悉的人逗他，他会跟着笑，跟着学话，可是新奇一点反应都没有。我怀疑这孩子没有专人照顾，我们平时都比较忙，只能抽出时间来哄他，所以，他早期的智力发育有些迟缓。"

顾圣婴把孩子夺了回去，责怪周巧红："你才智力发育迟缓呢，别这么说我们新奇。可能是我们平时跟新奇接触太少了，所以跟我们比较生分。刚才我看祝丹和祝英哄他，新奇挺开心的。你别大惊小怪，怪吓人的。"

周巧红点点头，似乎也觉得自己有点小题大做了。"祝英跟新奇的接触是最多的，新奇对她有反应，应该是正常的。祝丹……"周巧红看了一眼祝丹。

祝丹接过了话茬，说："我跟祝英长得太像了，你们都能搞混，别说小孩子了！"

周巧红点点头，转脸问祝英："其他人哄新奇的时候，他是什么反应，你注意过吗？"

祝英想了想说："偶尔会有反应，看心情吧！大多数时候跟你们哄他一样，有些冷淡。其实，我哄他的时候也经常遇到冷脸，也不是每次

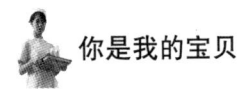 你是我的宝贝

都这么开心的。"

周巧红和顾圣婴相互看了一眼,都意识到问题没有那么简单了。祝英有些担心地问:"周主任、顾主任,新奇没事吧?"

周巧红有些忧虑地看着新奇。"根据我的经验,小孩子在这个阶段都是有专人照顾的,经常跟他交流,促进智力发育。可是,新奇的情况很特殊,虽然我们大家都尽自己的所能照顾新奇,可毕竟工作在身,不可能把全部时间和精力都花在新奇的身上。这一点很可能会影响新奇的智力发育。"

祝英听周巧红这么一说,顿时着急起来。"那可怎么办啊?耽误了新奇,我们可就成了罪人了!"

祝丹瞪了一眼祝英,说:"你别那么夸张,什么罪人不罪人的?我们是新奇的恩人。"

周巧红沉吟着说:"话虽这么说,但这个问题一定得重视。病房的环境的确不适合孩子长期生活、健康成长。如果在我们新生儿监护室,新奇的成长出了问题,我们良心上过意不去啊!"

顾圣婴望着怀里的新奇,低声说道:"或许我们太自私了,对新奇有了感情,就一直想把他留在自己的身边。也许是时候给新奇找一个家了!"

其他人面面相觑,顾圣婴的这个建议让大家有些措手不及,一时不知道该如何回应。周巧红想了想,说:"这得从长计议,目前来说,我们要尽量多抽一些时间跟孩子交流。婴儿早期的智力发育是大事儿,很可能对他今后的生活造成影响,一定不能掉以轻心。"

得知了新奇的问题,新生儿监护室的每一个人都很焦急。大家都尽自己的所能,抽出一些时间陪伴新奇,可是人手少、工作量大本来就是新生儿监护室的现实情况,上班之后,每个人都忙得团团转,脚打后脑

勺,能够花在新奇身上的时间非常有限。经过了一段时间的努力,大家得出一个结论:新奇的智力发育情况并没有明显的改善。这让新生儿监护室上上下下几十号人心里都沉甸甸的。

周巧红接待完患儿家长,心事重重地回到自己的办公室,坐在电脑前面,看着电脑桌面上的新奇。每当看到新奇天真无邪的笑脸,她的精神都为之一振,不管是工作再辛苦,马上又跟充电的机器人一样,精力充沛、干劲十足。可是,现在新奇的成长问题成了压在心头的一块大石头,让她无论如何都轻松不起来。周巧红凝视着新奇的眼睛,自言自语:"孩子,究竟该如何安顿你才好啊?"

"一个人唠叨什么呢?"顾圣婴走了进来。

周巧红颓然地陷在椅子里,"还不是新奇的事儿,真不知道该怎么办才好!"

顾圣婴坐在周巧红对面,盯着她看了一会儿,把周巧红看得心里发虚,问道:"你怎么这样看着我?我脸上有东西,还是哪里不对劲儿啊?"

顾圣婴笑了起来,"没事儿,我从来没见你这么没精打采过,这还是第一次。过去,你总是生龙活虎的,乍见你这个样子,还真有点不习惯。你还是打起精神来吧,连你都没精神了,我和其他人该怎么办?你可是咱们科室的顶梁柱、主心骨啊!"

周巧红撇撇嘴,说:"你什么时候学会溜须拍马了,嘴上跟抹蜜似的?"

顾圣婴埋着头想了一阵,说:"我也在考虑新奇的问题。还是那句话,也许真的该给新奇一个家了。不是我舍得新奇走,可是,在新奇的成长问题上,我们都得理智,不能感情用事,这可关系到孩子一生的幸福。"

周巧红叹了口气,说:"我何尝不明白这个道理啊!可是,上哪里

第十五章 何去何从

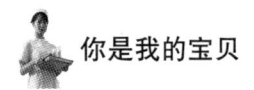 你是我的宝贝

给他找个家呢？什么样的家才适合他呢？"

顾圣婴："新奇是我们新生儿监护室的孩子，他的去向应该由所有的妈妈们共同决定。我建议全科室开会讨论一下这个问题。"

周巧红认同地点点头。

周巧红办公室。新生儿监护室的医护人员陆陆续续走了进来，有人找位置坐下来，有人索性就靠墙站着。祝丹走了进来，躲到一个角落里。她跟鲁梦扬取消婚约的事情以及鲁梦扬跟祝英谈恋爱的消息已经公开了，虽然她是做好了充分的心理准备才作出这个决定的，但事到临头，面对朝夕相处的同事，还是有些难为情。八卦是人的天性，尤其是女人，本来是要跟姐姐结婚的，却形势突变，转而跟双胞胎妹妹谈起了恋爱，这件事足以激起大家的好奇心，猜测其中的真相，推演事情的来龙去脉，作为茶余饭后的谈资。

同事们虽然表面上若无其事，但异样的眼神、背后指指点点、交头接耳，就说明了一切。成为舆论焦点的祝丹虽然已经想得很开，但还是有些难为情，所以在公开场合尽量找个不引人注意的角落呆着，远远不像过去那样自负和高调了。所以，大家都得出一个结论，取消婚约之后，祝丹完全变了一个人，不再像过去那样自以为是、锋芒毕露，变得沉默了、谦逊了。个中的甘苦怕只有祝丹自己明白。

祝英走了进来，发现了躲在角落里的祝丹，她上前几步，站到了姐姐身边，悄悄地攥住了祝丹的手。两个人相视一笑，一切尽在不言中。

周巧红主持会议。"今天召集大家来，只有一个议题，那就新奇的归宿问题。新奇来到我们身边已经三个多月了，大家轮流当母亲，还要照顾其他的婴儿，都很辛苦。但是毕竟不能代替亲生母亲的全程呵护。我们发现新奇的智力和同龄的孩子相比有些滞后，再说我们重症监护室的环境也不利于新奇心智的健康成长。今天把大家请来，就是共同商议一下究竟怎么办。"

一个护士想也不想地说:"最简单了,直接送到福利院不就得了?"其他人都用奇怪的眼神看着她,她也觉得自己的想法过于冷漠了,似乎对孩子没有任何感情,像丢掉一个包袱一样急着把新奇丢开。年轻的护士连忙低下头,不再说话。祝丹本想站出来说她几句,被祝英按住了。

盛美丽被护士的话惹恼了,她不能容忍别人这样随便地对待新奇,当即粗声大气地说:"我反对,坚决反对。福利院的条件还不如我们重症监护室呢!我们的新奇绝对不能送到那儿去。"

其他人也你一个"反对",我一个"反对"地议论起来。

周巧红:"静一静,还有其他意见么?"

祝英声音不大地说:"我觉得可以给新奇找一户人家。没有钱不行,没文化不行,最主要的是那户人家要真心实意地爱我们的新奇。这样我才放心。这三点达不到,免谈!"虽然她嗓门不高,但语气出人意料地坚定。周巧红欣赏地看了祝英一眼,别看这孩子平时不爱吭声,见人就笑一笑,关键时候有自己的主见,原则性很强。

顾圣婴点点头,"嗯,这个办法不错。"

周巧红提出了自己的看法,"我认为呢,最好是找到新奇的父母。"

顾圣婴想都不想地反驳道:"这事我不同意。"

周巧红不客气地说:"你又不是孩子爹妈,你凭啥做主啊?"

在场的人饶有兴味地看着这一幕,两个领导又开始闹意见了。类似的场面他们已经见过无数次,谁也不当真,反而觉得这是科室里的一道风景。在两个当事人而言,并不是有意跟对方较劲儿,这是一种习惯,甚至是一种乐趣,就像在菜市场买菜一定要讨价还价一样,谁也不差那几毛钱,但不讨价还价就觉得少了点什么,吃了亏。

顾圣婴:"我们科室上上下下几十号人就是新奇的爹妈。新奇不好就丢给我们,新奇好了就带走。这有良心的父母能把自己的孩子抛弃么?他们要是稍微有点良心,能做出这样的事么?"

第十五章 何去何从

你是我的宝贝

周巧红："这可由不得你，新奇以后的生长发育还是在自己的亲生父母身边比较好啊！这道理我不用说你自己明白。现在新奇奇迹般地活了下来，父母如果能认识到自己的错误，就会倾注更多的爱在新奇身上。"

"单打独斗"，顾圣婴从来不是周巧红的对手，每次都是她败下阵来。所以，顾圣婴这次决定改变游戏规则，发动群众，以民主的方式瓦解周巧红的独裁。"反正你我说了都不算，要不咱们全科室来个投票表决吧，少数服从多数。"

盛美丽插了一句，"这茫茫人海，一点头绪都没有，上哪找去啊？"此言一出，众人都陷入了沉默当中。顾圣婴也不说话了，没人认真对待她跟周巧红的分歧，大家已经在考虑如何寻找孩子的亲生父母了。

祝英："你捡孩子的时候，家人有没有留下什么线索？"

盛美丽摇摇头，肯定地说："没有，我把包袱前前后后、里里外外翻了个遍，都没发现任何东西。"

周巧红补充道："这点我也问了李凌主任和安东主任。李凌主任说当天的病史登记簿被人撕了，估计是趁人不注意撕的。凭印象说有可能是邹城的，也有可能是金乡的。只要去查，就一定能查到。正好，过些天我们院义诊的路线就要经过这两个县，我想应该能找到些线索。"

鲁梦扬来医院找祝英，由于祝英正在开会，他就在一楼的大厅里徘徊着。大厅里的电视上正在播放寻找新奇亲生父母的消息，鲁梦扬和其他人一样，站在附近看电视。围观的病人家属议论着，"哪家的父母啊，这么狠心？这种人就应该抓起来坐牢！"

"也算这孩子命大，被医院救活了，遇到好心人了！"

"都说医院现在认钱不认人，这次第一人民医院真是办了一件让人心服口服的事儿，没钱也要把孩子救活。"

"好心有好报,这件事儿现在尽人皆知,很多人都转到这里来治病了,说这里的医生有良心,医风好!"

鲁梦扬钦佩地点点头,看来医院抢救新奇是一个非常明智的决定,虽然没有经济效益,但良好的社会效益是难以估量的。医院的形象和品牌树立起来,从长远来看,就是一笔无形的财富。他转身要走,忽然发现院长金赣就站在自己的身后,金赣主动打招呼说:"大记者,是来采访呢?还是来找祝英啊?"

鲁梦扬愣住了,他没想到自己跟祝英的事情连院长都知道了。金赣看出他的心思,说:"你跟祝丹祝英两姐妹的曲折爱情早就传开了,院里没人不知道。不过,这次可要有始有终啊!如果你跟祝英不能修成正果的话,我这个院长第一个不答应,我们的护士可不是好欺负的!"

虽然金赣完全是一种开玩笑的口气,鲁梦扬还是觉得很尴尬,不好意思地挠着头。金赣用力拍了拍他的肩膀,"这次新奇能奇迹般地活下来,并且给我们医院上上下下带来这么大的改变,你这个记者也有一份功劳啊!是你们媒体的监督增强了我们的责任心和使命感,鼓舞了我们的干劲儿,创造了生命的奇迹。所以,我要感谢你,也希望你这个有功之臣成为我们医院的女婿啊!"

望着金赣远去的背影,鲁梦扬释然地笑了,他对这个有魄力、有远见的院长充满了敬意。正在这时,祝丹散会后匆匆走过大厅,两个人意外地撞见了,彼此的神色都很不自然。鲁梦扬点点头,祝丹仓促地走开了。跟在后面的祝英看到了这一幕,轻轻地叹息着,这种场面是难以避免的,随着时间的流逝,过去的不愉快会渐渐淡忘,一切都会好起来的。祝英在心里安慰着自己。

鲁梦扬看到祝英,快步走了上来,"下班了吗?可以走了吗?"

祝英莞尔一笑,点点头。

鲁梦扬牵起祝英的手,迫不及待地说:"走,带你去个好地方。"

第十五章 何去何从

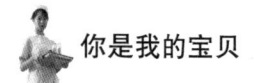 你是我的宝贝

鲁梦扬带着祝英，驱车来到洸府河畔的滨河公园。黄昏时分，天边是娇艳的晚霞，就像变魔术一样变幻着色彩，天际的殷红，近处的金黄，宛如仙境一般。宽阔的洸府河被映红了，流光溢彩，熠熠生辉。祝英站在河畔，痴痴地望着这美轮美奂的画面。鲁梦扬轻轻地揽住她的肩头，两个人的背影嵌入洸府河的黄昏画卷中，平添了一层浪漫色彩。

祝英忽然想起今天会上讨论的事情，"梦扬，你说这电视上的寻人启事和你拍的专题栏目一遍遍播放，新奇的家人咋就看不到呢？"

鲁梦扬故作生气的样子，捏了捏祝英的鼻头，说："跟我约会还想着新奇，真把自己当成新奇的妈妈了！"

祝英不好意思地吐了吐舌头。

鲁梦扬："别急呀！新奇的父母要是住在偏远山区，没准儿连电还没通呢，上哪看电视去？"

祝英不屑地说："你说的那是旧社会吧，可咱这山东哪还有这种地方啊！"

鲁梦扬一本正经地批评祝英："自小没吃过苦，想当然了吧。我们现在是有中国特色的社会主义，贫富差距是会长期存在的……"

祝英抗议说："我也是农村长大的啊，还指不定谁吃苦多呢！"

鲁梦扬忽然想起什么来，"哎，对了！说起农村我倒是想起一件事，没准儿对查找新奇的父母有帮助呢！"

祝英眼睛一亮，催促道："那你快说说……"

鲁梦扬故意卖关子，说："那我要是有线索了，你咋奖励我呢？"

祝英："你还没说呢，我咋知道？"

鲁梦扬端着架子，"那既然是这样，不说也罢！"

祝英着急了，"哎呀，你想急死我呀！我祝英答应的就一定会兑现"。

鲁梦扬把头一偏，示意道："那为了表示你的诚意，先表示一下吧！"

祝英抿着嘴唇，害羞地观察一下周围，确定没有其他人，鸡叨米似地在鲁梦扬的脸上迅速啄了一口。

鲁梦扬仍然不依不饶，头偏向另一边，"还有这边呢！"

祝英挥舞着拳头，威胁说："别得寸进尺，快说！"

鲁梦扬玩笑开够了，切入正题，"前几年我们到农村采访，也遇到一件类似的事。最后是通过基层卫生院'新生儿出生缺陷登记系统'找到的。"

祝英恍然大悟的样子，说："哎，这缺陷登记我也听说过一点，你咋不早说呢？"

鲁梦扬："这一阵不都忙糊涂了吗，没想起这茬儿。"

祝英迫不及待地说："我明天就和周主任说，这么查虽说费点事儿，有点像大海捞针，但毕竟比在家里坐等强啊！没准儿这一网下去就捞着了呢！"

第十五章　何去何从

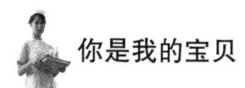 你是我的宝贝

鲁梦扬打趣儿道:"你打渔呢?瞧你兴奋的,好像明天就找到了似的。"

祝英刚才还神采奕奕的表情忽然黯淡下来,低声说:"要是真找到了,那一刻,我可能比没找到还难受……"说着,眼泪就扑簌簌地掉了下来。

鲁梦扬急忙安慰道:"哎呀,我的大小姐,咋说着说着就动真格儿的了!你演祝英——啊那个台,我可演不了梁山伯呀……"

祝英破涕为笑,沿着河畔追打鲁梦扬。两个人找地方吃了点东西,在河畔一直交谈到晚上,夜晚的洨府河别有一番情调。岸边璀璨的灯火倒映在河面上,五颜六色,尤其是洨府河大桥,以笔直、舒展的线条横跨大河两岸,桥上灯火辉煌,高耸的桥柱、斜拉的吊索,无不灯火通明,大桥上下汇成了一片光的海洋,让夜晚变得如此美丽。

# 第十六章　爱是快乐之源

祝丹值班时邂逅金赣，望着他忙碌的身影，过去的不愉快烟消云散。周巧红拉着顾圣婴听琴书、谈心，多年的情谊更显真挚。祝丹将自己定做的婚纱送给了祝英，真诚地祝福她跟鲁梦扬。

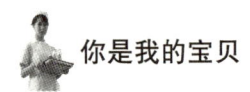 你是我的宝贝

在大厅里与鲁梦扬偶遇,让祝丹的心情多少有些落寞。晚上她替小绿值班,祝丹将新奇移到周巧红的办公室,关上了灯,等新奇睡着了才回到护士站。白天人来人往的新生儿监护室,现在变得静悄悄的、空荡荡的,让人很不适应。偶尔有人走过,轻微的脚步声在走廊里传出很远。祝丹喜欢热闹,喜欢出风头,所以,她过去值班的时候经常脱岗,去做自己的事情。但是,经过金赣的两次批评教育,现在老实了很多,轮到自己值班的时候,就乖乖地巡视病房,然后守在护士站。

想起金赣那张严厉的面孔,祝丹仍然有些不痛快,虽然知道错在自己,但面子上就是过不去。所以,她每次见到金赣就躲得远远的,尽量不跟大领导说话。金赣也看出这个年轻的护士对自己有怨言,并不在意,"年轻人嘛!赌气很正常,谁没有年轻气盛的时候!时间长了就过去了,自己的一番苦心她会理解的。"

祝丹坐得不耐烦了,站起来走动一下,蓦然回首,一个有些眼熟的身影从楼梯口一闪而过。"谁啊?怎么看着像金院长啊?这么晚他来干什么,又查岗?"祝丹在心里嘀咕着,脚下不由自主地跟了上去,想看个明白。

转过一个弯,金赣的身影在走廊里消失了,祝丹正觉得奇怪,打算回护士站,忽然听到附近的卫生间里有动静。她蹑手蹑脚地走了过去,发现一个身影正趴在水池边仔细地查看着什么。听到身后有动静,那人转过身来,正是金赣。虽然自己的猜测得到了验证,祝丹还是很诧异,望着金赣,不知道说什么好。

看祝丹茫然的神情，金赣露出一个亲切的笑容，解释道："前两天我发现你们科室的水池有些脏，就跟负责的人打了招呼，今天过来复查一下。还不错，没事儿，你忙自己的吧！"说罢，金赣朝里面走去，继续检查卫生间的各个角落的清洁情况。

祝丹没有走，原地呆了几秒钟，她知道金赣说到做到，喜欢较真，可是完全没有想到金赣会认真到这个地步，管着几千人的堂堂院长竟然会把水池的卫生也挂在心上，还大半夜的跑来检查。祝丹猜测，金赣应该是加班到深夜，临走之前顺便来看一下。

水池边上放着一个笔记本，里面插着一支签字笔，显然是金赣留下来的。祝丹拿了起来，翻开签字笔隔开的那一页，上面密密麻麻地记录着一些金赣在日常巡视中发现的问题。"XX科走廊垃圾多；XX科茶水炉不干净；XX科地上有水迹；XX科无防滑设施；XX科防烫伤标识不醒目……"诸如此类。每个问题都注明了检查的日期和复查的时间，规律都是间隔三天，跟检查新生儿监护室护士值班情况的方式一样。

祝丹的心结忽然打开了，这是他金赣做事的方式，对事不对人，不管是在哪里发现的问题，涉及的是什么人，他都以同一种方式来处理，非常公平。一种温暖的感觉把祝丹包围了，有这样一个负责的院长，把偌大一所医院方方面面、鸡毛蒜皮的事情都替大家考虑到了，把重担一个人挑了起来，其他人还有什么后顾之忧呢？在这样的环境下，如果不安心工作，还有什么理由呢？祝丹替自己惭愧，对金赣的怨气消散后，生出深深的敬意。

金赣检查完卫生，走了出来，看到祝丹拿着自己的笔记本，正望着自己，眼神温暖、柔和，没有了昔日的视而不见、拒人于千里之外的冷漠。对祝丹心理的变化，金赣洞若观火，伸手拿回自己的笔记本，调侃道："怎么，不躲着我了，还偷看我的笔记本？"

第十六章 爱是快乐之源

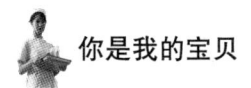 你是我的宝贝

祝丹不好意思地笑了，笑容里盛满了善意和深深的敬意。

走廊里，金赣与祝丹并肩慢慢走过。金赣语重心长地说："我们这个医院就是一个大家庭，一个几千口人的大家庭，我就是主事儿的。这里有我的长辈、晚辈和同辈，不管是领导还是职工，医生还是护士，包括后勤人员在内，每个人都是家庭成员。我要对这个家负责，要让这个家和睦、繁荣，要让每个家庭成员都生活得幸福，有机会实现自己的梦想，更要督促大家尽到各人的本分，好让这个家庭良性运转，完成自己的社会使命。所以，我就要负起责任来，发现哪个地方出了问题，就得及时纠正，不能得过且过，做老好人。那样，就是对这个家不负责，对你们每个人不负责。当然，在这个过程中态度可能比较严厉，作风也有简单粗暴的时候，希望你们能够理解，我自己也会检讨自己的工作方法，不断地改进。维持这么大一个医院的正常运转，还要让它不断进步，更上一层楼，不容易啊！事情多，压力大，发起脾气来自己也控制不住。这点你得明白，领导也是人，也有普通人的情绪和缺陷。人无完人嘛！"

祝丹："院长，您不用说了，过去我对您多少有点意见，无非是挨了批评，伤了自尊，面子上过不去而已。今天，我完全理解了您的苦心，请您放心，以后工作上我不会再像过去那样马马虎虎了，我会打起十二分的精神，把自己该做的事情做好。您可以监督我，如果有做的不好的地方，甘愿受罚，绝无怨言！"

金赣兴奋地说："好，我就知道你们两姐妹都是好样的！"

运河畔，快活林。一座凉亭上打着"健康鲁宁消夏晚会——山东琴书艺术家刘世福演唱会"的横幅。亭子内外，围拢了几十位观众，神情专注地听着琴书。刘世福的表演炉火纯青，富有感染力。

下班后，周巧红就把顾圣婴拉到了这里，一起听琴书，跟着其他观

众鼓掌、喝彩。虽然她没有说明自己的真实意图,但凭顾圣婴对她的了解,此行绝不是听琴书那么简单。听了几段之后,周巧红拉了拉顾圣婴的衣袖,示意她自己有话要说。虽然两个人意犹未尽,还是退了出来,找了河畔的一张石椅,并排坐下来谈心。

第十六章 爱是快乐之源

不远处,运河水静静地流淌着,安详静谧,亘古如斯。身边的世界沧桑巨变,可是运河水还是那么淡定和执着,不为所动,坚守着自己的使命,贯通南北,便利民生。顾圣婴由运河的精神联想到了医生这个职业,这个古老的职业比运河还要早,不管世界如何变化,医学如何发达,医生的使命从古至今都是一以贯之的,"救死扶伤"是医生的神圣职责,是医生这个概念的本质。如果做不到这一点,那还配称"医生"吗?

两个人沉默着,若隐若现的山东琴书从不远处传来,还有观众们的喝彩声。周巧红先打破了沉寂,"今晚的月亮真好啊!"

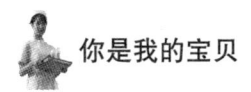

顾圣婴笑问道:"你拉我来快活林,到底是听琴书还是赏月啊,还是与风月无关啊?"

周巧红打趣儿说:"看来啥都瞒不过你。我老家是胶东农村的,打小最多会做些个女红什么的,可没你那么些小资细胞。上次谈到的夜班费的问题,我问过了,是我跟财务处那边没沟通好。问题已经解决了,近期就能给发下来。"

顾圣婴迭声道:"那就好,那就好!"

周巧红小心地问道:"前些天我看见你和安东了,在我家附近的二十四小时店。你们吵架了?又是为啥呀?"

顾圣婴叹息着说:"为啥?还不是为了孩子!事情都过去了。"

周巧红释然地说:"那就好,过去就好。我还担心是你们两口子有什么事儿呢!"

顾圣婴笑了,"我们老夫老妻能有什么事?20多年前,我跟安东结婚没几年就得了淋巴癌,那时候把所有认识我的人都吓到了,都说我是迟早要去了的人。安东的初恋情人来找他,看得出那女孩对安东是有心的。当时我就想,我还是去了吧,别拖累他了。可安东每天守候在我床边照顾我,给我做喜欢吃的,不断地给我讲笑话。我就想了,这么好的男人哪找去?可不能便宜了那个小妮子!我想是上辈子积的德吧,我的病竟慢慢好起来了。那个女人慢慢也就不来了"。

周巧红:"你是好人有好报啊!我们现在对新奇这样付出,但愿他长大以后还会记得。"

提到新奇,顾圣婴欣慰地说:"现在小家伙营养跟上了,体重也恢复了。智力发育的问题幸亏我们发现的早,只要尽快找到他的父母,问题应该不大。原来我们把问题想的太严重了,重视是要重视,也没必要草木皆兵啊!"

周巧红见顾圣婴心情不错，话锋一转，说："对，可不是嘛！人家都说这一山容不得二虎，可咱俩这对儿雌虎就偏在一个笼子里关了十几年，还相安无事。圣婴，我要谢谢你一直以来对我的支持呀！"

顾圣婴有些奇怪地看着周巧红，说："你今天是咋的了？忽然婆婆妈妈的！"

周巧红并不在意，说："咱们科里的人背后就管我叫管家婆婆呢！我知道没啥贬意。哎，咱俩就算妯娌关系吧！"

顾圣婴哈哈大笑，"这都什么乱七八糟的啊？"

周巧红摸摸后脑勺，说："还就常常弄不明白这亲属称谓关系。哎，圣婴，你没发现一个有意思的问题吗？自从新奇入院以来，咱们科的医生护士工作更加积极了，人际关系也更和谐了。你说这是为啥啊？"

顾圣婴知道她是明知故问，也不揭穿，顺着话茬说道："原因很简单嘛！小新奇太可爱了，也太可怜了。工作量虽说是增加了，大家的关爱精神和母爱情感被激发了，还有随着新奇被社会愈来愈广泛地关注，大家的集体荣誉感也被调动起来了。"

周巧红兴奋地跳起来，把顾圣婴吓得不轻，"你干吗，一惊一乍的？"

周巧红："圣婴，你说的太好了！"

顾圣婴假意嗔怪道："你当主任的又来取笑我！"

周巧红意味深长地说："你刚才的这番话，大美丽要是听见该有多好啊！"

顾圣婴马上听出她话里有话，一针见血地说："你别夹枪带棒的，我和大美丽好着呢！她就想要个孩子，但两次试管婴儿都没成，她老公是个粗人，又不依不饶的！男人真不是个东西，又不是大美丽的问题！"

第十六章 爱是快乐之源

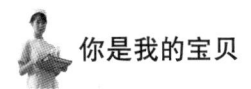 你是我的宝贝

周巧红抗议道:"哎,别打击一大片啊!"

顾圣婴赶紧道歉:"对不起,忘了咱家穆大哥了。那可是模范丈夫啊!"

周巧红得了便宜还卖乖,"屁!人家都是大学生成教授,他是大学生变护工!"

顾圣婴调侃道:"别得了便宜卖乖啊!没有人家后方推碾子拉磨送军粮,哪有你前方攻城拔寨打胜仗啊!"

两个人爽朗的笑声在运河畔回荡着,经久不息。

祝英回到宿舍的时候,已经是晚上十点了。鲁梦扬一直将她送到门口,才恋恋不舍地离开,他担心与祝丹碰见,所以没敢进门。祝英走进宿舍,发现一团漆黑,顺手开灯,祝丹并没在房间里。祝英有些纳闷儿地自言自语说:"怎么这么晚还没回来,不就替三个小时班吗,九点就应该回来了?跑到哪疯去了?"

正在她胡乱猜测的时候,手机铃声响了起来,祝英摸出手机一看,是祝丹的号码。"姐,你去哪了?这么晚还没回来?"

祝丹:"喔,小绿接班后,我出来办点事儿……"

祝英叮嘱道:"那你早点回来,我一个人呆着挺无聊的,宿舍楼空荡荡的,人都不知道去哪了,有点害怕。"

祝丹笑骂道:"胆小鬼,有什么可害怕的,那么大个人了!还像小的时候,总要我陪着你。"

祝英撒娇似地说:"你不是口口声声说你是姐嘛!当姐的自然要保护妹妹了。"

祝丹脱口而出:"那是以前,现在有……"话到嘴边,她卡住了,不知道该不该说出那个名字,会不会觉得尴尬。停顿了一下,祝丹鼓起勇气说:"现在有鲁梦扬了,我该下岗了,让他陪你吧!"她要强迫自

己坦然地面对鲁梦扬,自己过去的恋人、现在的妹夫。

祝英有些哀怨地叫了一声"姐!"

当鲁梦扬的名字说出口的时候,祝丹才发现,直面这一切并没有想象中那么难,她的精神顿时为之一振,朗声道:"别磨叽了,快出来吧,我在大门对面的二十四小时店呢!"

"好的!"祝英痛快地答应着,像只小兔子一样蹦蹦跳跳地跑了出去。跑出几步,才想起来,掉头回来关灯、锁门。

二十四小时店里,祝英面前摆着一个很漂亮的盒子,上面系着华丽的包装带。她出神地望着那个盒子,脑子里不知道在想什么。祝英推门走了进来,招呼服务员,"来一杯热牛奶!"然后在祝丹对面坐了下来。

祝英:"姐,你怎么跑这儿坐着来了?有什么事儿吗?"她一边说一边瞥了一眼摆在桌上的盒子。

祝丹没有说话,犹豫了一会儿,把盒子推到祝英的面前。祝英诧异地望着姐姐,下意识地叫道"姐!"她已经看清,那是装婚纱

第十六章 爱是快乐之源

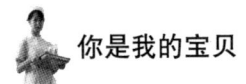 你是我的宝贝

礼服的盒子。

祝丹望着祝英,平静地说:"这是我定制的婚纱,我今天把它取来了,想送给你,如果你不介意的话。就算姐姐给你赔不是了!"

祝英鼻子一酸,说:"姐姐,你这说哪儿去了?咱们是一家人。"

祝丹眼睛湿润,柔和地说:"你别嫌弃,我是诚心诚意祝福你和鲁梦扬。姐姐现在还不配穿这身婚纱。愿你们白头偕老,百年好合!"

祝英不知道该说些什么,她起身走到祝丹旁边,坐了下来,紧紧抱住了祝丹。姐妹二人幸福地相拥在一起。

# 第十七章　宝贝回家了

新奇的父母终于有了消息。周巧红、顾圣婴、祝丹、祝英和鲁梦扬风尘仆仆地赶往南阳岛。新奇的家人听到这个从天而降的喜讯，跪倒在地，叩头谢恩。

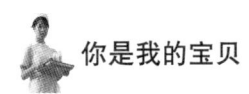 你是我的宝贝

祝英将鲁梦扬提到的"新生儿出生缺陷登记系统"告诉了周巧红，周巧红连连叫好，说自己怎么没想到呢？这是一条查找新奇亲生父母的有效途径。她当即跟各地的卫生院联系，请他们协助，根据新奇的特征和出生日期，寻找他的登记资料。新生儿监护室的母亲们在兴奋中期待着好消息传来，同时对随时可能离开自己的新奇又充满了眷恋，这种矛盾的情绪困扰着每一个人。

晚上，正在值班的周巧红呆在办公室里，电话铃声响起。

周巧红："记得，记得，就是那个小8床呀！"周巧红对那个孩子印象比较深，因为他的床位就挨着新奇，可以说是沾了新奇的光。

患儿家属问道："您明天还是门诊吗？"

周巧红："明天去你们微山义诊呀，你有事吗？"

患儿家属："孩子想去医院复查，先预约一下，我们出一次湖区不容易，怕找不到你。"

周巧红："明天我们的'健康直送车'就去微山岛，你带孩子直接去乡医院找我就行！"

家属兴奋地说："太好了！这样我省大事了。"

周巧红热心地叮嘱道："明天还有各个科的专家、博士，健康直送车能拍片、做B超、心电图，还能做小手术呐！"

家属连声说："好好好，谢谢你了，周主任。我们明天包个车一起过去。"

刚刚撂下电话，值班的护士走进来说："周主任，是你老公打来

的。刚才打你电话一直占线,就打到值班办公室了。说你婆婆下午又有状况,让你下班后早点回家。对了,还让你路过药店捎几盒降压药和维脑路通片。"

周巧红点头答应着,心里猛地一沉。虽然婆婆的身体一直不好,经常出状况,可是这次不知道为什么,周巧红有一种不祥的预感,心里莫名地不安和恐慌。

她走到办公室的窗前,望着外面的夜色,辨认着家的方向,依稀的灯火中不知道哪一个是自家的。这些年,她跟丈夫呕心沥血地维持这个家,照顾生病的婆婆,抚养孩子,这些事情跟工作构成了她完整的人生世界。如果突然其中某个人、某一部分消失了,周巧红无法想象那是一种怎样的感觉。

有一个瘫痪在床的婆婆,生活不能自理,吃喝拉撒都要人伺候,对于其他做媳妇的人来说,会成为一种难以承受的负担。但周巧红从来没有过怨言,她觉得自己既然嫁给了现在的丈夫,这就是理所应当承担的义务,是命运作出的安排,无所谓公平不公平。

每个人都有需要面对的问题,别人的生活看似轻松,其实烦恼未必比自己少,例如顾圣婴,夫妇两个都是主任医生,一家三口本来应该幸福美满,可是顾圣婴的生活远远没有自己快乐。虽然这种想法有点自私和幸灾乐祸的嫌疑,但每当这么一比较,周巧红的心理就恢复了平衡。

她在心中默默地祈祷着,希望婆婆能长命百岁,平安地度过生命中的每场劫难,有一个完美的结局。

第十七章 宝贝回家了

周巧红和一批专家、医生、护士乘坐体积庞大的"健康直送车",奔驰在微山湖畔的乡间公路上,一望无垠的微山湖碧波万顷,荷叶连天,遮蔽了大片的湖面,洁白的、粉红的、紫色的荷花掩映其间,水鸟惊飞,渔船争渡,一副人间天堂的景象。

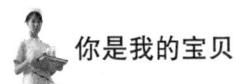 你是我的宝贝

  "健康直送车"活动是金赣主持发起的"健康鲁宁"活动的一个组成部分。车全长十二米,内设放射功能区、生化检验区、心电监护区、妇科检查、B超检查区,并依次配备了DR(数字减影X拍片机)、床旁彩超、心电监护仪和手术台等先进设备,可以进行一些小型手术,俨然是一所多功能、全天候的小型流动医院。

  这是全省第一台"健康直送车",医院为此耗资近500万元。近两年,这台车载着医院的专家、博士走遍了鲁宁的山区、湖区、黄河滩区、革命老区、偏远农村及部分社区,足迹踏遍50多处乡镇、村庄、社区、敬老院、学校,义诊达数万人次。

  本次义诊的目的地是微山湖的一家乡镇医院。到达目的地后,包括周巧红在内,所有参加义诊的人员顾不上休息,马上忙碌起来。医院的院子里露天摆着一排简易桌椅,从湖区的各个角落赶来的群众分门别类地排成数列,接受检查。周巧红一边给孩子检查,一边惦记着等会儿去找这里的

院长，通过医院的新生儿出生缺陷登记系统，查找新奇父母的线索。

命运的安排往往是"无巧不成书"，就在同一天晚上，周巧红和参加义诊的人员留在当地医院休息，而微山镇卫生院赵院长的电话却打到了周巧红的办公室，接电话的是值班的盛美丽。她刚刚巡房回来，由于走得太急，气喘吁吁，肥胖的身体一下陷进沙发里，喘着粗气休息。

电话铃声骤然响起，听起来很急促，把闭目养神、打算休息一会儿的盛美丽吓了一跳，她嘟囔了一句，艰难地站了起来，走过去接听。

盛美丽的大嗓门传出很远，"啊，是微山镇赵院长啊！你好，我是护士长盛美丽。这么晚了有什么事吗？"

赵院长："你们周主任上次不是托我打听患先天性腹裂的男孩吗？"

盛美丽心头一震，下意识地问道："啊……找到线索了？"

赵院长非常肯定地说："应该不会错，这个孩子的父母就是我们微山的。现在孩子的父亲在广东打工不在家，妈妈和爷爷都在南阳……喂，喂，还在吗？"

盛美丽怅然若失，不知道是该替新奇高兴，还是替自己伤心。赵院长的呼叫声把走神的盛美丽唤醒了，连声答应着："哦，哦，我在，我在听！"

通话结束后，盛美丽攥着话筒，竟然忘记了撂下，站在原地发呆。不知道过了多久，值班的护士进来叫她，连叫几声，盛美丽都没听见。

护士提高了声音，"护士长，十一床有情况！"

满脑子都是新奇的盛美丽像是被针扎到一样，条件反射式地问："哦，你说什么？七床？新奇怎么了？"

护士有些无奈地解释道："不是，是十一床，有间歇性抽搐的现象……护士长，您是不是身体有些不舒服呀？"

盛美丽一边往外走一边说："没事，可能是有点累了。"她的大号心脏已经沉到了谷底。

### 你是我的宝贝

给患儿打完针，盛美丽回到办公室，仍然是一副魂不守舍的样子，刚才扎针的时候竟然找不到血管，只好让值班的护士代劳。她在办公室里漫无目的地转了几圈，最后走到办公桌前面，在记事本上写下微山镇赵院长的电话和"新奇父母已有线索"的来电记录。

写完之后，盛美丽盯着眼前的那页纸，内心激烈地斗争着，眉毛拧成了一团。找到新奇的父母，就意味着她永远失去了领养新奇的机会。该把新奇交还给他的亲生父母吗？他们会好好地抚养新奇吗？如果他们爱新奇，就不会狠心地抛弃他。盛美丽断定，新奇的亲生父母一定不会像自己这样爱新奇、照顾新奇。

她咬咬牙，终于把那页纸撕了下来，正想丢进垃圾桶，忽然觉得不妥，万一被人发现怎么办？盛美丽索性将纸揉成了一团，准备吞到肚子里，这样才保险。可是，纸团送到嘴边，又停住了。她还是没能下定决心，到底要不要彻底隐瞒这个消息。纸团塞进了护士服的口袋里，盛美丽骂自己自私，可是又实在舍不得新奇走，她筋疲力尽地坐在椅子上，两眼发呆。

周巧红正在微山湖义诊，烈日当头，她不住地擦着汗，从早晨忙到现在，连一口水都没顾上喝，加上为患儿家属一遍遍地解释、嘱咐，嗓子都快冒烟了。这时，手机铃声骤然响了起来，周巧红心里猛地一跳，那种不祥的预感再次笼罩了她，而且前所未有的强烈。

周巧红掏出手机，见是丈夫的号码，连忙接通。"老穆，什么事儿啊？我正在义诊呢，能晚上再说吗？"

电话那端是死一般的沉默。周巧红知道事情不妙，站起身来，急促地呼叫着："老穆，老穆，你说话啊，是不是咱妈有什么事儿啊？"

老穆悲痛的声音传来，"咱妈……去了！"

周巧红眼前一黑，勉强地支撑住，手里的听诊器掉在了桌子上。

"到底是怎么回事儿啊？"

老穆："早上……妈不舒服，我看情形不对，赶紧送她去医院，可是……还是晚了一步，没抢救过来。"

周巧红拿着电话，跑到院子里的一个角落里，失声痛哭。许久之后，才对着电话说："你等我，我马上回去……我连咱妈最后一面都没见上啊！"说罢，放声大哭，满院子的医生、患者和家属都望向周巧红。

一周后，老人的丧事刚刚办理完毕，周巧红就带着黑袖箍出现在办公室里。正在商量患儿病情的顾圣婴和盛美丽连忙起身相迎。周巧红神色憔悴地走到办公桌前，整个人都瘦了一圈，看上去筋疲力尽，摇摇欲坠。她扶着桌子，缓缓地坐了下来，似乎每一个动作都非常吃力。

顾圣婴关切地问道："不是说好在家歇几天么？咋又跑来了？"

周巧红声音很弱地回答说："反正在家也呆不住。一天到晚忙惯了，一闲下来反倒浑身不舒坦。"

顾圣婴不想触及她的伤心事儿，但又不知道该说些什么，转而问道："听说前些天章书记、金院长和主要领导都去家里探望老人家了？"

周巧红点点头，"嗯，我妈当时的情况就不太好了，我们也有一定的心理准备，跟院领导也打了招呼。没想到，章书记、金院长和几个院领导都去了，我们整个小区都轰动了。老太太觉得特有面子。你说有这样的领导，咱能不玩命干吗？"周巧红没有半点替领导歌功颂德的意思，句句都是肺腑之言。

在一旁悄悄听着的盛美丽惭愧得抬不起头来，与一心扑在工作上的周巧红、顾圣婴和金院长相比，她觉得自己的私心太重了。继续隐瞒新奇亲生父母的线索，良心上将永远得不到安宁，就算最后能成功地收养新奇，但让孩子不能跟亲生父母团聚的正是自己，以后的日子里该怎么面对这个孩子啊？即便是抚养之恩，也无法抵消自己的罪孽。

第十七章 宝贝回家了

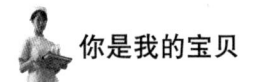 你是我的宝贝

犹豫许久，盛美丽终于掏出了口袋里揉成一团的小纸条，鼓起勇气说："周主任、顾主任，前些天微山来电话了……新奇，新奇的父母有线索了。"

周巧红和顾圣婴诧异地看着盛美丽。

夜深了，留下来值班的周巧红将新奇转移到自己的办公室，关掉了灯，借着电脑屏幕上散发出的微光端详着睡得香甜的新奇。那肉嘟嘟的脸颊、红润的嘴唇、乌黑的睫毛，多么可爱的一个孩子啊！可是，他就要离开这个给了他第二次生命的地方，离开这些与他朝夕相处一百多天的母亲们了。

周巧红柔声问道："新奇，将来你会记得我们吗？一定不要忘记我们，我们也不会忘记你的。你是我们生命的一部分，是割舍不掉的记忆。"说着，眼睛再次湿润了，婆婆去世后的这些天，她整日以泪洗面，本以为眼泪已经流光，但面对即将分别的新奇，周巧红还是无法克制地流泪。

忽然，有人搂住她的肩膀，周巧红回头看见顾圣婴同样饱含热泪地站在她身旁。在这座城市的不同地方，新奇在让不同的人伤心。

钱永富的鱼馆内，盛美丽正扑在丈夫的怀中，扯开嗓门嚎啕着；

护士的宿舍里，祝英和祝丹搂在一起，泪水打湿了对方肩头一片；

电视台的办公室里，鲁梦扬满怀惆怅地站在窗前，虽然他不是医院这个大家庭的一员，但几个月的跟踪报道，让他的生活跟新奇不可分割地联系在一起；

医院的办公楼上，金赣站在院长办公室的窗前，陷入了沉思。救治新奇是他的决定，事情发展到今天这个局面，既在他的意料之中，又在他的意料之外。他的初衷是实践医生救死扶伤的诺言，同时改善医院和医生在患者和社会上的形象。但金赣没有想到，新奇会如此之深、之久地介入医院这个大家庭，给全院上下带来不可思议的变化，在某种程度

上也在改变着这座城市，改变着知道他的每一个人。

一艘渡船乘风破浪，划破了平静的湖面，船上坐着周巧红、顾圣婴、祝丹、祝英和鲁梦扬。他们开了两个多小时的车，又换乘渡船，赶往南阳岛，根据微山镇医院提供的资料，新奇的亲生父母就住在那里。一路上舟车劳顿，但此行的每个人都不感觉疲倦，精神亢奋，盼望着早一点找到新奇的亲生父母。

初闻新奇亲生父母消息时，那种难以割舍的情结已经解开，大家都盼望着新奇能回到父母的怀抱中，在他们无微不至的呵护下健康成长。对于新奇来说，这是最好的归宿。想通了这一点后，大家的心里都变得敞亮了。湖面上吹拂着习习晚风，吹开了每个人的心扉，从来没有过的清爽和痛快让他们陶醉其中，身披彩霞，御风而行，与此刻的心境相得益彰。

黄昏时的微山湖展现出她浪漫而温馨的一面，富有神秘色彩，令人心动不已。顾圣婴情不自禁地赞叹道："真美啊！我打个比方，白天看微山湖，就像一个靓丽的少女，散发着逼人的青春气息；黄昏时的微山湖就像一个慈祥的母亲，敞开家门，欢迎游子回家。"

周巧红照旧开着顾圣婴的玩笑，"小资，就是酸。你干脆说白天的微山湖就是她俩（指着祝丹和祝英），晚上的微山湖就是咱俩，不就得了！"

顾圣婴不屑地"喊"了一声，"不解风情，不懂浪漫，对牛弹琴！"引得一船人哈哈大笑。

祝英靠在鲁梦扬的肩膀上，幸福地望着梦幻般的湖景，感慨说："顾主任的比喻真好，微山湖在欢迎我们呢！"

周巧红纠正说："不，是在欢迎新奇回家，我们是来打前站的。"

上岸后，几个人一路打听着新奇父母的家。南阳岛上坐落着历史悠

第十七章 宝贝回家了

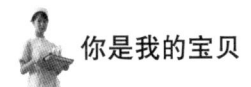 你是我的宝贝

久的南阳古镇，京杭大运河从镇中穿过，周围碧水环绕，风景如画。过去，这里商贾云集，东西长3500米、南北宽500米的主岛上密密麻麻全是商埠，有"晴天不见日，雨天不漏水"之说。乾隆皇帝下江南的时候就从这里经过，岛上有很多珍贵的历史遗迹。不过，周巧红一行根本没心情欣赏南阳古镇的风光古迹，他们焦急地寻找着新奇的父母。

几经周折，一行人终于站到了新奇亲生父母家的大门前。几个人面面相觑，犹豫着不敢上前敲门，似乎那一步迈出去，就意味着新奇真正要与他们分开了，再也无法挽回。一百多天朝夕相处，就要在这一个瞬间画上句号了。近在咫尺的家门，看上去却那么遥远，最后一步显得异常艰难。

祝丹看着鲁梦扬，调侃道："妹夫，你是唯一的男人，该你敲门，还愣着干什么？"

鲁梦扬也有些发怵，嘴里咕哝着，不肯往前走。祝英责怪地看了一眼祝丹，祝丹伸伸舌头，"女孩天生就是别人家的。现在还没结婚呢，就向着自己男人了，我这个当姐的要退居其次了！"

周巧红和顾圣婴看他们三个已经尽释前嫌，可以毫无顾忌地开彼此的玩笑了，感到很欣慰。周巧红整理了一下衣服，迈步向前，叩响了大门。毕竟在这里她是一把手，犯难的事情还是要她来做。

"谁啊？"门里有人应声，伴随着脚步声。

周巧红答道："您好，我们是鲁宁市第一人民医院的，来核实一件事情。麻烦您开下门，好吗？"

门里的脚步声忽然停了下来，里面的人似乎充满了疑虑，迟疑着不敢开门。过了一会儿，对方声音有些异样的问道："什么……事儿啊？"

周巧红耐心地说："请您先打开门，好吗？"

过了半晌，门终于打开了。一个老大爷出现在门口，一脸的惶恐不安，眼神游移不定，看上去很害怕，就像做了坏事的人被警察找上门一

样。祝英觉得这个老人有些眼熟,但一时想不起在哪见过。正当她在记忆中搜索的时候,鲁梦扬在她耳边小声提醒道:"这不是几个月前,在第一人民医院门口中暑晕倒的老大爷吗?当时你给他做了急救,那是我第一次看到你,忘了吗?"

祝英幡然醒悟,脱口而出,"老大爷,我们见过面,在第一人民医院的大门口,你不记得了吗?当时您中暑了,我让您进医院检查,但您当时就走掉了。"

老人惊愕地看着祝英,忙不迭地否认道:"没有,没有,我没去过人民医院,你认错人了!"

老人反常的表现让周巧红一行觉得很奇怪,似乎有什么难言之隐。根据镇卫生院提供的材料,应该可以确定这里就是新奇亲生父母的家,可是这位老人的态度让人费解,对他们的到来充满了疑虑。

周巧红和颜悦色地说:"老人家,方便的话,我们能进去谈吗?"

老人低着头不说话,也不肯让路,用身子堵住了大门口。鲁梦扬对他拒人于千里之外的态度有些不满,就算是路过的人来讨口水喝,也不应该这样冷漠对待啊!他觉得作为这里唯一的男性,自己应该表现一下,尤其是当着祝英的面。

鲁梦扬上前一步,表明了身份,"老大爷,我是鲁宁电视台'直播民生'栏目组的记者,我叫鲁梦扬。我们来这里是要核实一件事情,并没有什么恶意,是好事儿。如果没有不方便的地方,我们进去说话好吗,就这样站在门口,不像个样子啊!南阳可是运河四大名镇之一,理应热情好客,把客人堵在门口,那可不是待客之道啊!

鲁梦扬的话软中带硬,顺带着给老人扣了一顶大帽子,还真把不合作的老者给唬住了。老人没跟记者打过交道,就是从电视上看到他们经常曝光这个曝光那个,似乎权力很大,得罪不起,又听说不是坏事儿,终于迟疑着让开了门,请周巧红一行进去。祝英一边往里面走,一边责

第十七章 宝贝回家了

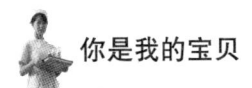 你是我的宝贝

备着鲁梦扬,"你别吓着人家!"

这是一个普普通通的民家院落,三间正房,两侧环抱着几间厢房,可以看出主人是中等之家,既不是有钱人,也不是揭不开锅的贫困户。走进正房中间的客厅,周巧红看到沙发上坐着一个老大娘和一个年轻的女人,两个人都满面愁容,尤其是那个年轻女子,脸色苍白得没有一点血色,看上去很憔悴,眼睛红肿,似乎刚刚哭过。

周巧红猜测着,这个年轻女人或许就是新奇的妈妈吧!她试探着问道:"你是常黎黎吗?"

年轻女人缓缓站起身,茫然地望着门口的周巧红几个人,老大娘也跟着站了起来,搀扶着年轻女子,看来她的身体很弱,随时都可能瘫倒在地。

顾圣婴解释说:"我们在第一人民医院捡到一个先天性腹裂的孩子,就是大部分肠子都暴露在腹腔外面,这个孩子是你的吗?"

年轻女人愕然地望着他们,说不出话来。鲁梦扬架起了摄像机,正准备拍摄,年轻女人像被电到一样,连忙转过身去,用手挡住脸,"不要拍,不要拍!"

开门的老大爷追了进来,急得团团转,说:"孩子是我扔的,你们要抓就抓我吧,不关儿媳妇的事儿。她根本就不知道,连孩子的面都没见过,我们怕她看见伤心,就抱到医院扔了。"

周巧红拉着老人的手,笑着说:"您这是说的哪里话,我们又不是警察,凭什么抓您啊!当然,抛弃婴儿是违法的,要承担法律责任,不过那是司法机关的事儿。"她转向新奇的母亲,郑重地说:"我们是鲁宁市第一人民医院的,小新奇,喔,也就是你们的孩子,被我们救活了……"

背对着他们的常黎黎猛地转过身来,盯着周巧红,似乎没听清她说

什么。周巧红把自己的话重复了一遍，常黎黎终于明白发生了什么事情，身子向下一滑，瘫坐在地上，嚎啕大哭起来，嘴里喊着："我的孩子、我的孩子……"

新奇的爷爷奶奶也被这个从天而降的喜讯搞懵了，新奇的奶奶跟儿媳妇抱成一团，流下了喜悦的泪水。新奇的爷爷站在一旁，侧过身去，老泪横流，不断地用衣袖擦拭着眼角。

鲁梦扬拍摄着这动人的一幕，眼睛一片湿润。周巧红、顾圣婴、祝丹和祝英连忙上前劝慰新奇的妈妈和奶奶，把他们扶了起来。周巧红声音哽咽地说："这是好事儿，别哭啊！别哭！"

顾圣婴："孩子现在非常健康，第二次手术后身体恢复得也非常好。"

他们不说还好，这话一出口，刚刚被搀扶起来的常黎黎"噗通"一声跪在地上，一个劲儿地磕头，把地板撞得"咚咚"直响。新奇的奶奶也跟着跪了下去，磕头不止，弄得周巧红几个人不知所措，只好两人一组，一左一右地想把她们再次扶起来。那边，新奇的爷爷也跪了下去，嘴里跟念经一样的叨咕着："谢谢大恩人、大好人啊！"

正在拍摄的鲁梦扬见现场乱成一团，不知道是该用摄像机留下这珍贵的瞬间，还是该去搀扶新奇的爷爷。祝丹和祝英扶着常黎黎，周巧红和顾圣婴扶着新奇奶奶，根本腾不出手来。祝英瞪了一眼鲁梦扬，示意他去搀扶新奇的爷爷，鲁梦扬苦笑了一下，表示自己职责所在，实在没有办法。

正在这时，常黎黎由于过于激动，昏厥过去。场面更加混乱。

一度乱成一团的场面终于安静下来，常黎黎经过急救，也苏醒了过来。睁开眼睛，她不住地唠叨着："我要见孩子，我要见孩子啊！他生下来一百多天了，我们母子还没见过面啊！宝宝，我是坏妈妈啊！妈妈

第十七章 宝贝回家了

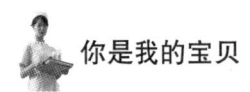 你是我的宝贝

对不起你呀！医生，我求求你们现在就带我走吧，我要见我的宝宝啊！"

望着情绪激动的常黎黎，周巧红理解地点点头。顾圣婴问新奇的爷爷："电视台一直播放寻找新奇父母的消息，你们怎么一直没看到啊？"

还没等新奇爷爷说话，新奇的奶奶叹了一口气，说："别提了。孩子生下来之后，一看是那个样子，我们都觉得救不活，才狠心把他扔掉了。可是，从那以后，我们这日子就没法过了。媳妇天天哭，我每天晚上都做噩梦，就没睡过一个囫囵觉。家不像个家，摊子不摆了，饭也没人做，做了也没人吃。新奇的爸爸熬不住了，就跑到南方去打工了，留下我们老少三口在这里受罪。你说，一家人都成这样了，谁还有心思看电视啊！我们做梦也没想到孩子能救活啊！肠子都出来了，总说'开膛破肚'，那人还能活吗？要是早点知道消息，我们能等到现在吗？早去医院找孩子了！"

新奇爷爷一边拍着大腿一边说："那天在第一人民医院，医生说孩子有希望，可以做手术，但要几万块钱。可是，我们根本不相信医生的话，觉得孩子不可能救活，医生就是想赚钱，所以，便把孩子丢在了医院。我心里别提多难受了，出了医院大门，眼前一黑，就晕倒了。幸亏这个小护士（他指了指祝英），把我给救醒了！"

祝英："所以，我让您去医院检查，您说什么都不肯去，匆匆走掉了！"

新奇爷爷："哪敢回头啊！我和儿子是咬着牙把孩子放下的，连回头看一眼的勇气都没有，就跟逃难似的往外跑。"

常黎黎喃喃自语："我连做梦都梦不见孩子啊，见都没见过，根本不知道他长的什么样。医生，快点带我去吧，我想见孩子，快想疯了！"说着，就起身往外走。

新奇奶奶连忙拉住儿媳妇，"天都这么晚了，你们在这儿住一宿，

明天再走吧！我现在就去做饭，怎么也得让恩人吃口热饭啊！"

周巧红握着新奇奶奶的手，说："您的好意我们心领了。孩子妈妈的心情我们能理解，我们也想让新奇跟家人早点团聚，就不留下来吃饭了。"

新奇爷爷一边道谢，一边说："你就留下来看家吧，我跟媳妇去，我现在就去找渡船。"

一行人刚刚走出家门，新奇奶奶又追了出来，怀里抱着一堆煮熟的玉米，用块白布兜着，热气腾腾。她把玉米塞到了祝英手里，说："这是刚煮的，我们这段时间都是靠这个填肚子，没正经吃过饭。你们带上，路上饿了就垫垫肚子。"说着，眼泪又流了下来。

祝英抱着一堆玉米，止不住地抽泣着，依依不舍地跟老大娘告别。走出很远，回头看时，老大娘还站在家门口张望着。

新生儿监护室。守在办公室里的盛美丽接到了周巧红打来的电话，"……真的？找到了！"她惊喜地回头看着围拢在身边的护士们。大家听说新奇的父母顺利找到了，爆发出一阵欢呼，相互扯着手，高兴得又蹦又跳。

## 第十七章 宝贝回家了

护士小绿走到新奇的婴儿车前，俯下身子，对新奇说："新奇，你的妈妈就要来接你了，高兴吗？"话一出口，忽然捂住了自己的嘴，泪如泉涌。身边的护士抱住她，欢呼声被满屋子的呜咽声代替。

盛美丽走出办公室，躲在没人的角落里，她哭得比谁都难过。

# 第十八章　你是我们的宝贝

新奇终于回到了父母的身边，安小宁也变成了一个懂事的孩子。一切才刚刚结束，一切才刚刚开始，未来的新世界里还会有同样的奇迹发生。

周巧红一行带着新奇的爷爷、妈妈抵达医院的时候,已经是黎明时分了。新生儿监护室的几十位医护人员几乎一个不落地早早聚集到办公室,等着为新奇送行。

常黎黎仔细端详着婴儿车里的新奇,新奇同样用好奇的眼神望着妈妈。许久,常黎黎声音颤抖地说:"孩子,叫妈妈!"

过了一会儿,新奇的嘴里含糊不清地吐出两个字,好像依稀能够听出是"妈妈!"

在场的人都惊呆了,不管是祝英还是其他人,都无数次地哄过新奇叫"妈妈",可是,一次都没成功过。第一次见到新奇的常黎黎,就能让他叫自己妈妈了。祝英喃喃地说:"到底是亲生母亲啊,血缘是割不断的。"这一刻,大家都钦佩周巧红当初力主寻找孩子的亲生母亲,是一个明智的决定。对于新奇来说,回到亲生父母身边,才是最好的归宿。

章书记和金赣也赶来为新奇送行,所有的手续都在办理中。新奇的爷爷握住金赣的手,哽咽着说:"请院长放心,我们就是砸锅卖铁,也要把医药费补上,绝不能让医院做了好事还吃亏。你们救活了孩子,要是还赖着不交钱,那还是人吗?"

金赣安慰道:"老人家,不着急,新奇的健康成长才是最重要的,一切以这个为中心。至于医药费的问题,你们方便的时候再补吧,别影响了家庭生活,一定要给新奇创造一个良好的成长环境。"

袁主任拿着文件走了过来,请新奇的家属在上面签字。周巧红、顾

第十八章 你是我们的宝贝

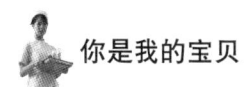 你是我的宝贝

圣婴、盛美丽、祝丹、祝英和新生儿监护室的医护人员围拢在新奇的婴儿车前，跟孩子道别。一时之间，大家都不知道该说些什么。片刻的沉默后，轻柔的歌声响起，祝丹唱起了张悬的《宝贝》，那是新奇最喜欢听的曲子了。

哇啦啦啦啦啦，我的宝贝，
倦的时候有个人陪。
哎呀呀呀呀呀，我的宝贝，
要你知道你最美！
要你知道你最美！

所有的人都跟着哼唱了起来，歌声在走廊里飘荡，飘满了整栋楼，传遍整个医院，整座城市，直上云霄。新奇在母亲的怀中高兴得手舞足蹈。

新奇的妈妈、爷爷抱着新奇，一步一回头地走出医院大门，医院专门为他们准备了一辆车，送他们回家。送行的人站在花园里，望着他们远去的背影。金赣站在最前面，这个铮铮铁骨的硬汉此刻内心百感交集，正所谓铁汉柔肠。他不知道该用什么样的词汇来描绘自己此时的情怀，内心翻腾奔涌，难以自已。情绪高涨到极致的时候，神圣的"希波克拉底誓言"脱口而出，那声音发自心底，震撼人的灵魂。

我要遵守誓约，矢忠不渝。对传授我医术的老师，我要像父母一样敬重，并作为终身的职业。对我的儿子、老师的儿子以及我的门徒，我要悉心传授医学知识。

在场的人跟随着金赣，同声朗诵着：我要竭尽全力，采取我认为有利于病人的医疗措施，不能给病人带来痛苦与危害。我不把毒药给任何人，也决不授意别人使用它。我要清清白白地行医和生活。无论进入谁

家，只是为了治病，不为所欲为，不接受贿赂，不勾引异性。对看到或听到不应外传的私生活，我决不泄露。如果我能严格遵守上面誓言时，请求神祇让我的生命与医术得到无上光荣；如果我违背誓言，天地鬼神一起将我雷击致死。

这一幕牢牢地印在每个人的脑海中，永远无法忘怀。

夜深了，顾圣婴在电脑前面写着博客。"今天的经历真像做了一场梦。我永远也忘不了新奇家人初见自己孩子的场面。打孩子一出生就没见过面的新奇的母亲失声痛哭，给眼前辛苦奔波的医生护士跪下，无法言说内心的感动。当初以为成活无望而丢弃孩子的老人也悔恨不已。那一刻，我由衷地为自己医生的职业感到骄傲。"

早晨起来，顾圣婴感觉一身清爽，精神抖擞，身体上的疲惫、精神上的烦闷、低落的情绪，这些困扰了自己多年的问题似乎一扫而光。这些日子，她的注意力一直放在新奇身上，没有察觉到这种神奇的变化。现在新奇离开了，事情告一段落，顾圣婴才发现自己变了，这种身心愉悦的状态在消失多年之后，重新回到了自己身上。她对着镜子，看着自己神采奕奕、仿佛年轻了几岁的脸，由衷地说了一声："谢谢你！新奇。"

顾圣婴迈着轻松、矫健的步伐走出小区大门，脚下跟踩着弹簧一样，有种跳起来、跑起来的冲动。她觉得自己就像一台挂钟，一度疲惫不堪、举步维艰，钟摆几乎要停顿下来了。现在重新上满了发条，工作、生活，一切都回归正轨，平稳有力地摆动着，声音铿锵有力。这样想着，她迎着朝阳明媚的光线，脸上浮现出久违的幸福笑容。

身后传来儿子安小宁的声音。安小宁跑得气喘吁吁地追上来，手里还攥着一个煮熟的鸡蛋。他拦住了顾圣婴，把鸡蛋塞到妈妈手里，用责怪的语气说："妈妈，你咋能忘了每天给新奇带一枚煮鸡蛋呢？"

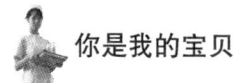 你是我的宝贝

在安小宁的心里，已经把新奇当成了自己的弟弟，每天都惦记着，放学回来后看到顾圣婴和安东，总要问一问新奇现在的情况。顾圣婴还没有告诉他，新奇已经回到亲生父母身边了。她看到了小宁自认识新奇之后发生的变化，变得懂事了，听话了。她希望这个过程能够延续下去，让孩子继续往着好的方向转变。

顾圣婴掩饰着说："妈妈今天有事，走急了。还是小宁乖，替妈妈想着呐！"

安小宁骄傲地说："你说的，蛋黄可补充铁离子，预防营养性贫血。"他小大人的样子，对新奇弟弟发自内心的关怀，差点把顾圣婴逗乐了，但她还是克制住了，嘱咐道："妈妈一定把你的心意告诉新奇，让他知道还有个哥哥关心着他。好了，快点去上学吧，别迟到了！"

"放心吧！"安小宁一边答应着，一边掉头跑了。

顾圣婴走在林荫道上，梧桐树荫下是斑驳的光影，阳光透过枝叶的

间隙,洒在她安详满足的脸上。

三个月后,常黎黎和丈夫抱着半岁大的新奇回到了医院,一家三口专程来向恩人们道谢。新奇又长大了很多,偎依在妈妈的怀里,眼睛咕噜噜乱转,对于医院的环境,他一点也不觉得陌生,就像回到了另一个家。

周巧红、顾圣婴、安东、盛美丽、祝丹、祝英、鲁梦扬……大家笑得脸上开了花,跟新奇亲如一家,轮流抱着、亲着。在鲁梦扬的倡议下,大家和新奇一家合影,留下了一张宝贵的全家福。

周巧红抱着新奇,对环绕在身边的同事们动情地说:"新奇犹如天使降临到我们中间,使我们每个人悄然间心里都发生了一些微妙的变化。每个人都充满着自信、友善与骄傲。让我们一起祝愿我们的新奇宝贝健康快乐,一生平安。"

"健康快乐,一生平安!"祝福声在医院的上空回荡着,经久不息。

第十八章 你是我们的宝贝

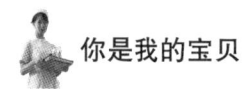 **你是我的宝贝**

中学门口，安小宁上中学的第一天。顾圣婴将儿子安小宁送进校门，挥手告别。她正准备转身离开，安东气喘吁吁地跑了过来。两个人本来约好今天一起送孩子上学的，可是安东因为早晨有一台紧急手术，来晚了。

安东满脸愧疚地说："真抱歉！今天我晚了。"

顾圣婴调侃道："没关系。用儿子刚才的话说，这不是第一次，肯定也不是最后一次。他让我原谅你，别老吵架。"

安东露出欣慰的笑容，说："儿子将来一定能有出息。像他老爸，有度量，能干大事！"

顾圣婴撇撇嘴，说："臭美吧你！老毛病一样没改，新毛病又添一样——吹牛！哎，我让你问的正事儿呢？"

安东："经过我朋友的努力，也由于新奇的家属在弃婴后尚未造成严重后果，并且诚心表示了悔意，及时补交了全部抢救、住院费用，最后免于追责了。皆大欢喜吧？怎么样，结果还满意吧？"

两人都很欣慰，肩并肩地迎着朝阳走去。

顾圣婴的博客上留下一段文字，为小新奇在大家生活中掀起的波澜画上了休止符。"一个突发事件犹如发令枪，把大家从劳碌、琐碎的日常生活中唤起，面对濒死的弱小生命开始了紧张的接力赛跑，见惯了生生死死的人们好像突然从自己亲手创造的奇迹中领悟到了生命的意义。这一切也许都要归功于你——新奇，你是我的宝贝！我们的宝贝！"

一切都刚刚结束，一切才刚刚开始。

# 附　录

## 电影《你是我的宝贝》演职表

总顾问　　顾秀莲
出品人　　马汉跃
总监制　　刘成文　王次忠　陈　颖
总策划　　王泰平　王志安　靳清汉
监　制　　孙爱民　周立华　焦　华　者永光
策　划　　马汉涛　陈　军　刘　峰
摄　影　　孙　田
照　明　　张　阳
美　术　　于建平
剪　接　　史秋苹
作　曲　　王立森
主　演　　郑　铮　薛　白　苏　萱
友情出演　曲国强　李大强
制片人　　马汉跃
编　剧　　黄海刚
导　演　　黄海刚

## 演员表

郑　铮　　饰演顾圣婴
薛　白　　饰演周巧红
苏　萱　　饰演安　东
甄　真　　饰演盛美丽
丛　博　　饰演祝　丹

丛　鹤　　饰演祝　英

高　博　　饰演鲁梦扬

曲国强　　饰演金院长

李大强　　饰演钱永富

张敬泽　　饰演章书记

谢文彬　　饰演小　宁

刘雯莉　　饰演新奇母亲

李双凌　　饰演急诊科主任

高亚平　　饰演秦教授

刘炳金　　饰演新奇爷爷

**参加演出**

高锦　杨陌　刘勇　董婉婷　乔萌　乐馨　徐蕊蕊　贾文勇

**职员表**

**执行制片人**　黄海刚

**制片主任**　　王英武　杨　陌

**制片统筹**　　高明清

**文学统筹**　　杨宇昕　韦　琳

**宣传统筹**　　佟　鑫　贾闪闪

**演员副导演**　高亚平

**助理导演**　　阮璞洁　杨宇昕

**场记**　　　　张　素

**前期录音**　　李培根

**服装师**　　　仇多凤

**化妆师**　　　琪琪格

**道具师**　　　张文奎

| | |
|---|---|
| **摄影助理** | 邱延丰　李治岭 |
| **跟机员** | 关　勇 |
| **剧照摄影** | 阮璞洁 |
| **道具助理** | 刘纪雨　张　恒 |
| **录音助理** | 张应杰　李政辉 |
| **照明助理** | 杨小会　展昭亮 |
| **化妆助理** | 张　磊 |
| **服装助理** | 方略明 |
| **演员助理** | 朱丽洁 |
| **外联制片** | 戈路莎　王　岩 |
| **现场制片** | 贾文勇 |
| **生活制片** | 郭启龙　张　明 |
| **出纳** | 何　娟 |
| **场工组长** | 高占龙 |
| **场工** | 胡大伟　郭启福　陈　亮　郭文化 |
| **司机** | 郭　靖　刘建正　呆先念　田占锋 |
| | 张秀浩　刘书亮　金虎成　杜金满 |
| **主题歌** | 《你是我的宝贝》 |
| **作词** | 高　博　阿　黄 |
| **作曲** | 王立森 |
| **演唱** | 黑鸭子演唱组 |
| | 李　蓉　郭　祁　刘　芳 |
| **女声伴奏** | 刘　芳 |
| **小提琴** | 翟刘斌 |
| **大提琴** | 徐武伟 |
| **音乐录音** | 吴　帅 |

**后期制作** 北京派华文化发展有限公司
**音频** 赵丁馨
**视频** 武山君
**字幕** 王士华 王海鑫

**协拍人员**
陈守义 王宪伟 李兴华 董婉婷 刘秀琴 高锦 刘政钊

**鸣谢单位**
山东省济宁市人民政府
山东省济宁市文化广电新闻出版局
山东省济宁市公安局
山东省济宁市卫生局
《中国书画博览》杂志社
中央电视台十频道《讲述》栏目

**特别协助拍摄**
山东省济宁市第一人民医院

**协助拍摄**
中日韩经济发展协会

**承制**
北京汉伯星城影视文化传播有限公司

**联合摄制**
北京汉伯星城影视文化传播有限公司
中共济宁市委宣传部